圖書館戰爭

有川 浩
Hiro Arikawa

Illustration
徒花スクモ
Sukumo Adabana

目錄

導讀

大森 望

有川浩旋風席捲出版界！二〇〇四年二月，在輕小說海平面上形成的這個颱風，挾著一股強大力量漸漸增強，在一般文學書單行本的平台上登陸。接著更輕而易舉超越原有的分類及媒體架構的高牆，以壓倒性的姿態睥睨日本文藝娛樂界。

談到撰寫逼真的懸疑冒險小說，當然還有其他名家。至於擅長寫扣人心弦的青春小說、或是喜感十足的逗趣愛情，日本小說界也不乏優秀作家。不過，能將這三項要素以如此高水準呈現在長篇小說的，就屬她一人！尤其是她筆下描寫那些在團體中努力不懈的專業男性們，個個英姿煥發。這類獨特的文風至今無人能仿效。

她從將現代寫實的「怪獸小說」具體化的《鹽之街》、《空之中》、《海之底》（通稱「自衛隊三部曲」）出發，在接下來的《圖書館戰爭》系列作品裡，一舉將創作領域拓展到「軍事愛情鬧劇」的新天地。對於一般讀者，有川浩也以嚴肅的愛情小說或文學小說來證明自身實力。在此，先以各個系列來簡單回顧有川浩的創作歷程。

榮獲二〇〇三年第十屆電擊小說大賞，相當值得紀念的初試啼聲代表作。二〇〇四年由電擊文庫以《鹽之街wish on my precious》的書名出版，更在二〇〇七年加入四篇番外短篇後重新修訂，以《鹽之街》為名出版精裝單行本小說。

故事背景架構在近未來（或可稱為平行世界）的日本。某天，直徑五百公尺的白色隕石狀物體以迅雷不及掩耳之勢墜落在地球上。同一時間，發生了人類變化成鹽柱的詭異現象（一般稱之為「鹽害」），光是日本地區的死亡人數便估計多達八千萬人。文明社會在一瞬間崩潰，劫後餘生的人們逃到農村，過著自給自足的貧乏生活……

小說的前半段淡淡地描寫因鹽害失去家人的女孩和同住的男子生活的情景，然而，故事到了後半段，男子真實身分揭曉後節奏一變，一口氣帶動起有川風格。

重新拜讀後，才了解到本書已幾乎包含所有有川浩作品特色──科幻背景的設定；比起解開危機的科學之謎更著重在因應面；大團體旗下一群專業男子大顯身手的英雄式小說；不擅言詞、個性笨拙的腳踏實地型主角，搭配圓滿周到、伶牙俐齒的配角；讓人看了心焦的超緩慢戀情發展……唯一稍嫌薄弱的逗趣愛情要素，也由收錄於精裝本的幾篇番外短篇（首見於《電擊ｈｐ》誌）精彩補足。堪稱有川浩的原點。

《空之中》

基本上可說是「沒有超人力霸王（註：ウルトラマン）的超人力霸王」，或是將金

子修介導演在電影「卡美拉 大怪獸空中決戰（註：電影「ガメラ 大怪獣空中決戦」，一九九五年）」中所呈現出的意象（摒棄過去怪獸電影制式化的描寫，改以具體懸疑情節敘述的手法）在小說世界裡重現的科幻冒險鉅作。

故事發生在四國海域高度兩萬公尺的高空中。民營超音速噴射機開發小組的測試機和自衛隊軍機相繼在同一片領空發生了神秘的意外，似乎有相當巨大的不明飛行物飄浮在上空。民營事故調查委員會委員——春名高巳造訪自衛隊基地，與失事當時駕駛同一小隊另一架軍機的女飛行員武田光稀一同前往事故領空展開調查。

另一條故事線的主角是住在高知市近郊的高中生——齊木瞬。瞬在海邊撿到了類似水母的不明生物，將其取名為「FAKE」。FAKE擁有任意操縱電波訊號的能力，透過瞬過世的父親留下的手機，以生澀的語言和他交談……這部分就成了「E・T」風格的青少年科幻路線。以使用方言的筆法鮮活重現高知當地的氣氛，充滿青春小說的寫實風格。

兩線故事夾雜敘述，在後半段合而為一時展現出一幅雄偉浩大的景象。這部傑作在現代小說中，重新鮮活地感受到兒時首次看到「超人力霸王」瞬間的感動與激情。

《海之底》

主角為海上自衛隊，敵人則是神秘的巨大螯蝦群，人稱「海蝲（Regalis）」。在有川作品中少見地以密室發生的緊湊故事為主軸。

主要的故事舞台為停泊於美軍橫須賀基地的海上自衛隊親潮級潛艦「霧潮」。在接獲命令準備啟航時，卻因不明緣故陷入無法航行的狀態。於是艦長做出決定，要艦上所有人員撤退；然而當艦組人員步出霧潮艦時，目睹的竟然是一群體型大如人類的甲殼類生物捕食基地人員的淒慘畫面……

小說主角是海上自衛隊的一組年輕自衛官，夏木大和與冬原春臣。兩人雖然帶領十三名參加基地教學觀摩活動的兒童逃進了霧潮艦，卻也因此而行動受限。另一方面，地面上則由神奈川縣警官和警政廳參事組成特勤小組，為擬定因應海蠍來犯對策而奔走……是一部描寫現場一群男子拚盡全力奮鬥的災難科幻小說，情節緊湊，一氣呵成。有如以「大搜查線」加「卡美拉2 雷基歐來襲」（註：電影「ガメラ2　レギオン襲來」，一九九六年）為主軸，探索理想的英雄形象。

《クジラの彼》、《ラブコメ今昔》

兩部都是聚焦在自衛隊隊員的戀愛小說集。《クジラの彼》收錄的六篇故事中，「ファイター・パイロットの君」是《空之中》的支線短篇。描寫的是春名高巳和武田光稀的「後續發展」。此外，書中同名短篇以及「有能な彼女」中也出現了《海之底》的人物（冬原春臣與中峰聰子、夏木大和與森生望兩對情侶）。

《ラブコメ今昔》同名短篇，講的是習志野第一空艇團的大隊長，被一名新任公關部軍官無理要求：「讓我採訪你結婚的經過啦！」兩人展開一逃一追的輕鬆喜劇。至於另一篇「青い衝擊」，敘述一名妻子對於隸屬Blue Impulse小組一員的丈夫感到不安，是有川浩對於心理懸疑風格的全新挑戰。

圖書館戰爭系列

《圖書館戰爭》、《圖書館內亂》、《圖書館危機》、《圖書館革命》、《別冊圖書館戰爭1》＋《レインツリーの國》

系列作品總計熱賣一百一十萬冊，成為超級暢銷大作，並已改編成動畫躍上電視螢幕，堪稱有川浩的代表作。

構想起源於日本圖書館協會於一九五四年通過的「圖書館的自由宣言」（一九七九年部分修訂）。一、圖書館有收集資料的自由。二、圖書館有提供資料的自由。三、圖書館必須保守使用者的秘密。四、圖書館得以拒絕所有不當的檢閱。圖書館的自由被侵犯之時，吾輩必團結力守自由。

《圖書館戰爭》系列作品以平行虛構的日本社會為背景。在此，五項「宣言」不單單只是理念，而是賦予武力行使正當性的基本法，架構出一部圖書館動作推理（也包含愛情喜劇）鉅作。

故事從正化三十一年的日本揭開序幕。昭和最後一年，為取締擾亂公共秩序、善良風俗而制定了「媒體優質化法」。反對人士對此期待將前述的「宣言」提升為圖書館法，以作為對抗支持審查圖書館一派的核心勢力。三十年過去——總部設在法務省的優質化委員會，在各都道府縣都配置了合法審查的執行部隊，也就是優質化特務機關。另一方面，圖書館方面也增強防禦力，編制警備隊。

「時至今日，兩組織的抗爭本身已具有超越法規的特性。只要抗爭不侵害公共物品以及個人的生命與財產，司法也不會介入。」在這樣的狀況下，「圖書館也擁有了設置在全國十個區域裡用來訓練圖書防衛員的根據地——圖書基地」。

……在這些說明下，看來像是嚴肅的社會寫實類情節。然而，故事一開始就是新進圖書館員女主角（衝動魯莽型）被魔鬼教官嚴格操練的趣味新兵訓練喜劇。整個系列的基本架構就是兩人讀來令人難為情的戀情發展，以及周遭極具吸引力的人物們所交織出的青春喜劇（同時可見圖書隊與優質化特務機關的對峙）。

本篇在《圖書館戰爭》、《圖書館內亂》、《圖書館危機》及《圖書館革命》四冊告一段落。之後由番外短篇系列接棒發展，目前描寫笠原與堂上甜蜜關係的《別冊圖書館戰爭１》已經出版。二〇〇八年的春天播放的動畫「圖書館戰爭」則是以《圖書館戰爭》為原作。至於漫畫版，已有弓黃色的《圖書館戰爭ＬＯＶＥ＆ＷＡＲ》以及《圖書館戰爭ＳＰＩＴＦＩＲＥ！》兩冊單行本出版（註：以上為日本出書時間）。

此外，《レインツリーの國》則是將《圖書館內亂》裡出現的虛構小說實際出版的支線長篇故事之單行本，是有川浩作品中唯一一本系列作品純戀愛長篇小說。

《阪急電車》

以關西大型民營鐵道公司阪急電鐵所擁有的路線中規模最小，全長僅有九・三公里的阪急今津線為舞台，描寫在電車中上演的種種人生風貌。

從寶塚到西宮北口，單程不過十五分鐘，「載著每個人的故事，電車駛在不往任何地方的軌道上」（摘自本文）——就這樣，由偶然搭乘同一列電車的人們交織出的一個個小故事填滿往返旅程。

與在圖書館遇見過的心儀女孩，於列車上再度重逢的二十多歲上班族；在籌備婚禮時遭前男友劈腿，於是穿著白紗闖入男友婚禮的豪氣粉領族；還有帶著伶俐孫女、個性堅強的時江；空有帥氣臉孔卻腦袋空空的暴力男，和遲遲無法分手的女人……

由於搭乘時間短暫，無法鋪陳出太長的情節，每一個場景鮮活切割出人生的一小格，展現有愛、有笑、有淚的人生百態。沒有華麗的打鬥、超帥氣的男主角，也沒有甜蜜的逗趣愛情，這本小說可說將有川浩向來擅長的技巧完全封印，卻更能藉此清楚體認到有川浩的實力所在，同時也獲得輕小說及科幻類作品之外的讀者群廣大支持，更進一步拓展個人創作領域。

以上簡略介紹有川浩至今已出版的著作。進入文壇僅僅四年就躍升為娛樂小說界一線作家的有川浩，其日後的精彩表現將值得矚目！

大森 望
Ohmori Nozomi

一九六一年生。
譯者、評論家。
主要著作有《現代SF1500冊》、《特盛！SF翻譯講座》、《ライトノベル☆めった斬り！》（三村美衣 共同著作）、《文學賞メッタ斬り！》（豊崎由美 共同著作）等。

關於圖書館自由的宣言

一、圖書館有收集資料的自由。
二、圖書館有提供資料的自由。
三、圖書館必須保守使用者的秘密。
四、圖書館得以拒絕所有不當的檢閱。

圖書館的自由被侵犯之時，吾輩必團結力守自由。

一、圖書館有收集資料的自由

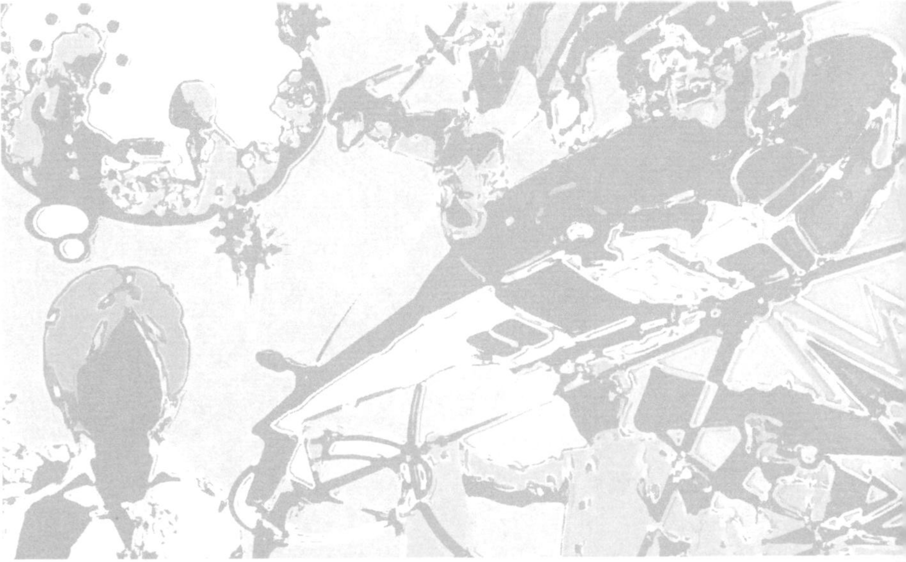

＊

前略

父親大人、母親大人膝下：

兩位可安好？

我一切平安。

雖然原本聽說東京的空氣品質不佳，但是武藏野附近似乎還好。

我也已經習慣了宿舍的生活。

被志願中的圖書館錄取之後，我現在——

每天都致力於參加軍事訓練。

＊

「笠原，別把手臂垂下來！撐好！」

在被指名道姓的責罵之下，笠原郁拚命將抱著步槍的手臂往上抬。

陸上自衛隊轉讓出的六十四式步槍重量為四・四公斤，對於一個二十二歲的女孩子而言，持這樣的槍跑步是相當吃力的。轉讓出槍枝的陸上自衛隊，幾乎已經不使用這種舊型的槍枝了，這些槍枝如今就像是為了訓練新隊員而保存下來，連彈藥也已經完全停止供給。雖然隊上同時採用更為輕巧好用的八十九式步槍，但是使用這型槍枝的只限一部分訓練嫻熟的隊員。買進給新隊員使用的，都是手槍和衝鋒槍。

郁以緊追男性隊員領先集團的姿態，結束了持槍跑步（註：原文為highport，自衛隊術語）；卻在通過終點之後，像跌倒一樣整個人撲倒在地上。包含男生在內的五十名之中，郁跑出了第十二名的佳績，在女生中是領先第二名甚多的第一名。然而……

「誰說可以倒下去的！罰伏地挺身！」

可惡的魔鬼教官！等著瞧吧！郁在心中痛罵的同時，表面上順從地接受懲罰，做了十下伏地挺身。看到此番情景的其他女性隊員，即使抵達終點也堅持著沒有倒下，一律繞到列隊坐下的男生後方，才開始休息。

做完伏地挺身的郁一入列，就看到先坐下來的女生縮著肩膀，單手在頭部前方作出拜拜的樣子表示歉意。郁雖然覺得她們很狡猾，但這也是沒辦法的事。

全體持槍跑步結束之後，便是中午休息時間。此時操場響起了中午的警笛聲。

「哇——！真是累斃了——！」

在早春的基地餐廳裡，中午時間大致上都充滿了新圖書隊員的哀嚎和訴苦。而夜間則因為受訓的疲憊，已經沒有多餘的力氣可以吵鬧了。

如果是晚上，這間餐廳的使用者當中還會混雜了結束圖書館業務並返回基地的圖書館員。但是中午則大部分都是防衛員以及後勤人員。而在初春這個時期，這間餐廳就像是被新隊員包下來了一樣。

「那個豬頭教官，他是不是把我當成了眼中釘呀——！」

郁說著，將叉子用力插在每天都會更新菜色的餐廳客飯——煎雞排上。

「妳說的豬頭教官……是指堂上教官嗎？」

「是呀！」

堂上篤二等圖書正——也就是那個先前命令郁做伏地挺身的「魔鬼教官」。

負責關東圈新圖書隊員教育訓練的關東圖書基地，今年招收了三百名新隊員。即使是分發為圖書館員的隊員，也免不了接受戰鬥訓練。全體隊員被分為每班五十人，一共六個班的教育隊，一起接受磨練。

建設在武藏邊境的關東圖書基地，作為一個訓練設施，卻具有相當於自衛隊屯駐地的傲人規模；訓練內容也極為嚴謹，每年都會淘汰數十人。

「就只有我耶！只有我挨罰，要做什麼伏地挺身！就算其他女生累癱了，那傢伙也從來沒有做過同樣的處罰呀！跟男生一起的持槍跑步，我跑了第十二名耶，還有什麼意見嘛！都跑出這樣的成績了，就算我跌倒，稍微睜一隻眼閉一隻眼又會怎樣啊!?而且我跌倒是在抵達終點之後耶！」

「咦，可是這不也代表他對妳的期望很高嗎？」

說話的是和郁在宿舍住同一間寢室的柴崎麻子。目前已經確定她會在教育訓練之後，被分派到武藏野第一圖書館作圖書館員。而武藏野第一圖書館，便是接鄰關東圖書基地的基地附屬圖書館。

郁身為一名防衛員，應該也會被分派到武藏野第一圖書館。關東圖書基地同時也兼作為被分派到東京都的圖書隊員的單身宿舍，因此即使是被分派到別的圖書館，只要是在東京都內，便會繼續在基地內生活。至於其他的縣，則以附設於主要圖書館的型態，在基地裡準備幾處類似的設施。

「而且啊，我還滿喜歡他的呢。妳不覺得他長得滿帥的嗎？」

「啊，是呀，臉長得是很英俊啦。」

對柴崎所說的話，周圍有幾個女生隨之附和。不過也有同樣多的反對意見：「嗄——可是妳們不覺得他有點可怕嗎？」「我不大喜歡那種類型的。」至於郁，當然是最堅定的反對派。

「柴崎，妳的眼睛是不是瞎啦!?那種矮子有什麼好的！」

「對對，可惜他是矮了一點。」

其他的女生附和著郁，然而柴崎卻不苟同。

「比我高呀——」

柴崎反駁這些女生。柴崎的身高是一五七公分，與大部分的男生在一起都能作小鳥依人貌。相對的，郁的身高有一七〇公分，即使混在男生當中也不算矮。而她們口中的堂上，目測大約是一六五公分上下。

「可是笠原，如果妳用身高來挑選男朋友，門檻只會愈來愈高耶。就算現在日本人的體格比以前好多了，但是和一七〇公分的女生站在一起，身高毫不遜色的男人畢竟還是很少呀。」

「妳還愈說愈起勁哪！反正我是傻大個兒，真是抱歉喔！」
郁因為被毫不客氣地觸及自卑感所在，不禁鬧起了彆扭。
「就算不能以身高來挑剔男生，那傢伙也絕對沾不上邊！他的個性那麼差！」
「……你們對我的評價，我總算弄清楚了。」
從背後傳來低沉的聲音，回頭一望，郁不禁慘叫了一聲。剛才她們口中肆無忌憚討論著的堂上本人，就拿著餐盤站在她們後方。
「您怎麼會……出現在這種地方呢？」
基本上，教官都使用隔壁的士官餐廳。堂上在郁她們的後方餐桌入坐，回答她說：
「今天這邊的每日更新菜單，看起來比較好吃。」
接著，他又補充說道：
「不必勉強說客套話使用敬語，妳剛才的語氣不是更輕鬆自在嗎。這裡不是紀律嚴明的軍隊真是太好了。」
哇，挖苦的話還真令人討厭！就是這樣所以我才討厭這傢伙！郁從堂上看不見的角度伸了伸舌頭扮鬼臉。周圍的女生都嗤嗤地笑了。然而對郁本人來說，這實在沒什麼好笑的。
「個性差勁的矮個子豬頭教官是嗎……我畢竟是個凡人，可不保證偶然入耳的謾罵批評是否會影響我的指導哦。」
「我是在稱讚您，所以沒關係吧——教官？」
柴崎立刻和郁劃清界線，明哲保身——可惡！原來女生之間的友情就是這麼一回事嗎？郁大口大口地扒進食物。

「笠原小姐，吃那麼快對身體不好喔。」

從上方傳來的聲音是別班的教官——小牧幹久二等圖書正。雖然他和堂上是同期的隊員，不過他的身高卻比堂上高了十公分左右，再加上他的個性溫和，因此在女性隊員之中遠比堂上受到歡迎。周圍原本在堂上過來的時候，被嚇得噤若寒蟬的女生們當場熱鬧了起來。

活該。郁心裡毫無理由地升起了勝利的優越感；她也不管這根本不是自己的勝利，說道：

「反正午飯被打擾得變難吃了，沒關係啦。教官利用隊員餐廳根本就是犯規嘛。」

郁故意要讓堂上聽見似的大聲回答，並且滿臉詫異地抬頭看著小牧。這是她第一次和小牧作私人對話。雖然如此——

這個人為什麼知道我的名字呢？

從新隊員的角度來說，包含課堂講座指導在內的教官人數不過十幾名，因此可以記住所有人的名字和臉孔；但是就教官的角度而言，卻有三百人要認。郁記得在入隊考試的面試時，小牧和堂上這兩名教官也在場。但是這兩個人面試了數倍於錄取人數的考生，她不認為他們會對被錄取前的自己特別有印象。

「別這樣說嘛。士官餐廳那邊的客飯菜單偶爾會像齋菜，因為去那邊吃飯的人主要是歐吉桑。」

小牧說著，便面對堂上坐了下來。郁於是錯過了解開她心中疑問的時機。

郁看了看隔壁的柴崎。也許是因為她吃得不多，已經停下了筷子。

「柴崎，走吧！」

不等柴崎回答，郁站了起來。就在她端起餐盤離開的時候——

「喂，妳掉了東西！」

堂上叫住郁，遞給她一張對折起來的明信片。大概是在她站起來的那一剎那，從口袋掉出來的。

「沒關係，請你幫我丟掉。」

因為無論如何就是想快快逃離堂上，郁說出了這樣的話。

「沒關係？妳這張明信片不是都寫好了？」

不妙！如果剛才照他說的默默收下明信片，事情還解決得俐落些。但是，現在再回頭去拿也頗為麻煩。

「那是因為覺得沒辦法寄出，所以才折起來的。如果把這種明信片寄回去，我父母會來把我抓回去的。」

就先這樣啦——郁打了聲招呼，單方面結束了對話，排進歸還食器的隊伍裡。

「連書信都要別人幫她丟呀？真是的……」

堂上將郁遺留下來的明信片翻了個面。

「真傻，這上面寫著地址呢。」

收信地址是茨城縣——大概是郁老家的地址吧。正當堂上要替她處理，準備撕掉明信片之時，小牧對著堂上苦笑說：

「那就是會被父母帶回身邊的關鍵文字呀。」

似乎是因為翻過面來，而讓小牧看到了內容。基於職業特性，他讀文章的速度極快。

『被志願中的圖書館錄取之後，我現在每天都致力於參加軍事訓練。』

「她的父母是不是反對她被分派為防衛員？」

「我記得從一開始，她就志願成為防衛員。」

圖書隊員的志願者中，希望擔任內勤圖書館員的人佔壓倒性地多數。至於防衛員，通常都是從分配不到圖書館員的人裡面，確認過適性和本人的意願之後選拔出來的。

就女生來說，以防衛員為第一志願的人相當罕見。畢竟現今圖書館防衛員的工作，若是一個不小心，平日的工作危險度甚至比警察以及自衛隊還要高。

「我知道她以防衛員為第一志願這件事啦，我當時不是也和你一起面試新隊員嗎？」

因為是志願成為防衛員的女生，當時還特別動員了將會成為主任教官、負責訓練新隊員的六名圖書隊員來參與面試。

「不過說起來，我們還真是被討厭得很徹底啊，堂上。要不要再檢討一下指導方針呢？」

「要是跟不上磨練，就乾脆辭掉好了。而且連父母都反對，就更應如此。」

「你還真是嘴硬。」

堂上並不搭理小牧的嘲弄，一言不發地將明信片細細撕成碎屑。

「說實在的，她到底怎麼樣？」

「根本就是怪物。」

他不得不承認這一點。

「在男女混和的持槍跑步中，竟然能排進第十二名。即使是塞到自衛隊的普通科去訓練，她大概也跟得上。」

雖然也佔了體格上的優勢，然而最根本的應該還是她良好的體能。在培養反射速度以及瞬間爆發力這幾項重要戰鬥職種適性的訓練裡，郁在全體教育隊中也能輕輕鬆鬆名列前矛。可以說是四肢發達，體力驚人。根據郁的履歷，她從中學到大學一直都參加田徑隊。

「就算是在社團中培養成的基礎體力，那也極為不凡。她具有很棒的素質不是嗎？」

小牧吹了聲口哨。堂上輕輕皺起眉頭，覺得用餐時吹口哨是沒禮貌的行為。他在撕完明信片之後，也再度開始用餐。

「那件事已經確定了吧？」

「還不一定。」堂上頑固地否定小牧的話，他繼續說道：「這可不是只靠體能來決定的。」

＊

為了取締擾亂公共秩序、善良風俗，和侵害人權的行為，在昭和的最後一年，訂立並且施行了「媒體優質化法」。

那是在壓倒聲稱「讓檢閱合法化其本身違憲」的反對派之後，所訂立的法律，因其關於「檢閱的權限」規範得曖昧模糊，而有很大的擴大解釋空間。內容蓄意允許「能依照執行者的意向，左右檢閱基準」的可能性。總之，關於檢閱基準，能以細則及施行命令隨時作補充，將裁量權委交給執行機關。這種毫無制約的情形，實在令人驚訝。

如此偏頗的法律，到底是透過什麼樣的政治角力而訂立，已被號稱為昭和政界的七大不可思議事件之一，法律訂立的過程完全不曾公開。

而在社會上到處蔓延的政治冷感之推波助瀾下，導致國民對這項法律幾乎還來不及有足夠的準備知識，便不得不接受法律的訂立。

儘管對於已公開的媒體優質化法概要，在輿論之間沸騰著強烈的否定意見；然而，一旦已訂立的法律，便很難予以推翻。

在這樣的情勢之下，反對派為了期待能作為對抗媒體優質化法檢閱權的勢力，所訂立的便是統稱「圖書館的自由法」——以附加於圖書館法既有的三個章節的形式，所訂立的圖書館法第四章。

圖書館法第四章　圖書館的自由

第三十條　圖書館有收集資料的自由。

第三十一條　圖書館有提供資料的自由。

第三十二條　圖書館必須保守使用者的秘密。

第三十三條　圖書館得以拒絕所有不當的檢閱。

第三十四條　圖書館的自由被侵犯之時，吾輩必團結力守自由。

這原本是日本圖書館協會所採用的「關於圖書館自由的宣言」主要篇章，之所以只以篇章入法，是因為急於訂立此法，以及為了對抗媒體優質化法不受制約的裁量權，儘可能保有寬廣的解釋空間之故。因此關於運用的詳細規則，也如同媒體優質化法一樣，以施行令隨時補充。

也就是說，對於隨心所欲的權限，以隨心所欲的權限相抗衡，有和媒體優質化法相抵的意思。

由於無法訂立能與「對所有媒體具有監視權」的優質化法完全相抵之新法，整個戰略便針對優質化法支持派較無防備處，強化既存的行政法以對抗部分檢閱。

現在是兩法施行三十年後的——正化三十一年。

以媒體優質化法作為法律依據的媒體優質化委員會，將其本部設置於法務省之內，並在各都道府縣設置了媒體優質化委員會的代理執行組織——優質化特務機關。目的在使所有的媒體趨於優質化，具有任意取締違反公共秩序與善良風俗的書籍、影像作品，及音樂作品等之權限。

具體而言，便是以針對零售商進貨的商品進行檢閱，針對發行商的流通下達禁止流通的命令，勒令大眾傳播媒體禁播或修正，對網路服務提供廠商下達刪除命令……等方式實行取締。

電視台以及出版社、書店等因不具有檢閱對抗權，只能單方面接受檢閱。

原本應該在媒體優質化法訂立以前，便該有所反彈的大眾傳播媒體，因為一向都不仔細咀嚼政府發表的新聞，便做出不負責任的報導。結果只對政府作了形式化而不具效用的批判，簡直就是對媒體優質化法絲毫不加批判地以之為準。

其中唯有因為被視為低俗，而被司法當成眼中釘的周刊雜誌，奮力進行了反對活動。但在已訂立的該法之下，只能一再重複著出版、被檢閱、被收押的過程。

所謂以不懲罰製作人、不取締流通前的媒體，表示保護基本人權之一——表達意見的自由、以及維持平衡所做的說明，完全是表面功夫罷了。實情就是，沒有達到媒體優質化法公序良俗基準的媒體，只要一流通便遭取締。

雖然並不會因為購買市面上流通的媒體而被問罪，但因為出版社、發行商和中盤商必須依狀況分擔罰則和因檢閱導致的損失，流通方面為了自保而進行自我限制。結果就和媒體受到了言論管制沒什麼差別。

另外，唯一有法律依據能與媒體優質化委員會對抗的圖書館，在這三十年間也有大幅度的改變。

公共圖書館拒絕檢閱，自由蒐集所有的媒體作品，並且擁有將這些提供給市民的權利。而這樣的公共圖書館，對於媒體優質化委員會而言，幾乎成了唯一必須戒備的「敵方」。

隨著優質化特務機關透過檢閱而進行的示威行動，像滾雪球一樣愈演愈烈。與之對抗的圖書館也追求防衛力量，以至於全國主要的公共圖書館都擁有了警備隊。

結果，便是優質化特務機關與圖書館的抗爭走上激烈對立一途。雙方抗爭的歷史，也就是兩個組織武裝化的歷史。槍炮彈藥在相當早期便被導入其中。但是，由於圖書館的基本方針採取守勢防衛，因此導致抗爭劇烈化的一直都是優質化委員會陣營。

由於媒體優質化委員會以及圖書館皆對其法律依據進行擴大解釋，時至今日，兩組織的抗爭本身已具有超越法規的特性。只要抗爭不侵害公共物品及個人生命與財產，司法也不會介入。

就連優質化隊員和圖書館員因抗爭而產生死傷的情形時，都會以超出法規外的方式來詮釋。

在以這樣的社會情勢為背景之下，最後圖書館也擁有了設置在全國十個區域裡用來訓練圖書防衛員的根據地——圖書基地。

另外，過去由地方自治體自行任命的人事安排權限，現在被移轉到以各地方為單位所設立的廣域地方行政機關，也就是圖書隊。另外，為了要透過簡化財務節約營運預算，而開始由圖書隊一貫處理每年的收入和支出。

國立國會圖書館以外，所有隸屬於地方自治體的公共圖書館，依戰後所發表的論文「中小型都市公共圖書館的營運」（統稱「中小論文」），乃是以服務地區居民為使命，並無中央集權式的組織架構，因此並未編列國家預算。

這樣的情形直至現在也毫無改變。雖然因此之故，圖書隊的營運在資金方面的課題總是艱鉅沉重。但也因為屬於地方行政獨立機關，而能夠和法務省組織中的媒體優質化委員會全面對決。

從昭和後期風起雲湧的地方行政自立，乃至於經過長年議論的日本道州制直到實現為止；中央與地方的對立，可以說皆匯集在「抗爭」之中。

在媒體優質化的抑制之下，編入地方行政自立的概念，從三十年後的今日看來，「圖書館的自由法」的提倡者們實在堪稱為謀略家。

*

「更何況她本人志願成為防衛員，若要錄取女性隊員，我認為就只有她夠格。她擁有大學學歷和圖書館員資格，符合工作所需的資歷。而且一直有聲音說，隊上也需要來自女性的觀點。」

「那樣也算是能夠代表女性的觀點？」

面對說話諷刺的堂上，小牧不禁苦笑了一下。

「堂上，你說這種話，聽起來簡直就是想要排斥她成為防衛員喲。」

對於小牧委婉的指責，堂上無言以對。他知道自己對於笠原郁的看法有失公平。

「就算要從防衛員中將她排除，圖書館員也已經沒有空缺了。圖書隊因為採用自負盈虧的制度，要和其他地方組織作人員交換也有難處。雖然沒有前例，要不要讓她編進後勤人員？」

為了減少營運預算，圖書隊的補給、整備等後勤工作，包括裝配物流在內，都交由大規模企業外包。至於後勤人員，除了身任管理職位者之外，慣例上都是以臨時圖書隊員待遇所僱用的契約社員以及打工人員。

「正式隊員要進入以臨時圖書士和臨時圖書正為主的職場，的確有些格格不入。不過，只要說是開創候補的管理職前例，就還說得過去……」

「別再說了。」

堂上毫不掩飾地臭著一張臉，以不愉快的聲音說道，然後啜了一口味噌湯。心虛的願望遭到全面檢討，只會一再讓自己了解到自己的不公正。能讓旅人脫下大衣的不是凜冽的北風，而是溫暖的太陽。雖然還不到被捏造歪理的太陽所照射那般鬱悶，不過小牧的言論才是正確的。

「分派每個人到適才適性的部門——這項原則是依舊不變的。笠原郁適合當防衛員。」

聽著堂上頑固的聲音，小牧又再度苦笑了起來。

「對不起，我太小看你了。」

這名率真而善良的友人，有時實在讓堂上感到難於應付。

＊

從下午開始，在室內道場進行格鬥技訓練。科目是柔道，這是入隊一個月以來，首次安排舉行自由分組練習。

「笠原，我們實在是沒辦法和妳同組練習。」

女生向郁求饒。全體女性隊員都比郁嬌小個一圈，橫向方面不說，光是身高上的差距就將一般體格的男女給比了下來。

更何況郁即使在各項訓練中和男子混合排名，也仍名列前矛。很明顯地，如果做自由分組練習，和郁一組的女生，肯定從頭到尾都只能情勢一面倒地被摔出去。

「啊，那我和妳一組！」

周圍的男隊員們眼尖察覺到狀況，爭先恐後地自願做候補。男生們毫不掩飾想和女生一組的好色心態，反而顯得純樸率真，然而——

「你們是白痴啊！」

舉手的男隊員們無一例外地，全都被堂上從背後以手刀擊倒。

「笠原和我一組，不會讓你們這些傢伙跟她一組的。」

男隊員們開始齊聲抱怨：「教官好狡猾～」然而，堂上只是一瞥就讓他們噤若寒蟬。

「別把我看扁了，我沒有飢渴到對她有任何遐想。」

這種口氣激怒了郁。哇，可惡的傢伙！雖然被這傢伙當作是遐想的對象也沒什麼好高興的，但是總有其他的說法吧，豬頭！

「真的可以嗎，教官？」

堂上轉向郁，郁則衝著堂上說道：「您似乎在身高上矮了我一大截呢！您的貴手真的能抓到我的衣領嗎？」

郁以稍具挑撥性的話相向，然而從堂上的表情絲毫看不到動搖之處。

「開始！」堂上在宣告後，便開始和郁做分組練習。

哇！這什麼呀！好硬！

之前只和女生做過分組練習的郁，發現堂上的身體出乎意料之外地結實。在剎那間，她了解到對方的肌肉有著本質上的不同。

不妙，我會輸給他——在她這麼想的那一瞬間，整個世界顛倒了過來。郁頓時停住呼吸，整個人被背朝著地板摔出去。只見堂上的臉就在正上方。

堂上整了整身上的柔道服，丟下一句：

「在妳賣弄口舌之前，至少先學好受身（註：當對手施展攻擊時，用以應對且兼具自我保護的技巧）吧。」

挑撥的話似乎被他聽在耳裡。但使出全力來報復，真是小孩子氣！郁不顧自己的所作所為，為此咬牙切齒。

「您似乎身高比敝人高了不少，至少能讓我倒在榻榻米上一次吧？」

這麼說，這傢伙是在向我挑釁，要和我幹架是吧？好！我奉陪！

周圍發出喧嘩。因為從沒看過的景象，使他們完全停止了練習。

「碰！」地一聲巨響，堂上倒在榻榻米上。

郁在助跑之後躍身而起朝堂上飛踢，紮實地踢中堂上的背部。

「我這就讓您倒在榻榻米上了，如何？」

堂上兩手撐在榻榻米上，向上仰望，瞪著雙手扠腰站立的郁。哇！真是痛快極了！郁心想。

「……是嗎，還有這招啊。」

堂上在低聲自語結束前便使出了一個掃腿。這次輪到被偷襲的郁，狠狠一屁股跌在榻榻米上。

然後……

「呀——————!?」

驚人的悲鳴從自己的喉嚨發了出來。

「這算什麼！好痛！手腕要被扯下來啦——————!?」

郁只知道自己的右手似乎被固定住，至於身體現在呈現什麼樣的姿勢，就完全無從得知了。

周圍的男生們呆住了，低語道：「哇，擒住手腕壓在地面上呢。」那不就是以最強的關節技而聞名的絕技！這這……這傢伙竟然對女生施展這一招，真是沒風度！

「竟然想要在沒有規則限制的狀況下，和我在水泥地板上一較高下，我還真服了妳。為了對妳的這份心意表示敬意，我會全力奉陪的——喂，站在那裡的，給我倒數三十秒！」

附近的男生接受堂上的指名，一邊拍打著榻榻米，一邊開始倒數三十秒——慢條斯理倒數個什麼勁兒呀！郁在心中想著。

「豬頭，怎麼可能撐上三十秒，別在那邊溫溫吞吞地倒數呀！投降投降投降！放開我呀！狗屎！去死！豬頭堂上——！」

在被擒住的手腕解放之前，郁氣勢凌人地用盡了怒罵的辭彙。

「那傢伙算什麼東西，剛才真令人不敢相信呀！」

郁在訓練結束回到宿舍之後，才恢復吼叫的精力。

「讓人不敢相信的是妳呀，笠原。」

洗過澡回房間的柴崎，一副吃驚的表情插嘴說道：

「平常會有人從背後對教官飛踢嗎？妳這女人還真不知天高地厚，是非不分也要有個限度呀。」

「是他先惹我的！」

郁皺著眉頭，彎曲、伸展到處貼著貼布的右手臂。因為可能傷到筋骨，所以堂上指示郁到醫務室報到，她在訓練中便接受了治療。還不都是因為堂上自己要使出狠招——郁對於堂上的指示，只覺得偽善。

「就我來說，堂上教官更加地吸引我了呢！」

「妳講這什麼背叛朋友的話啊!?妳的好友遭遇到這麼慘的事耶！」

「我才沒有背叛妳呢……我從以前就一直想要告訴妳了，笠原，妳說話的口氣太差了。我是妳的朋友，才會這麼說妳喔——」

干妳什麼事！郁鬧起彆扭。和柴崎住同一個房間也有一個月了，這位室友的評論非常口無遮攔。柴崎對郁無精打采的樣子絲毫不以為意，只顧著說出自己內心的想法。

「不過，我覺得他已經手下留情了呢。」

「哪有!?」

「男生們在說，如果完全被擒住手腕壓在地面上，是支撐不了三秒鐘的。妳還撐了十秒呢。」

那豈不是讓人活受罪嘛！郁對堂上完完全全抱持懷疑的態度，相反地，柴崎對堂上很有好感。

「被不知禮數、野猴子似的女生突襲，還是沒有忘記最後的寬恕耶。他這種成熟的溫柔，令我更加喜歡他了。」

「等等！野猴子是在指誰？」

「哎喲，有什麼不對嗎？」

雖然心有不甘，但生長在鄉下加上體力過人，被當作是野猴子也無從反駁。郁鬱悶地陷入沉默。

反正啊——

「我從來沒有像妳那樣，被人家定位成弱質纖纖的美女過喲。」

「哎呀，妳在自卑呀？我可要先告訴妳，要得到這樣的定位，可是有種種不為人知的辛勞喔——」

柴崎在口頭爭辯上略勝一籌。

「對了，我說妳呀，要怎麼跟父母報告呢？妳還沒有對他們說分派到防衛員的事情吧？」

「啊！對了，我差點忘了還有這件事啊——」

郁抱著頭趴在被爐的桌面上。原本想要向家裡說明而寫的明信片，結果還是丟掉了。（雖然正確來說是推給堂上，交由他丟掉。）

郁尚未將自己被錄取為防衛員的事情，稟報給鄉下的父母知道。因此，父母親至今一直都以為郁是被錄取為圖書館員。即使如此，她父母的反應仍不樂觀，認為現在跟圖書館相關的職務都很危險。

「嗯～這就……」

「遲早妳父母會要求來看看妳工作的地方吧？」

柴崎低聲說：「出乎意料之外，妳很受父母的保護疼愛嘛。」同時從兩人共同購買、放在一邊的零食中挑了一袋出來。在肉體劇烈疲勞的訓練期間，光是吃晚餐並不能滿足身體的需求，因此養成了吃「宵夜」的習慣。

郁嘟起了嘴唇說：「出乎妳的意料之外，那還真是不好意思哦。」然後將手伸向柴崎打開的零食之中。

「我上面有三個哥哥，所以身為父母總是會對女孩子抱著過高的期望。他們原本打算把我當作小公主般地栽培成淑女吧。」

然而上有年紀極為相近的粗暴哥哥們，郁受到的鍛鍊是非比尋常的。弱者只能忍受欺侮，不然就是躲得遠遠的。這是小孩子之間，不言而喻的絕對規則。而這個規則的磨練，便造就了柴崎口中所說的野猴子。父母的悲嘆肯定非同小可。

由於郁上大學是靠田徑的推甄，因此雙親總算可以漸漸正視郁的個性而稍做讓步。然而，他們對於「女孩子」的期望，至今仍不見停止的徵兆。

如果再聽到郁被分派至防衛員這件事——「一定會昏倒」，柴崎的評論毫不客氣地指出。

「如果只是昏倒那還好辦。」

被帶回老家，靠著雙親的人脈再度就業……結果可能會變成像那種只出現在老套故事中的不堪情節，這就是身為「鄉巴佬」雙親的恐怖之處。

「再說，防衛員和圖書館員業務上並沒有彼此重複之處啊。」

防衛員以圖書館的警備及警戒為最優先業務，為了避免缺乏訓練，因此並不兼任內勤業務。

「就算只有在父母來訪時，轉任內勤工作、做做樣子給他們看，但如果妳父母來個突擊檢查，那就一點意義也沒有了呀。」

「哇！拜託妳現在別再增加我的麻煩啦！」

每天都被訓練操得東倒西歪，實在沒有時間思考麻煩的事。雙親問題對郁而言，正是被束之高閣的最大麻煩。

「如果是圖書特殊部隊，好像就會和圖書館業務有相關之處了。因為前提是要對應種種假想作戰，聽說因而必須精通所有的業務。」

雖然如此，不過對新人來說是沾不上邊啦——不等郁吐槽，柴崎自己先做了結論。

特殊部隊主要從防衛員當中選拔菁英編成。平時屯駐在基地中，因應各圖書館的要求出動。任務內容很廣泛，從平常的一般圖書館業務到大規模攻防戰都包含在內。

「喂，笠原，我記得妳擁有圖書館員資格對吧？為什麼不以圖書館員為志願呢？」

圖書館法中明確訂定著圖書館員和圖書館員助理的職務，但是因為並沒有規定圖書館員必須擁有圖書館員資格，因此在地方自治體管轄圖書館人事的時代，不具有圖書館員資格的圖書館員比比皆是。

但是在地方自治體設立圖書隊這個機構，並把人事權轉移給圖書隊的現今，圖書館員傾向錄取專職者，是全國性的趨勢。

「嗯——那是經過諸多考量……」

原本順勢答話的郁，突然睜大眼睛瞪向柴崎。

「為什麼妳會知道我的第一志願是防衛員呀？」

郁明明就不曾和柴崎談論過志願的事。柴崎則無動於衷地笑著說：「拓展情報網的方法可是有訣竅的喔！」——柴崎真是不可輕忽的對象啊。

「順帶一提，在女性當中以防衛員為第一志願的，妳似乎是關東一帶有史以來第一個人哦，在全國裡也只出現過幾個例子而已。」

「咦，是嗎!?」

郁之前倒是不知道有這件事。經她這麼一說，中午在餐廳發生的事掠過腦海——『笠原小姐，吃那麼快對身體不好喔。』這樣就能解釋為什麼小牧知道郁的事了。如果是有史以來第一個，那他再怎麼樣也會記在心裡，並且另眼看待吧。

「那麼，為什麼明明知道會遭到父母反對，還特地以防衛員為志願呢？如果一直都有練格鬥技，希望能活用特技所以選擇防衛員為志願，那還比較說得過去呀。」

就算柴崎再厲害，似乎也弄不清楚郁如此填志願的動機。郁鬆了一口氣。面對這個讓人不敢大意的朋友，郁的動機有很大的可能性會變成她的把柄。

「啊，痛痛痛痛。被豬頭教官扭住的手臂好痛，我要去睡覺了。」

「妳還真不會說謊哩。」

柴崎口頭上佔了上風，卻似乎沒有乘勝追擊的跡象。似乎是尊重郁姑且說要睡覺的表面話，她將一直開著的電視音量用遙控器減小。雖然柴崎總是出言不遜，但是在這一點上，她是個知道分寸的好伙伴。

郁鑽進棉被裡，拉上了布簾。

*

郁從以前就喜歡看書。

雖然會養成看書的習慣，是因為父母希望能把郁栽培成淑女，而鼓勵郁培養閱讀之類的靜態嗜好。對郁而言，比起父母所推薦的鋼琴以及插花，她覺得看「故事書」有趣得多了。只要郁在看書，父母的心情就會變得很好，因此郁的讀書量自然而然增加。郁小時候時而和哥哥們嬉鬧，時而看書，在這兩者之間毫無不協調之感。

但是，這樣的情形看在別人眼裡，似乎被認為是不搭調的。就讀小學的六年之中，只要郁在教室裡看書，班上全體同學無一例外地都會說：「一點也不搭。」當時在郁的周遭，「好動的小孩必然不喜歡看書」的固定觀念牢不可破。

可以從玩躲避球中得到樂趣，也會在意讀到一半的小說接下來的故事情節。這對郁來說是理所當然的感覺，然而小學時的同學們似乎對這樣的情形感到難以理解。

在學會「意外」這個詞彙之前，同年齡朋友們直截了當地說：「看書跟郁一點也不合適，『好奇怪』。」郁往往因此一再受到傷害。

到底什麼叫不合適？不合適就不能看書嗎？我看起書來，真的那麼怪嗎？郁是在稍微年長一些之後，才理解到她們是想要叫自己和她們一起玩躲避球，因而說出那些話。

當郁在看《清秀佳人（註：《Anne of Green Gables》，作者為露西・莫德・蒙哥馬利）》時，當時她暗戀的男生爆笑著說：「一點也不適合妳嘛～！」這句話至今還是她內心的創傷。

而在這內心的創傷作祟之下，打從郁進入中學之後，就不在人前看書了。熱衷田徑的運動型陽光少女這個形象似乎很適合郁，這樣一來，就不再有人會覺得奇怪或嘲笑她了。

既然適合，那就這麼做吧，反正也不討厭運動——郁就因為這樣的理由，高中也繼續參加田徑社團活動，而田徑成績更讓她獲得推甄進入大學，因此就結果而言還算不壞。

退出社團之後，郁在閒暇之餘，小心翼翼地開始利用學校的圖書館。也因為已經高三，大家再也不會嘲笑身形巨大的體育類型女生在看書了。

甚至有朋友鬧著說：

「咦！原來郁是喜歡看書的人!?我也滿喜歡看書的喔！」

朋友各自推薦了彼此喜歡看的書，擴大了郁的閱讀範圍。

對喔，即使是我在看書，那也沒什麼好奇怪的。從小學便開始受創的心靈，出現稍微得到療癒的跡象。

接到對郁個人而言算是喜訊的消息，則是在高三的秋天。

那就是小時候非常喜歡的童話完結篇，在事隔十年後終於要出版了。

郁是在某ＮＰＯ（註：民間非營利團體）所營運的出版情報網站得知這件事的。為了應付媒體優質化委員會的檢閱，這個網站頻繁地轉移位於國外的伺服器，要追蹤也得花費一番精力，然而——

幸好我有繼續追蹤下去！郁在自家的電腦前雀躍不已。儘管如此，她還是有件事掛在心上。

只要是符合優質化委員會公共秩序與善良風俗基準的書籍，出版的消息都會經由正式管道公開。既然消息是在這個網站出現，就代表是被列為「查禁」的對象了。而被列為檢閱對象的圖書因為禁止網路郵購，只得去書店直接購買。

郁查過相關消息，也只不過是書籍內文中有幾處「不大適當」的語句違反基準罷了。媒體優質化委員會的代理執行組織、優質化特務機關人手有限，要地毯式搜索並臨檢全國書店是不可能的事。優先順位應該是從都會的大書店開始，而且從嚴重違反基準的書籍優先沒收。因此，郁想看的書籍就查緝的優先順位而言，應該算是比較不重要的。

再加上這裡算是鄉下，不會有問題的。

——然而，結果卻完全不是那麼一回事。

在那本書的發售日當天，郁來到學校附近的書店。就在她從童書部門拿起悄悄堆積了數冊的那本書的一瞬間——

從入口闖進穿著制式深藍色制服的一群人。看似隊長的男人強勢地將一份文件遞給收銀台前的女性，說道：

「這是正化二十六年十月四日，優質化第3075號文件！看仔細了！」

收銀台的女性用顫抖的手撕開封口，取出其中的文件。在她的視線移至紙張末尾那一刻，隊長又大聲怒斥：

「在此根據優質化第3075號書面通告，本人將以媒體優質化委員會小野寺滋委員長的代理人身分，負責執行優質化法第三條所規定的檢閱工作！從現在起禁止移動店內一切書籍！」

這是郁第一次親眼見到的——優質化特務機關。

怎麼辦才好呢？偏偏挑在今天發生這種事！郁迅速將手上的書藏在制服外套之下。購買檢閱圖書並不構成犯罪，只要想辦法買下就是了。雖然還沒有經過收銀台，但是郁的確準備要付錢，藏書的理由一定會被諒解的。

因為我想看這本書啊。我想知道這個花了十年的故事到底有什麼樣的結局呀！

優質化委員會的隊員們在店內東奔西跑，往帶來的箱子裡接連不斷投進「問題圖書」。從他們雙手的動作絲毫感受不到對書籍的敬意，在箱子裡的書本封面不是被折損、就是扭曲或被撕破。

太過分了，多麼粗暴啊。

因為心中有所不忍，郁將視線從箱子移開。對不起，沒能將你們藏起來。對不起，我只能救出這本書。

眼看著檢閱的樣子，店員們的表情也一樣心痛不已。那痛心的表情，是哀悼被查禁書籍的表情。被沒收書籍的損失因為可和出版社結算，因此書店雖然失去販賣機會和預估營業額，但並沒有任何直接的金錢損失。然而，書籍被查禁依然是一件可悲的事。

優質化隊員們卻毫不顧眾人的悲痛，繼續蹂躪著書櫃。

「妳藏了什麼！」

郁被抓住了手腕，才明白自己遭到盤問。

「不要呀……！」

雖然做了抵抗，外套前方被強迫敞開。藏著的書掉落在地板上。

那名隊員以一副訝異的表情撿起那本書。其他隊員看見了，開口說：

「哦，那本書也要回收。」

「不，還給我！」

郁突然抱住原本準備將書放到箱子內的隊員手臂。

「放手！要不然妳想被當作是扒竊的現行犯，跑一趟警察局嗎!?」

聽到威脅的話，郁心底一瞬間被嚇得涼了半截。不，我才不是扒手……

她在意起周圍的眼光，環顧了四周。只見不遠處稍微上了年紀的店長，依舊一副悲痛的表情，搖了搖頭。別違抗。她明白他想說什麼。

他能了解郁的行為。在郁如此作想的瞬間，她下定了決心。

「好啊，去就去，有什麼好怕的！店長，請你找警察來，因為我扒了一本書！我會和遭竊的書一起去警察局的！」

沒有偷竊物品作證據，是沒辦法將扒手定罪的。

隊員不情不願地嗟了一聲。

「吵死了，放手！」

郁被隊員用力地推開——在狠狠跌個四腳朝天之前，有人拉了她一把。郁向此人望去，只見一名穿著西裝的青年，用單手支撐著郁。

就這樣癱坐在地板上的郁，抬頭凝視這名青年走向隊員，不容分說地將書取走。

「你這傢伙想做什麼！」

在憤怒激動的隊員面前，青年從西裝的內袋掏出並揭示了類似手冊之類的東西。

「我是關東圖書隊隊員！根據圖書館法第三十條的資料蒐集權，以我三等圖書正的執行權限，遵照圖書館法施行令所規定，在此宣告這些書籍為受保護圖書！」

郁仰望著高聲宣言的此人後背，從胸口湧起了一句話。

——真是正義的化身呀。

雖然郁弄不清雙方是怎麼樣的關係，總之似乎就是狀況有了大逆轉。優質化隊員們全體皆咬牙切齒、心有不甘，但是他們只能把所有書籍都留在店裡，乖乖撤退。

優質化特務機關撤退之後，店長衝到自稱圖書隊員的青年身邊。

「謝謝您、謝謝您……！」

店長再也說不出其他的話來。對優質化隊員們無法無天查扣書籍正感到束手無策時，這名青年的出現對於店家來說，簡直就如同天助。

對於店長感謝的言語，青年表現得有些困惑。和宣言時的慷慨語調完全不同，他以低沉的聲音回答店長：

「雖然書籍受到相當程度的損毀，在修補過後就請先納入市立圖書館吧。至於包裝之類的書籍用品則由我們這邊準備。」

他指的似乎是被丟進箱子中的書籍。

郁坐在店裡替她準備的椅子上，眺望這一切。青年當時雖然幫了她一把，但是郁被用力推開時，為了抵抗，勉強用腳撐住而扭到了腳。郁脫下扭傷的那隻腳上穿的鞋子和襪子，接受書店的好意，貼上了貼布。

和店長交談後，青年轉向郁所在的方向。他制止了基於反射動作正要起身的郁，向她說：

「這本。」

他交給郁的，是從優質化隊員處拿回來的那本書。

「去把它買下來吧。」

但是……郁躊躇了一下。青年向優質化隊員說，要將這些書都當作受保護書籍。雖然郁不明白受保護書籍所指的是什麼，總之就是要將這些書納入圖書館吧。

青年似乎明白了郁的躊躇，補充說道：

「受保護書籍並不一定會全部購買進來。因為同樣的書會有好幾本，反正會退回一、兩本的。」

真的沒關係嗎？青年似乎是再一次溫柔地催促無法揮開客套之情的郁，說道：

「冒著被當成扒手的污名，守護這本書的人是妳啊。」

淚腺緩解，郁落下淚來。雖然郁收下了那本書，但是她的聲音哽咽，無法道謝。直到現在，郁才發覺剛剛優質化隊員的威脅，已讓自己的內心受到傷害。

郁握緊了拳頭，在眼角用力地擦拭眼淚。只覺得有一隻溫柔的手，輕輕拍著自己的頭。等到郁抬起頭，青年已經走出店外了。

郁在收銀台付錢時，店員發現到書的封面被稍微撕破了一些。雖然店員要另外換一本沒有破損的新書給她，郁卻表示：「沒關係，請給我這本書。」而買下了封面破損的那本書。即使這本書有所破損，但是郁就是要這本書。

冒著污名守護的人是妳——郁就是喜歡青年這麼說著，並且親手遞給她的這本書。

回到家中，郁用透明膠帶修補了破損的封面，讀了睽違十年的這本書。細讀之下，書中出現的「乞丐老爺爺」這句話，似乎這就是遭禁的關鍵字。

多麼愚蠢，郁皺了皺眉頭。

該系列書籍描繪生動的異次元世界，是溫馨的奇幻作品。讓人能夠很清楚地明白，作者根本就不想將這個登場人物寫成優質化委員會所推薦的「居無定所、沒有工作的老爺爺」。就讀者而言，如此的描述也會令人感到無趣。

「乞丐老爺爺」事實上是某個被滅亡國家的國王，他扮演的是溫和地守護主角們、並且引導他們的角色。在這裡所使用的辭彙並無任何偏見及歧視，故事和以前一樣不變，是很溫和的一個故事。只要好好看過這本書，就會知道那樣的一個辭彙，並不是為了貶低任何人事物所使用的辭彙呀。

查禁這本書就是為了公共秩序和善良風俗？這根本就說不過去。

郁的腦海裡掠過那名青年的背影。還有，那慷慨宣言的聲音——郁之所以會想成為像那樣的人，對於深信不疑的郁來說，也許是自然而然的結果。

「這裡是關東圖書隊！」

就像這樣，郁會模仿以上說詞，然後哇～地一聲，難為情地鑽進被窩裡。

「吼那麼大聲，妳到底在幹嘛？」年齡最接近的哥哥以訝異的表情窺視郁的房間。

「哎呀，別看啦！」

郁尖叫著，向哥哥扔出枕頭。

雖然郁沒有寫情書的經驗，她彷彿是被偷窺到自己正在寫情書時那樣地害羞。個性速戰速決的郁，在告白的時候會面對面、直率地一決勝負，這正是她的優點。

郁調查了種種有關圖書隊員的事情。後勤人員幾乎都是外聘居多，正式隊員似乎分為圖書館員和防衛員。如果要訂立目標——

還是選防衛員吧。

被那名青年稱讚「守護了書」這件事，對她產生了莫大的影響力。

我也要成為圖書隊員——成為圖書防衛員。我要前往和那個人一樣的地方。

說不定會有命中註定的再度相逢呀，郁愈想愈得意，然而——

「糟糕了——————！」

「郁，妳吵死了！」

隔壁房間裡，最年長的哥哥「碰碰」地踢著牆壁。誰管你，我可沒空理你呢。郁心想。

我連那個人叫什麼名字都沒問！連臉也記不清楚——應該長得滿帥的，郁相信對方一定是長得很帥才對。

總之，郁就是什麼都不記得。郁原本就不擅長於記住別人的臉（不單單只是臉），加上那場騷動，根本由不得郁記得那名青年的模樣。

雖然後來郁抓住了書店店長向他詢問，終究沒有問出結果。那名青年似乎不是本地的圖書隊員，雖然書籍已被妥善安排納入市立圖書館，那名青年卻不見蹤影。

像這樣低調的作風雖然很酷，但是在這種情形下可說是麻煩至極。

算了，反正又不是因為一時衝動做出的決定。郁無精打采地調查成為圖書隊員的方法。

根據導覽書籍，持有圖書館員資格對於錄取較為有利。最踏實的做法，就是在擁有圖書館員課程的大學或者短大（註：日本學制中特有的短期大學，有兩年制及三年制）取得該學分畢業。

「完了，沒有圖書館員課程——————！」

「給我安靜點———！」

二哥打開門將坐墊扔向郁。

郁獲得推甄入學的大學裡，並沒有圖書館員課程。就制度上來說，註冊費是不能退費的，而郁已經繳納了註冊費。到如今才要改變志願，根本是不被允許的事情。

郁為了在大學期間取得圖書館員資格，到處奔走找尋公開講座，那又是另一個故事了。

高中三年級的時候，老家的書店遭到優質化檢閱，當時我想看的書也被取締。當時，有一位圖書隊員從優質化隊員手中取回那本書。那名隊員實在是太帥太酷，氣勢凜然而值得信賴。我當時心想，以後也要成為像他一樣的人。我也想要像那個人一樣，保護莫名其妙便遭取締的書籍。

因此，我志願成為圖書隊防衛員。

也許是郁的敘述滿腔熱血，在錄用考試的面試之中，被面試的主考官們取笑了一番。

即使如此，郁還是被錄取了，而且被分派到防衛部。郁單方面將之解釋為：是自己的熱情受到了肯定。

＊

新隊員的訓練期間也接近尾聲，課程中開始編入因應分派單位的實地訓練。

柴崎因為被分派到圖書館業務部，因此和防衛部的郁受訓內容有所不同。每天她們都用心地在武藏野圖書館進修。以武藏野第一圖書館為範疇的研究之中，分派到關東區內其他圖書館的隊員也會交替參加。另外，也在兼具整個關東區域共同保存圖書館業務的關東圖書基地裡，學習分類以及管理。

作為一個為了保存年年增加藏書的共同保存圖書館，關東圖書基地在廣大腹地的地底下，擁有多達十幾層的書庫。據說因為過於寬廣，不時有人在裡面迷路。以這個巨大書庫的管理業務作為研究對象，是最恰當不過的。

當訓練期間結束之後，被分派到其他縣市圖書館的隊員們，便會各自搬到所屬主要圖書館的隊員宿舍。

「不能再見到堂上教官，還真令人感到遺憾啊～請不要忘記我喲。」

柴崎一副溫馴小貓的模樣，她這句話到底有幾分是真心的呢。說起來，大家還是在同一個基地裡生活，所以碰面的機會該是很頻繁的。宿舍雖然男女分棟，但是共用的區域很多，連玄關也是共用的。

堂上心想著：真是小題大作。苦笑著對柴崎說道：「要好好努力。」──郁在一旁吃味極了。為什麼堂上就不能對我做如此溫柔的對應呢？郁和堂上依舊水火不容，像在格鬥訓練之類的場合，彼此都想要找出對方疏忽之處，顯得劍拔弩張。

會演變成如此，到底最初的來龍去脈是什麼呢？至少郁不記得自己曾引燃過其中的導火線，而堂上對待郁的方法明顯和其他女性隊員──有時甚至連跟男性隊員相比──都不公平。

防衛員接下來會在進行實習訓練的同時，在武藏野第一圖書館與圖書基地，交替體驗實際警備業務。防衛員的標準裝備是填裝了減裝藥彈（註：日文為「弱裝彈」，是比起一般正常子彈，裝填較少火藥的子彈）的SIG-P220，然而新隊員則只攜帶三段式警棍。

根據優質化特務機關的說法，媒體優質化委員會代理執行，有義務在事前進行書面通告。然而，一般的處理手法，都是在檢閱前一刻才發出書面文件，來個趁其不備。事實上，根本就是臨時檢閱。郁在高三的那一天也曾體驗過這種手法。

該做警戒的首先是由摩托車寄送的快遞、可以追蹤寄送狀況的宅配。因為也曾發生優質化特務機關在闖入時，強制提出書面通報的情形，因此周邊地區的警戒也不可或缺。

再加上不能讓圖書館使用者有壓迫感，警備上非得要考慮不造作的人員配置不可。優質化特務機關不管是夜襲、日查，什麼事都做得出來。因此人員交替上也不得有所疏忽，必須不分晝夜採取警戒狀態。

圖書防衛員確實是件苛酷的工作。對於女生要成為防衛員，即使不是郁的父母也會面有難色吧。在全國當中，女性防衛員仍然非常少見。如果有人以公務員為理由，不加思考便選擇當作志願，不論是男是女，率先就會被淘汰出局。即使是內勤的圖書館員也並不代表完全從危險隔離，因此離職率不低。比較安定的，唯有完全跟圖書館無關的外聘後勤人員而已。在關東區，每年錄取數百名正式隊員，然而必要人員的維持可以說是走在極限邊緣。

「使用者平常就很多嘛。」

郁詢問的對象，是當天負責警備指導的小牧。新隊員總是和前一任的防衛員，兩人一組接受指導。為了負責統括全體新隊員，六名主任教官交替陪伴新隊員做警備實習。似乎是因為被任命為主任教官的防衛員擁有出類拔萃的實力，女性隊員通常都和教官兩人一組。

女性隊員並不被指望能在有狀況時，發揮出像男性隊員一般的戰力。實情大概就是這麼一回事吧。因此警備實習的輪替上，每回都以一位女性為限。

小牧苦笑著回答了郁的質問：

「是啊，因為時勢如此。」

媒體優質化法通過、檢閱日趨頻繁以來，圖書館的使用者人數年年不斷增加。

「因為檢閱而被查禁的書愈來愈多。市民愈是無法自由買到書，對圖書館的需求就愈是高漲。還有，書籍的價格日趨高昂也不無關係。」

被檢閱的違規書籍如果流通到市面上販賣便會違反法律，因此出版社無法確保販賣通路而無法再版。在無法再版的狀況之下，將遭到沒收的損失納入考量，每一本書籍的單價便往上三級跳。以現在而言，標準價格是優質化法訂立之前的兩倍以上。

當然，如果出版數量少，價格更是高漲。讓郁志願成為防衛員的那本關鍵童話書，因為出版的冊數少，價格不下五千日元。就當時郁的零用錢來說，算是極為昂貴的一本書。

但是相對的，各自治體以法定外稅的形式來課徵圖書館稅，就成了一般常態。在市民難以自由取得書籍的情勢之下，民眾只能依賴擁有資料蒐集權的圖書館提供書籍。

說來諷刺的是，媒體優質化法相對地提升了圖書館的地位。

然後，因為擁有「必定能讀到被查禁書籍」的特性，公共圖書館經常受到媒體優質化委員會執拗的檢閱。優質化委員會的說詞是：為了保護市民不受有問題的描述毒害。

「那麼，像漫畫是怎樣的情形呢？圖書館只處理其中一部分而已呀。」

「對於漫畫，優質化委員會的檢查機構比較寬鬆。所以，相較之下容易流通。雜誌和視同雜誌處理的漫畫，是沒有『樣書日』制度的。」

在出版社將書籍批給委託販賣書店的時機上，書籍和雜誌有所不同。就書籍來說，從前就有必須在發售的大約五天前，提交樣書給委託販賣書店的制度。媒體優質化法施行後，還被規定了必須和樣書一同提出出版資料的義務。出版社提出的樣書和資料，於委託販賣書店協會彙整後，由媒體優質化委員會強迫委託販賣書店協會設置的媒體優質化委員會分室，來執行檢閱的工作。

但是關於雜誌與視同雜誌處理的漫畫，則免除了樣書日的規定。整個流程就是在距離發售大約兩天前的進貨日，納入要流通的刊物。和書籍比起來，檢閱期間較短，再加上媒體優質化委員會最高警戒對象是週刊誌，其他雜誌與漫畫檢閱的優先順位就下降了。

「而且如果是漫畫，即使提出出版資料也和檢閱效率沒什麼關係。就漫畫而言，其中對於台詞和圖畫必須做雙重檢查，因此檢閱就不得不依賴人力。加上出版數量也很龐大，所以就物理性上來不及做檢閱。而關於被當作書籍處理的漫畫，檢閱上費的功夫依舊是不變的。所以，實際上就是在刊物被輿論炒作引發問題之後，才做取締的工作。」

雖然這也是因為媒體優質化委員會輕視漫畫——小牧做了附加說明。簡而言之，對於優質化委員會來說，漫畫的優先順位較低。

「就這點而言，書籍有樣書日的制度，製作上因為完全都是電子資料的往返，所以檢閱上很輕鬆。只是在資料上檢索違規語彙，瞬間就能完成檢閱。而且委員會應該擁有檢閱的軟體吧。作為大眾傳播媒體，最優先處理警戒度最高的週刊誌是理所當然的。而第二優先順位之所以選擇書籍，則大概純粹是因為『方便檢閱』這樣的理由吧。另外，也因為媒體優質化反對派的有識之士，主要還是以鉛字展開論述。如果改以漫畫為主流，監視的優先順位大概也會改變。」

此時暫停說明的小牧，面向郁輕微地皺了皺眉頭。

「……不過，這些應該都在講座上學過吧？笠原小姐，妳有沒有好好聽課？」

「不好意思，講座教的好難懂……如果像小牧教官這樣仔細分析說明，就容易理解得多了。」

實習訓練之間的講座是絕佳的休息時間。雖然想要認真聽講，但總是不敵睡魔來襲，打瞌睡是常有的事。再加上因為通常都是歐吉桑用艱難的辭彙在講課，更是有如雪上加霜。

「算啦，我不會告訴堂上的。」

和微笑的小牧相對照，郁的表情痛苦不堪。看著郁的表情，小牧更加笑開了臉。

「妳真的是相當討厭堂上啊。」

「我認為是對方討厭我呢。」

「沒這回事。」

雖然小牧很乾脆地斷言。但是——太無憑無據了！郁皺起了眉頭。

「為什麼只有對我的態度那麼嚴厲呢？和其他女生相比，態度上有很明顯的不同呀！」

「因為期待愈高，態度就愈嚴厲。妳不認為他的態度可以這樣解釋嗎？」

這也是柴崎之前所說的理由，然而——

「不可能。」

郁已經頑固得不相信這種說法了。

「堂上說起來也有不成熟的地方就是了。那麼，妳就不妨想想，為什麼只有自己被罵吧？」

小牧不替堂上辯護到底，而是乾脆放手不管——不，不對。

不是放手不管，而是拒絕做評論。郁受到個性溫柔而穩重的這位教官如此相待，她的心情微妙地膽怯了起來。

小牧教官是不是在生氣呢？

想想為什麼只有自己被罵——？小牧說原因在郁的身上。若沒有察覺這一點，就是自我姑息。

雖然郁努力不表現出來，但是她的氣餒之情似乎被小牧察覺到了。小牧微微一笑。

「我並沒有生氣，只是這裡便是笠原小姐的問題關鍵所在。」

連氣餒沮喪的理由都被摸得一清二楚，真是糗大了。小牧輕輕將手放在郁的頭上。

——啊。

高三時，所憧憬的圖書隊員也是這樣對她。手的溫柔撫觸或許有類似之處。

「妳冒著污名保護了書籍。」如果是小牧教官這麼說，是不是就很像那個人呢？郁試著想像，但是並沒有順利想像出小牧說這句話的樣子。

「堂上也的確有不對之處，那傢伙是對妳不公平。」

果然是不公平嘛。郁的眉頭又皺了起來。

「因為不公平，所以給妳提示吧——笠原小姐，妳一直都參加田徑社對吧？」

「呃，是呀。」

「田徑和這裡的訓練相不相似？」

這個人到底突然問起什麼來呢。郁一面感到疑惑，一面回答小牧：

「看科目種類，或許是有相類似的地方。若以活動身體這一點來說，基本上是一樣的。」

小牧只管讓郁盡情說出口，自己淨是微笑聽過去。郁不禁在內心吐槽：又把我晾著不管了！不過這說起來，也許就是要郁好好想想吧——兩者到底是哪裡、又如何相像？

「啊！」

郁發覺玄關大廳的電梯前，有一位坐著輪椅、上了點年紀的紳士。他似乎在等電梯。

「因為發現需要支援的使用者，我要去前往支援了！」

對使用者提供嚮導以及幫助，也是防衛員重要的業務。針對書籍導覽所提供的諮詢服務（reference service），則是圖書館員的分內工作，與防衛員並不相干。

「啊，笠原小姐！」

郁向叫住她的小牧敬了個禮，趨前走向坐著輪椅的男性。那是名身穿剪裁良好的蘇格蘭呢絨，一臉嚴肅的大叔。

「這位大叔，要到哪一層樓呢？」

郁微笑著問這名男性。只見他抬起頭看著郁，眨了眨眼說：

「……到五樓，好嗎？」

「好的，立刻為您服務——」

郁說著，按下電梯上升的按鈕。這個圖書館同時充當文化中心，是一座巨大的設施，從二樓以上是參考期刊室以及演講教室等樓層，五樓是最頂層。

電梯到達之後，郁將輪椅推向電梯內。當她自己也接著要進入電梯時，這名男性止住了她說：

「不用了。」

「讓我陪您到您要去的地方吧。」郁說。

「不，不用了。輪椅是電動的，我一個人去就可以了，妳的好意我心領了。」

何必客氣呢。郁歪著頭，而這名男性似乎要開導郁，笑著說：

「使用者也有選擇『是否接受服務』的自由。您能了解嗎？」

「啊，是……」

剛才似乎太積極主動了。郁低頭致歉。

「真對不起。」

郁追加了一句：請慢走。這名男性在電梯門要關起來之際，說道：

「妳的服務很好。」

郁回到小牧身邊，被問道：「如何？」郁率直地報告說：可能太主動積極，帶給使用者壓力了。

這是今天反省的要點。

「但是，得到了使用者的讚美，說我的服務很好。」

「哦，這樣啊。太好了。」

小牧這樣說著，露出了笑容。

接下來的警備實習時刻，發生了郁最不願見到的狀況。那就是和堂上兩人一組實習。

「……妳這副苦瓜臉是怎麼回事？」

「我也以同樣的話回敬您。」

郁諷刺地說：要不要我寫在賀卡上一併回給你，卻被堂上忽視過去。小牧教官啊，我做不到，我還是無法和堂上教官和平相處。

即使在館內巡邏期間，兩人也互相沉默不語，堂上和郁各自看著不同的方向。當然，如果都看同一個地方，兩個人在一起巡邏就沒有什麼意義了。若光就這一點來看，兩人的行為並沒什麼不對。但是追根究柢，會這麼做的理由是因為不想接觸彼此的視線，因而顯得火藥味濃厚。

也許是勉強和堂上往不同的地方別過臉去，因此發覺到——郁眼尖地發現從閱覽室出來的年輕男子，東張西望走向廁所。

她感到有些可疑，因此雖不情願，但還是碰了碰堂上的背部。

「會不會是……需警戒的使用者？」

「有可能。」

去查問一下吧，接到堂上這樣的指示，郁追在該名男子之後。堂上的職責就是要跟在郁後面監督。也許根據堂上的判斷，這是一個適合作為實地訓練的案件吧。

呃，職務上詢問的開頭是「很抱歉，能不能耽誤您幾分鐘？」吧。郁在口中反覆練習了好幾遍，走向該名男性消失的男生廁所。

「喂！你在幹嘛！」

原本練習了好幾遍的問話之所以成了這麼一句，是因為郁發現該名男子正在洗手台用美工刀割著雜誌。因為封面包裝了書套，那的確是圖書館的藏書。

男子僵住了，接著用美工刀向郁刺了過來。

騙人的吧？來真的？哪有突然發生這種事的!?郁的腦裡呈現恐慌狀態，但是身體卻自行動了起來，她用反射動作拂去以美工刀刺過來的手腕。我才不會退怯呢。

這種傢伙，和堂上比起來動作慢得多了！拉過男子的手腕，乘勢絆了對方一腳。抓在手裡的感觸軟弱無力，完全無法和堂上相比。像這種程度，女性圖書館員還比較帶勁呢。

「……呀啊！」郁將男子摔倒在地板上，向他狠狠撂下話——別小看人！

「笠原！」

不知是否聽到了騷動，堂上奔入廁所之內。

「逮到有損壞藏書嫌疑的現行犯一名！」

如何，看到了吧！當郁轉向堂上，卻——

「妳是白痴啊！」

堂上大聲罵了出來。怎麼了……郁順著堂上的視線回顧背後，只見摔倒在地的男子跳了起來準備揍郁。

因為完全出乎意料之外，這回輪到郁僵住而動彈不得。這時堂上抓住郁的手腕全力拉向自己。比郁矮小的堂上拚命將身材高大的郁抱入懷中。

喀地發出鈍鈍的聲音，郁明白那是堂上為了庇護她，而受到男子的毆打。

這不是真的！不要啊。

「堂上教官！」

郁發出悲鳴，然後向外狠狠地被推了出去。

跌個四腳朝天的郁抬頭望去，只見堂上打倒了男子。對方誇張地撞上垃圾桶，然後被死死壓住。

接著堂上把男子翻了過來，毫不客氣地將膝蓋頂在男子的背脊上，在男子被扭向背後的手腕上，迅速銬上手銬。這是束縛犯人用的標準裝備。這回男子終於失去了反擊的意思，任憑堂上擺佈。

堂上向郁轉過頭來，伸出了手。郁在堂上的催促之下將手交給他，堂上一口氣將她拉了起來——

用空著的手惡狠狠摑了郁一巴掌。

郁按住了被毆打的臉頰，呆然佇立。臉頰又痛又熱。

「這一巴掌無論是男是女，或者因為對象是妳或不是妳都沒有關係。在這樣的情況下，不管對方是誰，我都照打不誤。連手銬都沒有銬上，還說什麼逮捕，妳這豬頭！」

堂上嘴裡嘖地一聲，將手伸進頭髮之中。看來是頭部被打傷了，伸出來的指尖上雖然不嚴重但確實沾著血。

他是代替我被打的——郁的鼻子酸了一下。

「如果妳一直都脫離不開運動的心態，那就辭職算了。妳不適合當防衛員。」

對於堂上的冷言相向，郁無力反駁。

「事情好像是——那個人原來想要那本雜誌內裝封袋的照片哦。」

當晚，消息靈通的柴崎在宿舍房間裡告訴郁事情的始末。

「就是說啊，雖然不是限制級的成人書刊，但那本雜誌不是滿色情的嗎？也因此立刻被檢閱查禁而買不到了，這一本書的內裝封袋好像是他喜歡的偶像第一次拍的寫真。如果借出來的話會留下紀錄，所以才偷偷帶出來，打算割下封袋、只還雜誌的部分。世風日下，就只為了雜誌內裝封袋而被送交警察局呢。」

郁頭也不抬地伏臥在被爐上，柴崎從旁搖了搖郁。

「喂，我說郁啊，妳抬起頭來吧。消沉一輩子也不是辦法啊。」

郁心不甘情不願地抬起臉，柴崎看到了忍不住笑了出來。郁的臉上也被噴到柴崎的口水。

「是妳叫我抬起臉的呀——！」

「哎呀，對不起、對不起，不過堂上還真是不留情面呀。我第一次看見女生在臉頰上貼著冷敷貼片呢。」

「吵死了，豬頭。」

因為被堂上摑了巴掌的臉頰腫起來，郁去了一趟基地的醫務室，結果臉頰上被貼了發燒時用的冷敷貼片。

「打起精神來吧，堂上教官在報告書裡寫著逮捕毀損犯的人是妳喔。雖然有點失敗，但是該被肯定的部分，他還是肯定妳的不是嗎？」

就柴崎來說，也許是在鼓勵郁。但這個話題卻反而給了郁致命的一擊。

是可憐我嗎？逮捕不成被反擊，而且還受到堂上庇護。郁是沒有資格作為逮捕者的。

她在腦海中回想起堂上將手伸進頭髮裡時，他的那副苦瓜臉。由於一開始郁便將美工刀拂落，因此只受到毆打。但如果那名男子還拿著美工刀——一想到這裡，郁便不寒而慄。

最壞的假設，就是堂上替郁挨了一刀。

——不妙。

「我去買果汁！」

郁丟下這句話之後立刻站了起來，迅速跑出房間。

不論是安慰人的柴崎和接受安慰的自己，都令她感到難受。

妳想什麼都是藏不住的，傻瓜——在郁跑出房間之後，柴崎的低聲自語，郁就不得而知了。

熄燈後的大廳只有消防燈亮著，四周昏暗。慶幸的是郁沒有和任何人擦身而過，在到達大廳的走廊上時，眼淚總算止住了。但有些事總是防不勝防——就在這樣的情形之下——

你怎麼會在這裡！

堂上在大廳的沙發上喝著罐裝啤酒。堂上也注意到了郁，輕輕皺著眉頭。

「妳現在來這裡做什麼？」

「這裡是男女共用樓層，你沒有資格指責我。」

不對，我不是想說這種話的啊。但郁就是改不了找碴的語氣。

「不要在臉上貼著可笑的貼布還晃來晃去的。快去睡覺！」

「你以為是因為誰……！」

本想回他一句，說到一半郁卻又把話吞回嘴裡。我沒有資格還嘴。

在郁決心要低頭道歉的那一剎那，堂上卻說：「別道歉。」同時制止了郁。

「如果接受妳的道歉，為了公平起見，我就也必須為妳臉上可笑的貼布道歉。我不想道歉，所以妳也不必了。」

呀！好不容易人家奇蹟似地有了誠意，你卻老是要唱反調！你就那麼恨我，是不是啊？郁心想。

既然不用道歉，那就問問看：

「為什麼說我是逮捕者呢？」

堂上抬起臉瞪著郁。妳怎麼會知道——他的態度像是在反問郁這句話。「是從柴崎那裡聽說的。」

聽到郁這樣回答，堂上苦著一張臉，避開郁的視線。

「妳有資格或是偉大到能對於教官所做的報告，表示其他意見嗎？」

「我不是在說這個！」

在郁吼出來的同時，冷不防眼淚流了出來。不妙，就是不想讓這傢伙看到我掉眼淚的啊！郁慌慌張張低下頭，但是眼淚卻無法停止。

「我是沒有資格當逮捕者的！」

田徑和訓練有沒有相類似的地方？小牧出的謎題已經得到了答案。

在持槍跑步時，郁一到終點的同時就垮了下來。如果是這樣，訓練就沒有意義了。因為不是田徑，到達終點並不代表一切都結束了。在到達終點前就使盡全力，衝過終點之後又該如何呢？在之後鬆懈下來，一個大意，如果被乘其不備——

就會發生像今天一樣的情況。

郁在摔倒對方後，自顧自地以為一切都結束了。因為摔倒了對方，所以我贏了——然而，對手並沒有照妳的規矩來的義務。即使被摔倒之後，還是能做反擊的。

和男子混合排名中名列前矛的這種事，根本就沒有任何意義。即使速度上比郁慢，但是在終點保持不倒下來的男生要強得多了。他們知道在排名上提升，並不是訓練的目的所在。

只因為擅長運動，竟然就得意洋洋。我到底算什麼東西！

這時有一隻手輕輕地放在頭上。郁一看，發覺是堂上站著往郁的頭頂伸出手。

這隻手很溫柔。這份溫柔，卻不知和什麼互相重疊。郁稍作思考，想起之前警備訓練的時候，小牧也同樣這麼對她。在這種時候會採取類似的動作，是因為這兩人是朋友的關係嗎？

感覺有點不一樣，那是——啊，對了。

「……是因為你比小牧教官矮呀。」

郁毫無惡意卻說溜了嘴。那隻手的溫柔當場消失，「碰！」地頭上挨了一記。

「哇！真令人不敢相信，在這種情況下、而且還在這裡打我的頭!?你這算是哪門子的男人、算是哪門子的長官!?」

「偶爾人家對妳溫柔一點，妳就得意起來了。是妳自己長了個傻大個兒的！」

可惡，壞了酒興。堂上板著臉吐她的槽，並且拿起放在桌上的啤酒罐。他灌了一大口後，將啤酒罐扔進資源回收桶裡，對郁說：

「快快去睡覺！」

對著怒吼後準備邁步離去的堂上，郁用聲音糾纏著：

「我不會辭去這份職務的！」

堂上表情嚴肅地轉頭面向郁。郁正大光明地接受他凝望過來的嚴厲眼神。

——妳不適合當防衛員。郁要將她被堂上如此斷言的痛楚給頂回去。

「我是因為想成為像高中時遇到的圖書隊員那樣的人，才來到這裡的。如果有一天能見到他的面，我要對他說，我是為了追隨你才來到這裡。所以我才不會因為這樣就辭掉這裡的職務。」

堂上喃喃自語：就是面試時的那件事啊。

「那個男人有這麼好嗎？」

「不關您的事，我沒有理由要被教官說三道四的。」郁算準了堂上會諷刺她，因此就只回了這麼一句話。

「隨妳的便。」堂上說：「因為我沒有人事權。」

「謝謝您，我會的。」

郁在諷刺中混雜了對於中午那件事的感謝。就算傳達不到，那也無所謂。

堂上消失在男生宿舍的走廊，郁也轉而面對自動販賣機。她原本是藉口要來買果汁跑出來的，如今不買果汁回去就說不過去了。然而——

「糟糕，忘了帶錢包……」

今天一整天真是諸事不順呀。

＊

第三次警備實習的分組，對象既不是小牧，也不是堂上。

「哦，妳就是笠原一士呀！」

這位教官比兩人都大十幾歲以上，年紀約四十多歲，體格魁梧、相貌嚇人。他名叫玄田龍助，是三等圖書監。在教官之中，他是唯一的圖書監，同時也是培訓教官中的總負責人。

「我聽堂上說過妳的事，聽說妳上次被摑了一巴掌。腫脹的部分已經消了嗎？」

不知道他是性格豪爽或大而化之，在警備休息室初見面之後，便一直戳著郁的痛處。

「託您的福……」

「雖然是無妄之災，但那傢伙是個不知變通的男人。妳就原諒他吧。」

郁明白他在說堂上摑了自己一巴掌的事，但是沒什麼原不原諒的。

「那全都是我的過失，害堂上教官遭遇危險。」

「要說過失，那傢伙也有份。」

玄田乾脆做了結論。

「新隊員會犯錯是理所當然的。雖然妳當時真的太大意了，但後續支援沒做好而造成危險，是堂上的責任。他本人也在反省。」

對於玄田令人感到意外的觀點，郁眨了眨眼。

「堂上教官一直很在意那件事嗎？」

「他倒是滿氣餒的。當時若是一個不小心，妳很可能就會受傷了。作為一名教官來說，氣餒是理所當然的。」

堂上差點就代替郁被刺一刀。和他站在同樣的角度來看這件事，堂上自己也感到氣餒，這件事出乎郁的意料之外。原本還以為堂上在生她的氣呢。

「不過，堂上叮嚀我別多嘴說些有的沒的，就當我是在自言自語吧。」

話都呱啦呱啦地說到這裡了，才來這麼一句。郁忍俊不住笑了出來。雖然沒有直接受過指導，郁感覺似乎能和玄田相處愉快。本性單純的郁和直來直往類型的人挺合得來。

「好，要出哨了。」

這是頭一回上街巡邏，郁精神抖擻地跟在玄田之後。

優質化特務機關的檢閱部隊，大多由十名左右的優質化隊員所組成。並且附帶搬運沒收物品的運送車輛。

「所以如果看到兩台以上的貨車隊伍就要注意了。他們移動時必定會有好幾台貨車一起移動，只要觀察一陣子便能馬上分辨出來。若是全部車子都在車窗上貼著遮陽紙就錯不了。」

聽著玄田的說明，郁指向雙線道的另一側。

「那不就是嗎？」

完全具備如同玄田說明的特徵，車列停在路肩上。玄田看到後也說：

「哦，正是那些沒錯——妳的眼睛挺尖的。」

「不，是恰好看到的。」

玄田拿起原本收在腰帶上的行動型無線電話機。

「巡邏隊傳呼本部，在鄰近路上發現優質化特務機關的車隊。本日襲擊率雖低，警戒階級調升1，請回答。」

「本部傳呼巡邏隊，了解，請回答。」

聽著他們的對話，郁歪了歪頭。

「為什麼說今天的襲擊率低呢？」

「嗯？哦，是這樣的——」

玄田一面將無線電話機放回腰帶，一面回答：「停車的位置太靠近圖書館了。」巡邏確實才剛開始，也還看得到圖書館，而圖書基地也只要沿著橫向建築用步行就能到達。

「那些傢伙的手法就是突襲。因為不出人意料之外就沒意義了，所以圖書館的巡邏早在他們的意料之中，而在這麼近距離內隨隨便便停車，就表示今天的目的不在圖書館。」

原來如此，有道理。

「那麼，那些人的目的是……」

「市政中心附近不是才成立了大型書店嗎？目標大概是那裡吧。大概是最近書店銷售額不錯，所以被盯上了吧。」

「嗄？那我們必須趕快過去呀！」

「去哪裡？」

玄田滿臉詫異。郁也回以詫異的表情。

「去哪裡?當然是到那間書店呀。」

「妳在說什麼!民間書店是非武裝緩衝地帶。如果是剛好對上了,那還算是理由充分,我們是不能特意闖入妨害他們做檢閱的。」

「哪有這樣的!」

明知會遭到檢閱——卻束手無策,不採取行動。

不知不覺中,郁開始語帶責問的口氣。玄田的表情也嚴肅了起來。

「要放過他們嗎?」

「不要搞錯,笠原。我們並不是正義的化身。」

玄田的話重擊了郁的腦袋。

「圖書隊的權限是為了守護圖書館而有的。如果不加考慮,便擅自擴大權限的適用範圍,很可能會破壞花了三十年成立的雙方默認交戰規定。妳打算把抗爭範圍擴大到街頭上嗎?」

玄田所言確實有他的道理。但是郁卻無法接受他的說詞。

我們不是正義的化身。圖書隊員並不是正義的化身——那麼,那個人呢?

不記得他的臉,也不知道他的名字,只在五年前遇到過一次的那名圖書隊員。「是妳冒著污名保護了這本書。」他這樣說,然後把書取回來還給郁。

難道那個人不是正義的化身嗎?難道要在再次遇到那個人的時候,對他說,自己袖手旁觀看著書本被查禁——

這種話怎麼說得出口！

「——我們有裁量保護圖書的制度！」

郁說著，奔跑出去。

「喂！那是……！」

玄田叫住她的聲音在她背後響起。郁有自信，即使對方追來也絕不會被追上。十年的田徑訓練不是假的。

在圖書基地中，正在監督實習訓練的堂上，被設定成無聲模式的手機震動打斷注意力。一看之下，原來是玄田打來的。

堂上有不祥的預感。今天應該是郁和玄田做兩人一組的實習。

「——喂喂。」

『你的得意門生暴走啦，馬上過來！』

玄田開口就是這麼一句話：『我雖然想追她，但是她跑得太快了！』玄田氣喘吁吁。

堂上複誦了一次玄田指示的地點，闔上手機。他留下訓練課程給隊員們，自己溜了出來。

「那個笨蛋！」

堂上一邊跑一邊喃喃自語，然後聽到身後傳來有人追上的腳步聲。回頭一看，原來是小牧。似乎是看到堂上的樣子，自己也跟著溜了出來。

「笠原小姐出事了？」

堂上點了點頭，簡短說明了事情的原委。小牧一邊跑，一邊笑了出來。

「啊——我就覺得她總有一天會這樣。」

「這可一點也不好笑。」

堂上跳上基地車庫裡停得較近的輕型貨車。為了以備不時之需，車鑰匙總是留在車上。堂上在發動引擎時，小牧坐進了隔壁位置。

「她可真是有趣啊，愣頭愣腦的。」

對著一邊坐進來，像唱歌一般說出口的小牧，堂上顯得很不愉快。

「一點也不有趣。」

「可是啊～」

堂上知道接下來他會說什麼。像是要堵住小牧的嘴，急忙發動了貨車。

郁到達書店時，檢閱已經開始了。

在異常安靜的店內，收銀台的店員一看到郁，視線便往店裡內部游移。令人擔心的騷動聲從該處傳來。

包在我身上！郁在樓層間移動，在繪本的分類區聽到小孩子的哭聲。原來，是優質化隊員硬搶走孩子手中的繪本。做母親的拚命將孩子抱在身邊，然而孩子仍向被搶走的繪本揮舞著手。

孩子惘然伸出的手，和郁自己那天的情形相重疊。

「喂！」

郁大聲喝住，優質化隊員們一致向郁看了過來。

「你們怎麼可以如此對待這孩子！把書還給他！」

郁快步地走向他們，從優質化隊員手中奪回那本繪本。在毫無防備之下，隊員出乎意料地，很乾脆就鬆手放開了繪本。

呃，身分證件呢？郁從制服胸口的口袋掏出身分證件向優質化隊員揭示，並且說：

「這裡是關東圖書隊！那些書——」郁抬起下顎，向優質化隊員扔進了書本的箱子示意。

「謹以基於圖書館法第三十條的資料蒐集權，以及一等圖書士的執行權限，宣言這些書為定於圖書館法施行令中的受保護圖書！」

優質化隊員們哄堂大笑。

咦？為什麼呢？對方的隊長向疑惑的郁走近。

「以妳小小的圖書士說什麼大話！圖書館法施行令中訂定的保護圖書權限，應該只有圖書正以上職位者才能使用啊！」

「嗄？真令人不敢相信！真的嗎!?」

郁不多加思索便回問他們。對了，說起來那個人應該是三等圖書正——啊！早知道就該在講座裡好好聽課的！

「所以，這本書就還給我們吧。」

隊員伸手向郁搶回來的繪本，郁作了反抗。

「這本書有什麼不對之處嗎!?」

「作者的經歷有問題，他是優質化法反對集會的常客。」

「那算什麼！和寫的書沒什麼關係吧!?你們到底持的是什麼樣的基準呀！」

儘管如此，身為圖書士的郁並沒有阻止檢閱的權限。然而郁仍然不想放棄那本書，就在彼此爭奪之間，郁失去平衡被狠狠地向後推了出去。

啊！要跌倒了！

就在郁因應衝擊縮起身體的那一瞬間。

強而有力的手臂從背部抱住了郁。啊，我認識這雙手臂。郁轉過頭，視線按照預期的往下移。是堂上。

什麼嘛，這麼湊巧。簡直——就像是正義的化身一般。

「我們來遲了，二等圖書正兩名，和三等圖書監一名。這樣就夠份量了吧。」

郁向做著宣言的堂上背後看去，只見玄田和小牧也在。玄田誇張地怒目威嚇郁，而小牧則漲紅了臉咯咯笑著。

特務機關的隊長恨恨地嘖了一聲，優質化隊員們放下書離去。

「妳是白痴呀！」

面對一貫的斥責怒罵，郁縮著身子洗耳恭聽。他們三人將她帶到書店後頭，不斷對她說教。

聲音最大的當然是堂上。

「斟酌受保護書籍的權限是圖書正以上的特別權限，這種事是最基本中的基本知識！被優質化隊員那些人反駁，多沒面子！一想到這種人竟然是我的部下，我真是難為情地想哭！妳這傢伙到底在講座上都聽了些什麼啊！」

對不起——在這種情況之下，郁也只能縮在一旁道歉。然而堂上的怒氣絲毫不見稍減。

「斟酌受保護書籍的權限，本來就不能只按一名隊員的意見來運用！如果圖書隊員各自擅作主張保護預算之外的書籍，妳以為圖書隊的營運會變成什麼樣子！受保護書籍是必須購入一定數量的！」

但是——郁不禁提出抗辯：

「那個人也做了同樣的事。」

「那個人也是笨蛋，笨蛋不要學笨蛋，笨蛋！」

……笨蛋!?您剛才是罵他笨蛋嗎？對著我的三等圖書正!?我實在沒辦法聽過就算了——郁反瞪了堂上一眼。由於郁身材高大，要互相瞪視對郁是比較有利的。

「隨你怎麼批評我，但是不要隨便說那個人是笨蛋！」

「那個人長、那個人短地，吵死了！聽好了，那傢伙單單只是無視於規則、不瞻前顧後、自傲的笨蛋罷了。他沒有資格當圖書隊員！這種傢伙還不如辭掉算了！」

「你別這樣說我心目中的王子好嗎！」

郁想也不想地直接頂了一句。也許是她的氣魄，讓堂上嚥下要說的話。但是郁自己順口說出王子之類的詞句，也頗難為情的，因此她靜默了下來。

「啊——我已經忍不下去了！」

小牧突然笑了出來。

「妳是第一個讓堂上發這麼大脾氣的新人，笠原小姐好厲害呀——！」

堂上不愉快地嘆了一口氣，說道：「算了。」他從收在裡頭的沒收書籍之中，取出爭執原因所在的那本繪本，交給郁。

「去吧。」

「……真的可以嗎？」

「反正妳就是想模仿那傢伙，對吧。」

堂上教官，你偶爾人還不錯呢。郁差點就說出口，卻又慌忙把話吞回去。如果讓堂上一不高興，很有可能書會被收回。

郁喊了一聲：謝謝您。快速跑向賣場。

郁出去之後，玄田低聲笑了。

「真不愧是你的得意門生。」

「我並沒有特別收這樣一個得意門生！我指導無方，真是很不好意思，讓您見笑了。」

堂上回話的聲音變得固執，玄田和小牧應該都聽得出來。

王子啊——小牧低聲說著，然後笑了。

「對手相當強勁啊？」

「我不懂你在說什麼。」

「就以作為長官的身分吧？作為直屬長官，要以品德勝過王子來掌握部下啊。」

我才不管。堂上又不高興地嘆了口氣。

「不過算了，那就這樣決定了吧。」

玄田說道，向其他兩人詢問：「沒有異議吧。」當然，小牧明快地回答。堂上則始終保持不悅地沉默。

「這個還你。」

也許是店家的安排，哭泣的孩子在看起來像是工作用的櫃檯旁，吃著點心休息。

孩子差點就把點心扔掉，做母親的慌忙拿起孩子手中的點心，然後向郁打了招呼。孩子高高興興地接受郁交給他的繪本。

做母親的催促孩子向郁道謝，孩子靦腆地向郁說了聲：「謝謝。」因為出過糗，郁對孩子天真無邪的道謝感到幾分羞愧。

郁向這位母親說：

「不好意思，我剛才有點糊塗。」

「不不，哪裡的話。」

母親一副惶恐的表情，搖了搖頭。

「今天是這個孩子的生日，我答應他買一本喜歡的書。」

因為書很貴，平常是買不起的——說著，做母親的顯得有些羞赧，低下了頭。對於父母都還年輕，並且有孩子的家庭來說，繪本算是奢侈品吧。

「能買下這孩子喜歡的書，真是太好了。」

堂上他們能及時趕來，真是太好了。郁也打從心底這麼想。

書本無時無刻都寄託著想看書的人們心意。同時也寄託了作者的心意。

圖書隊員保護的並不單純是書本而已。他們所守護的是被寄託於其上的人們心意——身為新人，說這話是不是太狂妄了呢？

「大姊姊，謝謝妳。」

孩子笑了，郁彷彿看見喜歡書本的年幼時的自己。她無意識地輕輕撫摸孩子的頭。

撫摸的手是不是很溫柔呢？我是不是又更接近了那個人一些？

想要追上的王子在遙遠的那一端，而在追上他之前——

首先必須超越那個男人呀！郁輕拍臉頰替自己加了把勁，回到目前所要對付的人身邊。

＊

訓練期間結束之後，理應成為防衛員的郁，卻接到了任命。

被人事部門叫出去所接收到的指派公文裡，在郁的名字之下只有一行平平淡淡的文字——

任命分派至圖書特殊部隊。

「咦……咦咦咦——————!?」

「安靜!」

受到了斥責，郁慌忙閉上了嘴。

「呃，這是不是哪裡搞錯啦?」

在郁的詢問之下，戴著銀邊眼鏡、看起來很嚴肅正經的事務員再度確認手邊的文件。

「沒有錯，教育隊中有兩名受到任命。分別是笠原郁一等圖書士和手塚光一等圖書士。」

郁對於手塚這一位新隊員的名字有印象。如果沒記錯，他應該是被編在玄田班上，以所有的訓練皆拿第一聞名。

「三十分鐘之後，請向基地司令室報到，似乎是有命令下來。」

郁只覺得每一步踏起來都軟綿綿的，是那麼地不真實。就這樣走出了人事課。

等等、等等、等等啊。這麼誇張的事情進展到底是怎麼回事?

說到圖書特殊部隊，那可是在全防衛員之中也屈指可數的少數菁英，是防衛員憧憬的目標——

「喲!超級菁英!」

有人輕輕拍了郁的肩膀，原來是抱著書本的柴崎，她似乎正要走向書庫。對於她掌握情報之快速，郁已經不感到驚訝了。

「很厲害嘛!女生進入特殊部隊，聽說在全國之中妳是第一個呢!」

就是她這句話造成了致命的壓力。

「怎——怎怎麼辦，我到底該怎麼辦啊？柴崎！」

郁不禁向柴崎求救，柴崎卻露骨地表現出嫌麻煩的表情。

「喂，我可是在工作耶。沒空聽妳訴苦喔。」

「可是～！」

——真是的，郁就是在這種地方徹底沒藥救！柴崎表現出一副「真拿妳沒辦法」的表情。

「所以我不是說了嗎，堂上教官對妳的期待很高啦。」

話中有話——這傢伙的情報網到底伸展到多廣呢？

「事實上，自從妳朝他背後飛踢了一腳，他好像就很佩服妳這個女生呢。真好耶，老師心目中的寶．貝．學．生！」

「才不是這樣……！」

「喲，一副遊刃有餘的樣子，讓人超不爽的。現在妳是略勝一籌，不過我是還不會認輸的喔！」

說著，柴崎對郁眨了眨眼。美女散發起魅力來，連同性都擋不住……但——

「柴崎，妳剛才說的是什麼意思……」

「妳說呢？那就回頭見啦！」

岔開話題的柴崎，踏著輕快有節奏的腳步向書庫走去。

郁在指定的時間前往基地司令室。基本上，這棟大樓只有高階人士出入。擦肩而過的人都戴著代表圖書正或是更高階的圖書監階級章。其中，圖書士只有郁一個人，這讓她感到不自在極了。

在這樣的情形下，郁抵達司令室，在門口碰到了一位身材高大的年輕男性隊員。他的階級章和郁一樣是圖書士。

「你是手塚一士嗎?」

「是啊……妳就是笠原一士吧?」

手塚冷淡的回應給人一種冰冷的感覺。他沒有轉頭，只是稍微移動視線，感覺像是在打量著郁。

「幸好不只我一個人呢。我真的好緊張……真不敢相信會被選拔為特殊部隊呢。」

郁以同階級的輕鬆口吻向手塚說著，手塚淡淡一笑說：

「是啊，在這方面的確如此。」

嗄?你這微妙帶著挑釁意味的應對是怎麼樣?郁正打算對他還以顏色，手塚卻敲起了門。

「手塚一等圖書士，報到!」

啊，可惡。「我是笠原一等圖書士!」郁的聲音緊接著說道。同時並立在手塚隔壁。

兩人並排敬禮，來到室內——

「咦!?怎麼會這樣?」

郁看到坐在桌子後的人，不禁呆掉了。坐在輪椅上向這邊微笑的，正是那位上了點年紀的男性。

品味十足的蘇格蘭呢雖然在顏色和花紋上有所不同，但是——

「大叔你為什麼會在這裡?」

「妳白痴啊!」

郁向謾罵聲傳來的方向望去，看到堂上靠著牆壁站立，用可怕的表情瞪著郁。同時，玄田和小牧也都在場。

「這位是基地司令，要有禮貌！」

小牧紅著臉咯咯笑。出乎意料之外，他似乎只要一點小事就會笑個不停。啊，原來是這樣，就是這麼一回事──那天郁要上前去支援需要幫忙的使用者時，小牧不知怎地叫住了她。也就是說，他並非需要支援的使用者。

「那天謝謝妳提供了良好的服務。」

哇，真不好意思！郁縮起了肩膀。再怎麼健忘、記不住人家的臉，竟然會不記得基地司令的臉！但是在郁的記憶中，入隊典禮那天他確實是拄著枴杖步行的呀。

「遇上典禮的日子我都盡量步行。」

郁被說中了心裡的疑問，更是縮了縮身子。

這時從隔壁傳來啞然失笑的笑聲。哇，感覺超惡劣的。郁向手塚斜眼瞪了過去。

基地司令將放置在桌子上的文件拿了起來。

「謹於正化三十一年六月二十五日分派笠原郁一等圖書士、手塚光一等圖書士至圖書特殊部隊。推薦者為玄田龍助三等圖書監、小牧幹久二等圖書正、堂上篤二等圖書正。」

郁不禁朝堂上的方向望去。堂上應該感受得到郁的視線，卻仍是一本正經地望向前方，看也不看郁一眼。

……可是，你還是推薦了我。

「任命者關東圖書基地司令，稻嶺和市。」

「手塚光一等圖書士，願接受命令！」

相繼於回話敬禮的手塚，郁也慌慌張張地敬禮。

「笠原郁一等圖書士，願接受命令！」

玄田面對兩人一笑。

「謹代表圖書特殊部隊歡迎諸位，要勉勵向上。」

「什麼……」

郁的聲音又僵硬了起來。

「該不會三個人都是……？」

妳什麼都不懂嘛，手塚低聲說著，把郁當傻瓜似的。就在此時，郁決定要討厭這個傢伙。

「妳有什麼意見嗎？」堂上威嚇的聲音說道。

「不，我哪裡敢有意見。」郁嘴裡含糊地說著。此時堂上瞪了過來：

「前些日子的事件，讓我知道我的指導還不夠。從今以後，要徹徹底底地對妳重新加以鍛鍊！」

嗚！郁不禁縮了縮肩膀。

在超越之前，肯定還要再被磨練一番。眼前的路，叫人不厭倦也難。

二、圖書館有提供資料的自由

＊

因為被分派到圖書特殊部隊擔任特殊防衛員，郁和手塚的訓練期延長了大約一個半月。訓練場地被安排在奧多摩，訓練內容則以各種射擊以及野營等課程為主。

說到圖書館攻防戰，應該是以巷戰為主，為什麼要野營呢？郁詢問了隊長玄田，他明快地一口斷言：「看心情呀！」小牧則在一旁笑個不停，完全不做接下來的說明。堂上則照例是一副苦瓜臉說：「這樣做的目的，是藉由針對種種可能情況而設計的訓練，在培養全方位技術的同時，透過嚴格的訓練培育隊員的自信心。」他的確做了堂而皇之的說明，但是——

這樣說明不覺得悶嗎？郁知道如果就這樣吐槽回去，堂上又會暴跳如雷，因此只好把話藏在心裡。啊，我變得成熟多了——郁心想。

「哦，特別訓練？奧多摩？如果有特殊部隊饅頭（註：まんじゅう，以麵團包裹餡料，經過蒸或烤而成的點心。內餡多為紅豆沙）什麼的，要幫我買回來哦！」柴崎半開玩笑地送郁出門。不過……

郁不禁嘀咕——沒有在賣那種東西啦。

訓練場設在一眼望去全是大自然的奧多摩山中，人工設施只有射擊場、操場，以及室內訓練用隊舍和宿舍。但這也不過是訓練場的一小部分，其他還有為了用來做野外訓練而保留下來，多到讓人厭煩的濃密山野。對於生長在鄉下的郁而言，這是司空見慣的景色。

關東圖書隊的圖書特殊部隊，包含今年入隊的郁和手塚，總數還不滿五十名。雖然要涵蓋整個關東區域，這樣的部隊人數以規模來說算小。不過如果常發生需要特殊部隊總動員的情況，也令人感到困擾。因此就某方面來說，確實有這樣的規模便足夠了。

隊裡由五人左右的單位編成小班制。每三個月一次，一次兩班，會在奧多摩訓練場接受為期兩週的訓練。當有新隊員加入時，則會加上接納新隊員的班，一共三個班，進行一個半月的集中訓練。然而今年郁和手塚加入的這一班，卻是以堂上為班長兼任訓練教官，加上以小牧為輔佐而成立的四人編制新班。

就郁來說，玄田加上堂上、小牧這幾位指導人員，都是之前受訓時擔任指導的熟面孔，因此不覺得有什麼新鮮感。

雖然也在訓練用隊舍進行屋內訓練，不過因為這項訓練在基地內也能做，要說有什麼特別的就是射擊和野營了。防衛員的射擊訓練是在屋內射擊場使用手槍和衝鋒槍，然而特殊防衛員則會使用自動步槍以及來福槍。特別是用來福槍所做的長距離射擊訓練，由於可以透過這個訓練觀察隊員的適性，達成培養狙擊手的目的，因此倍受重視。

「特殊部隊需要狙擊手嗎？」

郁在野外射擊場接過來福槍，一副啞然。堂上若無其事地回答她：

「這是為了預防日野的惡夢再度發生。」

「日野的惡夢？」

當郁話說出口的瞬間，堂上憤怒地瞠目相向。「妳啊，在講座上……」說到一半，帶著怒意嘆了口氣接著說：「妳是不可能會聽課的。」

郁下意識地抗辯：

「我知道日野圖書館啊！」

該館自昭和四十年從移動圖書館開始，在當時達成驚人的借書量。因此可以說，沒有一位圖書隊員不知道東京日野市立圖書館。那是個傳奇性的圖書館，率先實現中小型公共圖書館、以至於公共圖書館的精義——也就是「將服務提供給地區居民，乃是圖書館最根本的意義」——此一「中小論文」所提倡的理念。

「如果妳敢說不知道日野圖書館的話，我就算賭上自己的腦袋，也要向司令要求免除妳的職務。別因為知道這種常識而洋洋得意！」

周圍的隊員也哄堂大笑了起來。其中，帶有輕蔑意味的笑聲，則發自站在隔壁的手塚。

哇！這傢伙真令人火冒三丈——郁對手塚的第一印象極差，在這次訓練之中，兩人更是日益交惡。手塚這邊也不知對郁的哪一點感到不爽，在各項訓練裡都以郁為競爭對手。

「手塚，幫她作一下說明。」

堂上的指名讓郁皺了皺眉。與其接受手塚的說明，還不如挨堂上的罵，聽堂上說明呢！郁心想。

但是堂上瞪了郁一眼說：

「如果妳覺得不甘心，就努力點，別讓同期隊員為妳說明！」

郁和手塚無時無刻彼此抱著敵意爭鬥的事，堂上都看在眼裡。也就是說，這是處罰。

哇！堂上差勁的個性依舊不改！郁心想。

手塚在臉上浮現勝利的微笑向郁瞄了一眼，便開始說明。

「二十年前，正化十一年二月七日，和媒體優質化委員會同步的政治組織襲擊日野市立圖書館的事件，被稱之為『日野的惡夢』。他們蹂躪了因為實現『中小論文』而成為現代公共圖書館象徵性存在的日野圖書館，這是他們為了讓基於圖書館自由法的圖書防衛意志受挫，而強行發起的暴行。」

「當時因為圖書隊的組織尚未被建立起來，和周邊圖書館的協力合作耗費了一番時間，日野圖書館這一邊則造成十二人死亡，館藏圖書亦受損嚴重，堪稱一大慘劇。由於襲擊者的武裝陣容堅強，當時早已成為合法武裝組織的優質化特務機關被懷疑涉嫌。之後警察雖然介入搜查，卻沒有找到證據。媒體優質化委員會至今也都否認參與這起事件。」

「以這起事件為契機，圖書隊成為橫跨複數地方自治體的廣域行政機關，設立在全國十個地區，確立了現在的圖書隊制度。」

手塚流利的說明，讓周圍的隊員們讚嘆連連，發出了感嘆的聲音。

「你可以直接在講堂上任教授課了。」

這應該是堂上最究級的稱讚詞彙了。接受稱讚的手塚，敬禮並表示：「見笑了。」

然後接著又說：「但是，本人實在無法相信，連這點程度的事情都不知道的人，會存在於圖書特殊部隊。」

啊，可惡！真是得理不饒人。郁將嘴唇尖尖地嘟了起來。我的確知道有這樣的事件啦──只是不知道事件的名稱或詳細情形就是了，郁心想。

雖然郁在內心嘀咕著種種說詞，但是像這樣明顯被比了下去，真是沒什麼話好反駁的。

「我收回剛才的話。」
對於堂上唐突的話，手塚眨了眨眼。
「你是很優秀的學生，但要教人還早得很。笠原自然有她被選拔出來、不同於你的理由。這些不該用你的標準來判斷。」
手塚的臉頰唰地飛紅，表情也扭曲起來，心不甘情不願地沉默下來。
郁看著這樣的情形，歪了歪頭。看這個情況，感覺上堂上好像在包庇我。他真的在包庇我嗎？我可沒有求他這麼做就是了——在她如此作想的那一瞬間。
「妳要達到教人的地步豈止是還早，就現狀來說根本是不可能，別得意忘形了。」
堂上也不忘給郁一記警惕。郁早已習慣了，所以不當它是一回事。反而還呼了口氣說道：
「呼——還好不是。」
堂上對她報以驚訝的表情。
「我還在想，如果被堂上教官包庇的話，到底該怎麼辦呢。要是被堂上教官包庇，還真讓人覺得不舒服！」
「少說一句行不行……」
堂上說完，對著已在射擊位置就位的隊員們，發出開始的信號。
在堂上從督導位置離開之後，手塚回過頭來看著郁。
「別得意洋洋的。」
「嘎!?」

事情發展到這個地步，郁也回瞪了手塚。

「你臉上兩邊長的東西是裝飾品喔？你也聽了剛才的對話，你覺得我有洋洋得意的份嗎？我不知道你到底看什麼不順眼，但是不要一再向我挑釁好嗎！」

儘管郁暢所欲言，手塚卻連理都不理，排進射擊的隊伍裡。

你們兩個還真是合不來呀——周圍的前輩隊員們愕然地低聲說著。然而對郁來說，她並不覺得原因在於她自己。

「笠原小姐，這樣不行喔。」

小牧用雙筒望遠鏡確認郁的射擊標的，開口說：

「只有半數好不容易才命中畫有標靶的板子啊。」

「我明明有仔細瞄準啊……」

郁被問到視力，她回答說有2．0。小牧聽到了不禁咂了咂舌說：

「視力比我還好啊——這麼說來，妳是看得見靶的。是不是在扣板機時沒抓穩槍？」

「我也有夾緊啊……」

「會不會是腕力不夠？那麼，笠原小姐在訓練期間，就以全部子彈都能命中靶圈為目標吧。至於命中的部位，我就不特別強求了。」

在小牧大幅度降低郁的目標同時，看見手塚射擊結果的隊員，向教官報告說他全部子彈都命中靶心。小牧也看了看手塚的標靶，手塚這邊就不需要使用雙筒望遠鏡了，因為彈痕都集中在被指示狙擊的頭部位置，板子整個被射穿。

「手塚一等圖書士果然不同凡響。似乎有狙擊手的素質喔？」

小牧不經心的低語，點燃了郁的競爭心。

「請增加我的訓練時間，我也能做到的！」

「不行。」

小牧完全不理會郁的要求。

「隊上的預算並不充裕，無法提供子彈給沒有才能的人。人盡其才，這是貧窮軍隊的根本之道。與其培養笠原小姐為狙擊手，培養手塚一等圖書士比較划得來。再說，也沒有必要讓全體隊員都成為狙擊手。」

郁沒想到即使有奮發向上的滿腔熱血，隊上的經濟問題仍是一大阻礙。因為必須讓郁接受，小牧繼續向沉默的她說道：

「因為笠原小姐的肌力不是很夠。用到來福槍的時候，就會無法抓穩和維持姿勢。妳的手臂長度雖然夠，但真是可惜。」

「啊，可是——」

從小就女生來說，個子高大是郁的特徵，郁從來就沒有被批評過力量不夠。

「嗯，笠原小姐的彈性很好。我想是巧妙地使用了彈性，來彌補肌力不足的地方。」

說著，小牧輕輕地敲了郁的腦袋。

「笠原小姐就盡力施展自己的長處吧，和手塚一等圖書士互相競爭也沒什麼意義。」

郁發覺到小牧完全看穿了她內心所想的，只好無奈地聳聳肩。然而——

——我能勝過手塚的長處到底是什麼呢？

一想到這點，郁不禁嚴肅了起來。

手塚知道有笠原郁這名女性隊員，是在訓練期即將結束的時候。

那是在他從玄田那裡得到消息，知道要進入圖書特殊部隊的同時。他聽說可能還會有一名新隊員被選拔為候補特殊防衛員，當時他聽到的新隊員名字正是笠原郁。

老實說，原本手塚以為今年只有自己會被選拔出來，因此他感到興味盎然。他開始觀察笠原郁到底是個什麼樣的傢伙，結果——他相當失望。

首先，她的頭腦不好，又情緒化。就女生來說，不得不承認她的體力很好，但是講座成績慘不忍睹，聽說還常常為了無聊的雞毛蒜皮小事，和擔任指導教官的堂上發生衝突。手塚因為認定堂上是個有能力的長官，因此對於和堂上針鋒相對的笠原郁，評價就相對降低了。

和有能力的人水火不容的笨蛋，這是手塚最受不了的類型。

但是，既然她就是特殊部隊的選拔候補人員，那麼她和手塚應該受到同等的評價——為什麼我會被拿來跟她相提並論？只要一想到這點，手塚就對笠原郁感到反感，也不管他們之間從來都沒有過交流的機會。

更何況雖然是警備實習中的疏失，笠原郁還讓堂上負傷。原本手塚以為笠原郁應該會因此從選拔候補人員中被剔除。沒想到，今年的特殊防衛員選拔結果，連他在內共有兩名入選。

在司令室首次面對手塚的笠原，也許是因為同為新隊員，似乎對手塚打從心底湧出親近感。然而就手塚來說，對於她一見面就隨便向自己攀談這一點，內心沒有任何好感。

別把我跟妳當成同類，手塚心想。

『真不敢相信我們被選為特殊部隊呢。』

叫妳別再把我和妳自己相提並論了。這女人實在是太搞不清楚狀況了——就算擁有優越的體能，也不過是完全倚靠天生的素質。手塚愈想就愈無法接受笠原被選拔為特殊防衛員的事實。

因此……

「你覺得笠原如何？」

——即使手塚在受訓後，被特地叫進隊長室問話，他也無從回答起。於是，對玄田的回答自然就只有公式化地應付。

「不怎麼樣。」

「這種回答等於沒回答啊。」

「我對她沒什麼興趣。」

手塚想要早點結束對話，他回答玄田的說法，被玄田付諸一笑。「你在說謊。」

什麼？手塚忘了對方是隊長，眉頭嚴肅地皺起。

「你應該非常在意她的一切。你想知道為什麼我們在選拔你的同時，還選拔了她。」

無暇粉飾心情，手塚表情僵硬。感覺上，就像是被戲弄了。

「——不過，因為事情似乎不能以我的標準來做判斷。」

雖然這裡並沒有硬性規定此項義務，但是手塚在長官面前都注意自稱「本人」，但此時這樣的習慣卻不見了。

不該用你的標準來判斷——當時的一句話刺痛了手塚。不知不覺地，他也用這句話回答玄田。那完全是反射性的回答，在他說出口的同時，一邊的臉頰一瞬間起了痙攣。那是因為手塚對自己有如小孩子鬧彆扭般的說法，感到憎惡。

「像你這麼優秀的傢伙的確很稀少，不過優秀傢伙常有的惡劣癖性似乎也顯露無遺。如果你排斥達不到自己程度的傢伙，會有幾個人能夠留在你身邊呢？」

就手塚聽來，這種理由根本就是妥協。手塚覺得，和無能的大多數比較起來，有能力的少數會有更高的士氣，也具備更強大的戰力。況且——

「雖然承蒙您這樣說，我卻並不認為自己特別優秀。我只是做了該做的努力罷了。」

「又扯到這上面啦。」

玄田苦笑著。真是典型的優等生啊——玄田原想就這點上面再多說幾句，最後還是決定當作沒聽到手塚的話。

「說起來和你同期的就只有她一個人，稍微相處得融洽一點如何？」

雖然手塚知道長官們都希望他如此，但是在現在的情況下，他並不覺得有這樣做的必要。

在郁的來福槍射擊終於像樣點了的時候，郁好不容易發現到能夠勝過手塚的一項才能。

那就是為了能用關東圖書隊寶貴的泛用直昇機進行緊急出動，而做的垂降訓練。因為不可能在每次訓練的時候，都派遣昂貴的直昇機，所以在基礎訓練階段，是用高度十公尺左右的訓練塔進行垂降訓練。在這個階段，手塚的表現顯得不夠出色。

當然，並非他沒有達到水準。只是，手塚平常表現都在水準之上，一旦表現出一般水準的成果，看起來就覺得不夠精彩——如此而已。

垂降訓練中，確保姿勢的要訣就在於朝後方背對著躍出時，要盡全力跳躍出去。這對於原來如野猴子般的郁來說，是拿手項目。如果要說類似的遊戲，郁在小時候玩的吊繩遊戲，連用繩子打結成的座席都不需要，光是靠一條繩索，郁和兄長們便能玩得昏天暗地。

訓練一開始便盡情跳躍出去、保持良好姿勢的郁，受到地面上的隊員們予以大聲喝采。郁在著地後，聽說大家原本都期待郁會在跳的時候倒吊過來。有很多隊員因為克服不了初次垂降時，要往看不見的背後跳躍出去的恐懼，結果跳得不夠用力，而發生倒吊的狀況。

「這種情形豈止不少，幾乎可以說大家是不約而同吧？只要有新隊員進來，看他們倒吊的樣子可是我們的樂趣啊。」

「我沒有失敗，好像有點對不起你們喔。」

「因為如果是手塚，他就不太可能出糗呀。」

「這是什麼話，不管什麼事只要是會出糗的，就一定有我的份是不是啊！」

對著氣嘟嘟的郁，堂上直接了當地說：

「妳的表現實在是沒什麼好挑剔的了。」

哦哦？郁不禁眨了眨眼。因為被罵習慣了，所以可以了解到這句話對堂上來說，已經是他至高無上的評價。

「若要再進一步要求，妳可以再多放一點體重在吊繩上——妳還真行。」

「……您該不會是有什麼陰謀吧？」

對於郁轉而為懷疑的口吻，堂上也顯得一副驚訝的樣子。郁回應堂上訝異的表情說：

「堂上教官會無緣無故誇獎我，根本就是不可能發生的事。這次又打算以什麼樣的陷阱陷害我？」

堂上的表情直接從訝異切換成了不高興。

「直昇機出動的機會本來就很少，所以光只有垂降動作靈巧，在實戰中妳能表現優秀的機會還是很少，這是不變的事實。但是該稱讚的時候卻不給予讚揚，就對妳不公平了，只是這樣而已。妳就乖乖接受妳應得的評價吧，反正又不是常有的事。」

哇！所謂的一洩千里、滔滔不絕就是這樣吧！郁皺了皺鼻頭，同時，堂上也轉身背對郁。

「是手塚！」聽到周圍的人這樣說，郁也抬頭向訓練塔望過去。反正他也會在這個項目中表現得漂亮俐落吧——郁從下方遠眺，心情大半都是妒忌。

在繩索上固定腰部，從塔頂用極致的姿勢向後盡情地——咦，盡情地？

——手塚垂降的軌道和郁所想像的略有出入。當然，手塚不至於搞出倒吊的醜態，然而跳躍的力道柔弱、姿勢也很僵硬。垂降速度難以言喻地遲緩，大概是因為手塚無意識中用握力在繩索上施以過剩的阻力吧。

前輩隊員們此時對他的評價是「差不多就是這個樣子啦」，不像郁垂降的時候那般發出喝采。手塚的表現總括來說，就是以初次而論還算說得過去的程度。

之後的訓練中，手塚的垂降訓練並沒有顯著進步，他勉強維持了和練習程度相當的及格水準，直到迎接直昇機訓練的那一天。

ＵＨ60ＪＡ是關東一帶唯一一架輸送利器，關於其成為關東圖書隊配備的始末，有種種傳聞。在傳聞滿天飛的各種說法之中，最像那麼一回事的，是關東圖書隊接受防衛設施廳以實物的方式給付補助金。為了安定自衛隊設施周邊地區的民生，而由防衛設施廳給付的補助金，所補助的地區和設施範圍廣泛。其中，關於圖書館的營運預算，佔了相當大的比例。如果聯合關東全區域被列為補助對象的圖書館，以圖書隊名義將補助金集合起來一起領取，就能不付任何一毛錢領到ＵＨ60ＪＡ。

由於攜帶型槍砲等各種裝備，也都是向自衛隊或警察單位購買的，就供給途徑來說，這是最有可能的來路。

就像多數泛用直昇機的共通構造一般，ＵＨ60ＪＡ的客艙天花板很低，即使是彎著腰，一不小心頭便會撞到天花板。由於垂降訓練是在搭乘人數達上限的狀況下舉行的，每次搭乘的隊員人數為十五名。因此即使是客艙設計寬廣的ＵＨ60ＪＡ，也不免感到擁擠。

在這個狹窄的空間裡，郁不經意往旁邊一看，看到手塚以嚴肅的表情在檢查吊繩。

手塚的臉色看起來稍差——這應該不是郁敏感過度。恐怕手塚對高處並不太在行，這從之前的訓練便能察覺出來。

像手塚這樣的人也是有弱點的，然而郁並不因為以此勝過他，而感到得意洋洋。這只是郁恰巧能適應高處，如此而已。再說，在其他的訓練科目中，大抵上都是手塚的表現勝過她。

郁本來想向手塚說：「用力跳躍出去反而會比較穩喔。」然而，她閉上了嘴。想來手塚應該不願意讓別人察覺到自己的弱點吧，而其中應該最不願意被郁察覺出來才是。而且，說起來手塚的垂降能力也並非趕不上隊上的其他人。

ＵＨ60ＪＡ在距離跑道上方十幾公尺處懸停。隊員們一個個接連不斷地從客艙門向外滑出。輪到郁的時候，她也就此垂降。大約接在三個人垂降之後，輪到手塚垂降。他依然掩不住緊張的樣子，但也踏實地垂降並順利著地。

集中訓練的壓軸好戲便是野外行程。將隊上隨意分為兩隊，各自由玄田和堂上做督導，必須藉由指南針直線移動到以座標標示的目的地。行程預估約需兩到三天。

在會議室做完說明後，玄田讓大家自由發問。因此郁舉起了手。

「對於圖書隊員來說，需要進行這項訓練的意義到底是什麼？」

郁心想，難道會發生什麼事件，非得要從武藏野第一圖書館向練馬區立圖書館，利用指南針直線移動不可嗎？

「看心情呀！」

照例用明快口吻放話的玄田，引來隊員的爆笑聲。玄田緊接著又說了一句：「要是想聽更多說明，堂上會回答妳。」小牧再也忍俊不住，笑了出來。

郁瞄了堂上一眼，此時堂上也轉過視線對上了郁。

「要聽嗎？」

「……不用了。」

只因為心情好，要花上三天在奧多摩徘徊雖然叫人無力，但堂上的說明也不過是加油添醋。

「要詢問長官才找得出訓練的意義，這就代表妳缺乏身為圖書隊員的意識。」

擺明了說給郁聽的低語，來自隔壁座位的手塚。郁對於人家找碴要吵架，毫不躊躇地奉陪。

「果然是高材生，有高度的隊員意識，真行啊。受老師寵愛的得意弟子果然就是不一樣──！」

像是遭排擠般，手塚向郁投以危險的眼神。要幹架嗎？郁一副願意奉陪的樣子揚了揚下顎，手塚狠狠地吐了一口氣，別過視線。

「受寵的是妳吧？別得意了。」

「嗄!?所以說，我到底什麼時候得意過啦……」

「笠原！」

被堂上喝止後，郁心不甘情不願地閉上了嘴。只有我被罵耶，到底誰才是受寵的學員嘛！對郁來說，手塚的找碴讓她極為不爽。

玄田說著：「對了對了……」似乎想起了什麼，又加了一句：

「另外，根據近郊的林業相關人士報告，最近有許多目擊到熊的案例，要多加小心。」

「到底要怎麼個小心呀！」

郁不禁反問。即便是在她身旁的手塚，也一副被嚇壞了的樣子。

「小心點就能避開熊嗎？就算有熊出沒，野外行程也非得進行不可嗎!?還有前輩們，這不是說笑的時候吧！」

隊員們憋住了笑，認為郁這副德行是「常有的事」，完全沒放在心上。玄田也若無其事地繼續說下去：

「反正這裡是本州，就算是熊也頂多是月輪熊（註：ツキノワグマ，中文正式名稱為「亞洲黑熊」，主要分布於印度至朝鮮半島、日本，胸前有彎月形狀的白毛。台灣黑熊亦為其特有亞種）。基本上這種熊的生性膽小，如果以我們的人數一起行動，對方會自行逃走。就算萬一打起來，一對一也並非贏不了的對象。」

「一般說來，會出現把熊當作戰鬥對象的這種話，就已經非比尋常了！而且贏得過熊的人，在圖書隊裡大概只有玄田隊長……」

「不不，不見得如此喲。」

說著，玄田奸詐地笑了起來——實在讓人覺得可疑。

「會供給真槍實彈嗎？」

不愧是手塚，問的問題很實際。

「因為這是訓練場外的行程，所以不攜帶槍枝。有什麼萬一的時候，自己想辦法處理！」

哇，這是什麼魔鬼訓練啊！郁已經失去了反駁的力氣，隨著嘆息聲，連挺著的肩膀都垮了下來。

「以上，會議結束。另外有事要交代笠原，妳留下來。」

堂上做了如此的結論。解散後，郁留了下來。原來堂上是要問她的身體狀況如何，野營的時候會不會有問題等等。

「這次應該是沒問題，但是……」

問題在於熊的出沒。

「哦。」

堂上也一臉嚴肅搔了搔頭。

「這個嘛，該怎麼說呢。就像隊長剛說過的，多人一起行動的話，並不見得就會遇上熊。像登山客遭到襲擊，也是因為不常見，才有成為新聞報導的價值。就我所知在野外行程裡，從來沒有實際遇到過熊。」

堂上結結巴巴地說著，似乎是要讓郁安心下來——我該對這一點表示感謝是吧？郁心想。因為日復一日和堂上在一起的某些經驗，郁笑不太出來，但還是姑且以笑容回應堂上。

「謝謝您，我覺得稍微輕鬆一些了。雖然只是感覺上罷了。」

郁用手指比劃出感覺的程度。實際上只消除了些許緊張，稍微安心一些，所以用手指比出來的縫隙很狹窄。

堂上苦笑著。

「總之，你們不是單獨行動。」

郁不禁仔細端詳堂上的臉——說起來，我是不是第一次看到這個人以一般的笑臉相向啊？

「嗄，可是我還滿喜歡那個人的耶。」——郁忽然回想起從入隊之初，便對堂上相當有好感的柴崎對他的評價。原來如此，如果不是被視為眼中釘，能像一般人這樣看著他的臉，也許會很自然地覺得他還真的不錯。郁彷彿理解到了柴崎的感受。

「妳的秉性相當不錯，所以應該沒什麼問題，不過野外行程很辛苦的。與其擔心不知道會不會出現的熊，還不如好好休息、保存體力！」

哇～慢著，這樣是違反規則的！總是在生氣的長官偶爾溫柔了起來，喂！

——郁的腦裡語無倫次了起來，從堂上的面前逃開。

不由分說，兩名新隊員都被一併編入由堂上督導的隊裡，野外行程便開始了。當兩隊分別往不同的方向出發時，已是黎明時分。

老實說，郁根本就無暇去管態的事情。這趟行程要背負沉重的裝備，而且又是夏天，更何況還要披荊斬棘，走在沒有道路的山裡。如果可以走登山步道，那就輕鬆得多了。然而，大部分的路程幾乎都是沒有登山步道的荒山野地。

「而且，這是什麼山呀，到處都是爬藤類植物耶。」

和男子隊員相比，體力相較之下居於劣勢的郁總是落在後頭。堂上走在最後面扮演督導的角色，因此郁雖然不至於完全脫離隊伍，但總還是不能落後太多。

「爬藤類植物有什麼不對嗎？」

堂上似乎聽見了郁的低語，向郁詢問。

「經妥善管理的山，不會遍布這麼多爬藤類植物啊。這座山完全是一片荒蕪對不對？當然啦，也可以說是保留自然就是了。都是這座山的所有者管理不當，託他的福，路好難走喔。」

「妳知道得真不少。」

「我生長在鄉下呀。堂上教官是在都市裡長大的嗎？」

「我的確是在東京土生土長。進入圖書隊之後，因為進修的關係，所以關東區內多少還算是去過一些地方。」

哦——郁想要附和卻無法說出口。「抱歉。」堂上的道歉，大概是因為害郁多說了一些沒必要的話吧。

堂上絕對不是壞人——就這點來說，郁抱持肯定的態度。郁看著腳下，默默走著。

走了一陣子之後，堂上叫住了手塚：

「你去幫笠原拿鐽子。」

雖然手塚並沒有開口抱怨，但是他以表情表達了不滿。郁也因為不想讓手塚幫她這個忙，所以皺起了眉頭。但是站在郁背後的堂上，所能看到的也只有手塚的臉。

「在隊上的活動中，並非只有自己達到基準就算合格——你知道吧。」

「……了解。」

手塚以一副心不甘情不願的態度點了點頭。而對郁來說，要欠手塚的人情更非她所願。但是堂上搶先在郁開口前說了一句：

「笠原，別讓我再重覆剛才的訓話。」

不愧是從教育隊相處至今，堂上對於郁抱怨的時機掌握得極為準確。就在郁勉強正要放下背包的同時，堂上從她背後解下鐽子交給郁。堂上這麼做，大概是因為郁要再次背起背包的話，又要消耗體力了吧。儘管督導不得援助隊上的一切活動，但這似乎算是另眼相待。

「那就拜託你了。」

手塚不發一語地接受郁遞給他的鐽子，快步向前走。

雖然是在登山時用來劈開竹叢、搭帳篷時用來整地，乃至於做為廁所挖洞、掩埋所不可欠缺的鏟子。但是背著只會增加重量，交給手塚後果然輕鬆了一點。

代背行李所欠下的人情，郁就以不拖累隊上的行進來償還。郁加快了腳步，追在手塚之後。

在日落之際，隊伍抵達的座標點，是標高大約八百公尺的山頂。而小牧所加入的、由玄田率領的隊伍已經先抵達了。

「雖然已經是日落之際，也算是在當天抵達。以隊伍裡摻雜了女性的條件來說，幹得好！」

長官們做的預估是抵達需時一天半，會合後返回需要一天，總共預定要花兩天半的時間。

隊員們僅稍事休息，便開始搭帳篷。郁因為身為女生，需要分開單獨使用帳篷。等帳篷都搭好時，太陽已經下山了，大家便用攜帶糧食解決了晚餐。

「笠原上廁所中，請各位不要過來哦！」

……像這樣，還未嫁人的女生對這種事變得毫不在乎。如果父母知道了，可能會因驚嚇過度而一命嗚呼吧——這話未必是說著玩的，郁不禁嘆了一口氣。郁依然沒有讓父母知道她被分派到的單位的真實情形。

白天中的行軍，特別是黃昏的最後衝刺，讓郁疲憊不堪。在鑽進睡袋後，郁立刻沉沉入眠。

郁作了奇妙的夢。夢中不知道怎麼著，手塚發出了悲鳴。不外乎是「哇！」之類，相當焦慮的聲音。郁心想，那個高材生會如此驚惶失措，根本就是活該。

都是因為你一一挑毛病、找我的碴，煩死人，才會遭到報應喲——郁在夢中沉浸於快感時——

「出現了！」

郁被突然發出的聲音叫醒，帳篷中不知何物一躍而入。

郁的意識突然從夢中切換成覺醒，一瞬間，襲來類似劇烈暈眩的混亂。出現了？什麼東西啊？

……根據近郊的林業相關人士報告，最近有許多目擊到熊的案例，要多加小心——

「是熊嗎!?」

郁向躍入的硬物揍了過去，結果郁的手腕貫穿了那個物體。

「咦！不是…？」

郁慌忙地從硬物抽出了手腕。接著，手提油燈的亮光從帳篷外照了進來。

＊

「哈哈哈哈，什麼嘛——！笠原，所以說，妳揍了熊嗎!?」

「這沒什麼好笑的！」

郁向笑翻了的柴崎怒斥著，然而柴崎卻更是笑得滾倒在絨毯上。

「真不敢相信，平常人就算受到驚嚇，會去揍熊嗎？而且還是一個女生耶!?」

「跟妳說不是熊了，是熊的替身啦！」

被扔進帳篷裡的，是先到的隊員們割草所紮成的巨大草束。

據說為了手塚和郁兩人，還特地準備了兩束。實在是令人對隊員們惡搞的程度感到佩服之至。

在一番吵鬧之後，他們才讓郁知道這是特殊部隊的例行活動。先說故事讓新隊員畏懼熊的出沒，再於深夜扔進熊的替身——草束。

「說是說替身，但妳不是喊著『是熊嗎』，然後揍了過去嗎？在妳的意識裡，確認過是熊才揍下去的吧？哎喲，真是令人不敢相信，以一個女生來說，真是令人不敢相信啊，哈哈！」

「柴崎！我在抱怨，妳卻笑倒在地上，妳這是什麼意思？一般人這個時候不是都會說『也真難為妳了』之類的，稍微安慰一下人家嗎！要不然就該同仇敵愾才對呀！」

「哎喲，實在太令人不敢相信了，除了大笑之外，我還能怎麼樣啊。」

柴崎好不容易才起身，為了擦拭笑到泛淚的眼眶，抽起了桌上的面紙。

「一般人啊，在知道是熊之後，不會起身和熊搏鬥吧？因為不可能以為自己能戰勝熊啊。突然揍下去，是因為妳本來打算要打倒牠吧？」

柴崎的喉嚨又發出像青蛙叫一樣的怪聲。她似乎好不容易才忍住了發笑。

「以身為一個人、就人類來說，真令人不敢相信啊！」

郁生氣地低聲道：「——不是只有我一個人這麼做啊！」

柴崎連忙向她打聽：「什麼什麼，怎麼回事？」不過，郁卻只回了她一句：「不告訴妳。」接著便不理會柴崎。反正如果柴崎真的想知道，她會使盡千方百計，不知從哪裡把事情打聽出來的。

「對了，不說這個，妳沒帶伴手禮回來嗎？特殊部隊饅頭呢？」

「哪有那種東西。到最近的便利商店需要走五公里呢。如果有想買的東西，還得拜託負責三餐的阿姨買過來耶！」

「哦。在那種環境下，妳真的撐了一個半月啊。很偉大嘛！」

「還好啦。」郁得意洋洋，反問柴崎：

「我不在的期間，這裡有沒有發生什麼變化？」

要想打聽這種情報，柴崎這個女人實在是太方便了。離開基地一個半月，話題也會跟不上大家。

「大約兩個星期之前，館長住院了。」

「嗄！真的？終於住院了!?」

柴崎口中所說的館長，是指圖書基地附屬的武藏野第一圖書館館長。一直有傳言說他得了潰瘍、長了息肉，健康狀態總是亮黃燈。並且，以餐後吞用大量藥物聞名。根據柴崎所說，館長是緊急入院割了胃臟。

「所以他暫時要住院一陣子。這段期間裡，有所謂的代理館長，是從行政單位派遣來的，其中出了點問題。」

「嗄，代理……副館長無法勝任館長的工作嗎？」

「嗯——好像上層的人經歷了各種微妙的權力運作啦。」

雖然基本上圖書隊持有圖書館的人事權，然而並不能完全排除行政方面的影響力。另外，行政單位這一方面，關於圖書隊制度分為贊成派和反對派兩派。這兩派的傾軋常常會影響到圖書隊。追究起來，這也牽扯到地方分權派和中央集權派的對立。然而兩方陣營的主張，並非可以明確地切割為非黑即白。各式各樣的看法相互糾纏不清是政治的常態，因此問題相當複雜——也就是說，像郁這樣的低階人士是不會懂的。

總之對圖書館來說，這次的人事安排並不受歡迎。

「如果館長能快點回到崗位上就好了……」

柴崎的抱怨是少有的嚴肅而深入。

「具體來說，是怎麼樣的問題？」

「感覺上就好像是教育委員會的傀儡一樣啊。一會兒要納入推薦圖書啦，一會兒要撤走不適當圖書什麼的。不只限於教育委員會，總之就是一副無法違逆權威部門要求的模樣。」

「這算什麼啊，好差勁！為什麼偏偏挑這種人進來呀!?」

「也可以說，就因為是這種人才會被安排進來吧。」

柴崎的意見相當犀利。

「妳既然也回到這裡來了，應該會在第一圖書館內擔任業務工作吧。新任特殊防衛員的館內業務進修就要開始了。妳就實際觀察之後再做判斷好了。」

「……所以，為什麼妳連其他部署的內部計畫表，都掌握得一清二楚呢？」

「嗯～一定要找個理由的話，是因為興趣吧？」

柴崎做了如此的回答，毫不卑屈地笑了起來。

從奧多摩回來後的首次出勤，「殺熊笠原」的綽號在圖書隊之中早已被廣為流傳。就某種意義來說，是理所當然的事情。在密集訓練中同行的隊員們爭先恐後地到處宣揚是不難想像的，不過恐怕柴崎也做了相當的貢獻。

在勤務開始前，郁和堂上在第一圖書館的事務室碰面，彼此互相較勁。因為是進行圖書館業務，今天兩個人穿的都不是警備制服，而是私人服裝。堂上穿著夏天的西裝並脫去外套，郁也穿著褲裝。

兩人一碰面，由郁先點燃了戰火。

「多謝您告訴我沒有用的注意事項，託您的福，我有了新綽號。」

「……我不是說得很清楚嗎？」

堂上也準備好要鬥嘴，臭著一張臉。

「我不是說了，據我所知，野外行程裡從來沒有實際遇到過熊出沒嗎？」

的確，堂上是這麼說的。但是——

「您就不能用比較容易懂的方式說明嗎？要在話裡警覺出有欺騙行為，根本就不可能吧!?更何況魔鬼教官硬是親切地說明，可信度倍增！微小的親切帶來激烈的反效果！」

「那妳自己有辦法在事情發生前，就看穿隊長每次都熱中不已的欺騙嗎？」

堂上的說詞接近怒斥，郁突然說不出反駁他的話。堂上更是得理不饒人。

「我自己也覺得那樣做很無聊，但是妳膽敢任意說穿這其中機關試試看！到下次新隊員加入之前，妳會被記在心上，沒完沒了的！」

看來堂上有過這樣的經歷。

「妳以為我用『今年有女生參與』為理由，向上面建議了多少次要中止這項活動？我是用盡心思想說至少給妳一些暗示！」

「嗄，那是我不對嗎？是沒發覺到的我不對嗎!?說起來，事情的開端不就是堂上教官嗎！」

「……一大早繃緊了神經在做什麼呀，『殺熊』二人組？」

介入兩人之間插話的是小牧。

對於小牧稱呼為二人組，郁和堂上都露出痛恨的表情，靜默了下來。

話說回來，「熊來驚」成為特殊部隊例行活動，是開始於堂上和小牧被分派的那一年。由玄田首創，堪稱是活動的濫觴。

當時小牧的反應有如一般常識內的舉動，據說是嚇破了膽。而堂上則對著被丟進來的替身喊了聲「是熊！」抓住了它。此事大獲玄田的好評，還因此將這項活動訂定為新隊員分派受訓時的例行活動。因此追溯起來，郁主張怪罪堂上也並不是沒有道理。

「真沒想到會出現第二個堂上。真的，你們兩個人好像啊。」

郁愈聽愈感到痛恨。她稍稍低過視線向堂上一瞥，只見到板著臉的堂上耳朵都紅了。顯然地，堂上對以前的失態感到無地自容，一副情況不妙的樣子。對郁來說，心情真是痛快多了。

「手塚呢？」

堂上用一絲不苟的口吻改變話題，郁聽得出來他是在逃避。能察覺到堂上的心境，還真是有點愉快呀。

「因為他早到，就請他先進入書庫了。」

「那麼就從書庫出納開始吧。」

說著，堂上仰起視線望向郁。

就結果而言，幾乎沒有翻閱筆記的空閒。

從閱覽室櫃檯的電腦終端機所發出的借閱申請，會伴隨著鈴聲，從書庫的終端機印刷好單據再被吐出來。

這時他們必須一張張撿取單據、找出書來。但是找一本書並送出，總不能花個十分鐘之久，因為這樣會招致使用者的抱怨。理想狀況下，頂多只能花五分鐘，和老練者比起來其實也算慢了。

接獲借閱申請的時機當然是時有時無，但即使是借閱申請不多的情況，也並不代表找一本書可以花上比較長的時間。而且基本上來說，借閱申請不多的情況反倒是比較少見。武藏野第一圖書館的使用率，在關東全區當中也算數一數二。再加上此時正值暑假即將結束，兒童和學生密集地使用圖書館，借閱申請因而倍增。

包含堂上，只有四名人員在書庫內，沒能掌握圖書分類的郁顯得極為礙手礙腳。郁對於分類號十位數的一些分類，還朦朧有個印象。然而到分類號的個位數時，郁就完全束手無策了，只能將該分類的書籍從頭逐一找過去。

如果能將作為書架配置標準的書庫號碼和分類記號，藉由關聯搜尋來掌握書籍所在，至少能對搜尋書籍有所幫助。然而目前對郁而言，不過是一些多餘的號碼罷了。

「對不起，手塚，756是幾號書架？」

「工藝三十號櫃！幫幫忙好嗎，妳剛才也問過工藝類吧!?」

書庫內交錯的，只有郁詢問的聲音和手塚不耐煩怒斥的聲音。

在借閱申請中斷的時機，小牧呼喚大家集合。一看時鐘，已經十二點了，一般午餐時間對使用的閱覽人而言，同時也是他們的用餐時間，所以借閱申請的浪潮會因而暫時中斷。下一波應該會是在過了中午之後。

大家集合到書庫終端機前，只見小牧和堂上即使是身在冷氣大開的書庫內，依舊流著汗水。好難過，郁不禁垂下了視線。她不足以成為戰力的部分，以及因詢問手塚、導致手塚效率降低的部分，都由這兩個人來彌補。

另外，檢查還回書庫的書籍以及配架、電腦處理這些工作，都完全停擺了下來。

「這三本。」

小牧拿起了放置在書籍用電梯旁的書。讓大家看了書背。記憶中，那本書應該是郁找出來上架到閱覽室的書。

「被退還回來了。」

小牧的聲音很平靜，但是郁覺得彷彿受到怒斥一般，縮了縮肩膀。

這是因為圖書館的閱覽人等不及，因此取消了出庫。郁確實記得為了找這三本書，讓她費了好一番工夫。

「櫃檯也有所抱怨，我們來檢討一下吧。」

「這是妳的責任。」

手塚似乎就在等這一刻似的，對郁做了責難。

「連分類法都沒有能力掌握，這種特殊防衛員算什麼？明明知道圖書館業務進修就要開始了，為什麼連最低限度的知識都不去了解一下！」

「嗄，因為……」

受責難的當下，郁不禁反射性地替自己辯解。

「一開始我是分派到防衛員……本來並不是要負責圖書館業務的。」

「妳以為接受特殊部隊的分派是多久以前的事！有的是時間學習呀！」

「可是接受分派之後，就馬上接受集中訓練，回來之後又立刻開始了圖書館業務呀。」

「訓練之後不是連放了兩天假嗎？在那段期間應該可以做分類複習吧!?」

郁低下的頭再也抬不起來，抗辯的話再也說不出口。

連續兩天的假期，沒時間複習，卻有時間和柴崎聊八卦話題——郁感到很可恥。所謂的「如果地上有個洞，真想鑽進去」，就是這樣的感覺吧。

手塚每每揶揄她隊員意識低落的話語，刺痛著郁。郁被動地期待別人能教她，自己並沒有做任何努力。有著高度的隊員意識真是優秀——這句話並非揶揄取笑，手塚確實很優秀。

「像書架配置也是，說一遍還記不起來，如果自覺記憶力不太好，那就早上自己早一點來預習不就行了！沒有能力卻不做任何努力的笨蛋，是最無藥可救的！一再拖累別人，只有在替自己找理由辯解著『因為』、『可是』的時候，說得冠冕堂皇！沒有能力的人就乾脆閉上嘴巴！」

「手塚！」

堂上強有力的聲音讓手塚噤聲，停止繼續說下去。小牧接著說：

「你說得太過火了。並非只要正確，就能肆無忌憚地說任何話喔。」

手塚一副不情願的樣子，靜默了下來。

「總之，就這些人員，看要如何提供周到的書庫服務了。」

堂上提出現實中待解決的問題，即時救了郁。郁稍稍鬆了一口氣。

「時間是早了些，不過就麻煩笠原負責其他圖書館調書的單據。這些書是在晚上時段上架，所以可以不必在意時間。不過笠原要好好記住書庫的配置。」

「是！」郁做了回答，聲音略帶哽咽。

「本館的借閱申請及其他業務，由我們三人來處理。做得來吧？」

「是！」

手塚的回答中氣十足，絲毫不見動搖。這是理所當然的，手塚完全沒有該感到可恥之處。

堂上走向閱覽室的內部對講機。

「喂，這邊是書庫……啊，是妳啊。如果那邊有其他圖書館的借閱申請，就都先送往這裡好嗎？還有……」

堂上一邊說著，同時不自然地背對大家、將聲音壓低，因此從中途便無法聽出他在說什麼。

堂上結束了對話。過了一會兒，有人敲了敲書庫的門——原來是柴崎。

「你好，我送單據來了。」

說著，柴崎輕輕地揮了揮手上的一疊單子。

「唉喲——堂上教官，好久不見喲！訓練都結束了，卻完全不來看人家，我好寂寞喔！」

不知為何，柴崎突然發出嗲聲嗲氣的聲音。不但是郁，連手塚似乎也被嚇了一跳。至於堂上的表情，似乎難以言喻地苦澀。柴崎這一招雖然對於大半的男人來說都能當場見效，然而堂上似乎不吃這一套。

「書庫這邊今天好像很忙啊，要不要我也來幫忙呢？」

「不用，櫃檯那邊今天也像戰場一樣吧。」

「討厭，如果是為了堂上教官，我會拋棄掉那邊的一切來這裡幫忙的！」

「不用……真的沒必要。」

看著退卻的堂上，小牧忍不住笑了出來。柴崎嘟起了嘴。美女裝出這副表情，看起來就像在賣弄風騷，也滿可愛的，這就是當美女的好處。

「事與願違～我不是為了取悅小牧教官才這樣做的耶——！」

「抱歉，堂上的這副模樣不常見，所以——」

小牧捧腹大笑向柴崎道歉。在一旁的堂上怒斥了一聲：「好了，事情辦完了就趕快回去！」

柴崎很乾脆地聳聳肩膀，回了聲「是～！」朝著郁跑過來。嗄？怎麼了？也不管郁的不知所措，柴崎將手臂攀向郁的手臂，勾搭著說：「順便借用一下這傢伙囉——！」

「嗄，柴崎，等等呀！」

「妳還沒吃午飯吧？陪我一下會怎樣嘛。」

「我還有工作……！」

郁彷彿求救一般往堂上看過去，堂上苦著一張臉，像是要打發她似的揮了揮手。手塚似乎也完全失去說話的力氣。

「順便幫我們買一下午餐，什麼都好。」

小牧的聲音從後方傳來，郁幾乎是被柴崎拖出書庫。

書庫的門一關上，柴崎立刻像是回過神來似地，解開了勾著的手臂。

「好了，我們走吧。」

「……妳態度上的落差還真誇張耶。」

「有什麼辦法，誰叫堂上教官拜託我嘛。再說我是他的粉絲呀。」

柴崎百般無聊地聳了聳肩膀。

「那個人依舊還是很寵妳喔……」

「嗄？什麼？怎麼回事？」

「他打電話拜託我呀，要我拿單據過來，順便把笠原帶出去吃午飯。聽說妳被手塚攻擊得快要哭出來了？氣氛好像也相當險惡吧？」

柴崎的出現，讓郁暫時收住的眼淚決堤。

「柴崎～～～～～！」

郁抱住了柴崎，而柴崎卻說著：「哇！嚇了我一跳，我以為會被妳抓起來吃掉！」柴崎說話依舊狠毒。

「謝謝妳過來，雖然是自作自受，可是剛才真的很丟臉，好難過喔——！」

「所以說，這不是我的主意啦……要得到那種類型的人寵愛，也許是要稍微笨一點比較好吧——」

說著，柴崎的表情轉為一副沉思靜默的樣子。之後她說道：

「……辦不到！絕不可能！像我這麼優秀的女生，怎麼能把水準降到妳的程度……！」

「也不用說得這麼惡毒吧——！」

郁一邊哭，一邊又忍不住笑了出來。

「好啦，我們去餐廳吧。如果這時候手塚也出來的話，不就不妙了？」

郁跟在催促她的柴崎身後，快步爬上階梯。

「說起來最差勁的當然是妳啦，明明就是技不如人還偷懶。」

柴崎說著揮了揮筷子。

雖然柴崎的評論刻薄，但是因為郁本身做了反省，加上柴崎的說話方式坦蕩直率，不帶刻意的惡毒，所以郁並不覺得受到傷害。這就是和手塚個性上的差異之處吧。

「手塚也真是的，說話也該有個分寸。」

「可是，是我自己不對。」

正如手塚所說的，郁太依賴別人，專業意識也太低了。對已是十足優秀，卻毫不怠惰於努力的手塚而言，可以想像得出郁多麼令他氣憤不平。

「被說什麼都當作理所當然，和說出什麼話都當作理所當然，是有差別的喔——」

「別說了，別寵壞我——！」

「妳不要一邊吸著麵條一邊搖頭，麵湯會噴得到處都是呀！」

柴崎誇張地向後避開了，隨後又恢復原來的姿勢。

「嗯，當然啦，如果這時候乘勢說『對吧，很叫人生氣對不對——』這些話的傢伙，我是不會去安慰她的啦。」

「妳剛才的話是在安慰我？柴崎式的語言好難懂。」

是嗎？我是相當單純的喔——柴崎裝模作樣地說。郁認真思考，她說這句話的意思，是不是因為她要彆扭的方式每次都一樣呢？

比起吃定食的柴崎，郁很快就吃完了。她一邊等柴崎用完餐，一邊開口：

「喂，柴崎，教我圖書館業務工作好嗎？」

郁實在不想再成為大家的負擔。被退回三本書，堂上就必須為這樣的抱怨挺身而出、負起責任。如果堂上能像手塚那樣責怪她，她會覺得輕鬆得多；但他默默包庇郁，反而讓她覺得難過。

如果是平常，堂上會立刻怒罵了起來，為什麼唯有這個時候不罵人呢。

「我就知道妳會這麼說。」

柴崎一副得意的樣子點了點頭。

「我會讓妳比現在更能幹一些，從今晚開始，妳要接受磨練哦！」

郁向柴崎合掌一拜表示感恩，只見這時柴崎望著郁的後方，輕輕皺了眉頭。郁也跟著回頭一望，原來柴崎在看的是坐在隔了兩張桌子後方的中年男子。

「是誰啊？」

「他就是代理館長。」

哦，原來他就是代理館長——郁向那名中年男子瞥了最後一眼，回過頭。那名男子相貌平庸，似乎移開視線的瞬間就會被忘得一乾二淨、拋在腦後。

雖然郁聽說當中有些問題，但是因為和她沒有直接關係，因此當場那名男子並沒有進一步引起郁的興趣。

由於堂上的指揮調度成功，從下午開始，他們便沒有再遭遇到被退回書籍那樣丟臉的事。雖然還是相當忙亂，但是搜尋書籍的速度，已經加快到連男生們也能在借閱申請之間，偷空吞食郁買回來的午餐了。

就郁而言，自己退出反而有助於效率的這件事，更是讓她感到不堪。但這是自己先前的能力不足，怪不得人。

因為要上廁所而溜出書庫時，她碰上了正在走廊長凳上用餐的堂上。

郁本來在一剎那間想要向他道謝，感激他在中午讓她溜出去。然而，考慮到堂上可能不希望被知道那是他的主意，因而決定在這件事上默不作聲。

「謝謝您。」

郁說著向他低頭致意，堂上則以一副詫異的表情抬頭看郁。面對他的疑問，郁做了補充說明：

「調度的事真是謝謝您了。」

「我會努力讓自己早點記住。」

「嗯，好好加油吧。」

堂上的聲音如往常般冷淡，郁上完廁所回來時，他已經用完餐回到書庫。

在迎接晚上七點的閉館時間時，郁手上的一百多件他館借閱申請，也達到約三成的出庫率。

「花了六個小時，還剩下一半以上！」

手塚立刻以諷刺的口吻攻擊過來。郁沒有反駁的空間，只好靜默下來。

「我們把剩下的分一分。」

堂上將剩下的單據大略地粗分為四人份。乍看之下，堂上似乎若無其事地做了分配，然而交到郁手上的單據的確比較少，這恐怕是出自堂上的特別關照。然而需要他「特別關照」的這件事，又再度讓郁認清自己的能力不足。

「遇上找不到的書籍應該怎麼辦？」

在大家向書庫分散之前，郁向堂上問道。

「有幾本書實在怎麼找都找不到，我都把它們延後處理。所以，在剩下的單據裡，有幾本書應該是找不到……」

「因為找的人是妳，倒是令人懷疑是否真的找不到啊。」

郁向揶揄她的手塚瞪了一眼。雖然實在沒理由被手塚說成這個樣子，但被虧說是「因為自己笨拙而找不到」的這個說辭，卻也莫名其妙地具備可信度。郁暫且在心裡暗自咒罵——如果真的找不到就等著瞧，你這傢伙！

「找不到的藏書就當作是暫時遺失圖書，把單據退還給櫃檯。圖書館業務部應該會再進行搜尋。」

堂上做了如此的回答；大家便重新著手於出庫作業。

結果，暫時遺失圖書共出現了四冊。

「看吧，我就說有暫時遺失的圖書吧。」

面對得意洋洋的郁，手塚露出相當不滿的不快表情。實際上，郁當作搜尋不到而延後處理的單據比這還多，但這並不值得一提。

「又不是自己立了功勞，別得意洋洋的，笠原。對於圖書館而言，出現暫時遺失的圖書，沒什麼好高興的！」

郁第一時間被堂上叱責，不情不願地閉上了嘴。什麼嘛，手塚之前挖苦我的話，我就不能反駁嗎？我剛才被手塚欺負的時候，你都不替我說話耶——！郁心裡感到不滿的同時，突然察覺：堂上和小牧都不幫自己說話，代表兩人都承認手塚揶揄的話是有幾分道理。郁的內心受到打擊，無力地垂下頭。

「四本是多了一些，事情有點嚴重啊。」

小牧一臉肅穆，歪了歪頭說。

「四本算多嗎？」

小牧對著發問的郁點了點頭說：

「因為放暑假之前，館內才做過整理。」

在郁他們因特殊部隊密集訓練而不在的期間，武藏野第一圖書館閉館了兩週，進行大規模的藏書整理。

「才過了一個多月，應該沒有理由遺失這麼多本書啊……」

「也許是整理得不夠仔細，如果是這樣，只好照著手續退回了。」

堂上說著，開始將搜集來的圖書裝入箱子裡。他的動作當然不是訓練期間裡，所遭遇到的優質化特務機關之類所能夠比擬的。郁看著他的動作，不禁入迷了。

從他的動作細節，可以窺探出他非常珍惜書籍。看著他對書籍的態度，會感到舒暢無比——當然，這是在只看手部動作的狀況下。會設定如此心不甘情不願的前提，是因為郁多多少少對於他同意手塚的揶揄而記恨在心。

好，我也來。郁振作起精神，加入打包的行列。至少，她希望在無須專業知識的作業上，不要落後人家。

就這樣，在寄送書籍的作業上，郁總算能夠不拖累其他三人順利完成。

「然後啊，暫時遺失圖書在今天一天之內就有四本耶。堂上教官就說，可能是今年館內整理做得不夠徹底……」

回到宿舍之後，正當郁接受和柴崎約定好的指導時，她告訴柴崎這件事情。柴崎一聽到她如此說，馬上做了猛烈的抗辯。

「沒這回事——！就算是堂上教官，說這種話我可不能聽過就算了！我們可是業務部門全體出動，連封閉式書庫都做了整理耶！難道是說我們偷懶嗎？」

「那為什麼才一個多月的光景，會出現四本暫時遺失圖書呢？」

柴崎一時語塞，接著惱怒地說：「會不會因為找的人是妳，所以才找不到呢？」

「連妳也這樣說！」

堂上和小牧無言地承認手塚的揶揄，帶給郁的內心創傷還在淌血。在這樣的情況下，連柴崎也一副理所當然地懷疑她的能力，讓郁氣嘟嘟地像隻河豚一樣。

「的確有些書是我個人找不出來啦！可是這四本連教官和手塚也找不出來呀！」

「這樣啊，那麼這四本書真的是失蹤了啊。」

柴崎不經心的附和又刺痛了郁。

「可惡——！你們這些傢伙，每個人都在我的心靈創傷上灑鹽還兼搓揉呀……」

「如果妳覺得不甘心，信用可是要靠自己贏取的喔。現在的妳是絕不可能的啦。」

不過話說回來——柴崎嚴肅了起來說道：「館內整理後才過了一個多月，不該出現這麼多本暫時遺失的圖書呀。」

「小牧教官也認為很可疑呢。」

「會不會是分配上架的時候弄亂了呢，我稍微在會議上提出看看好了。」

這個話題就此打住，柴崎又開始講授分類法的說明。

在經過一個段落之後，柴崎拿出家庭號特大包的袋裝巧克力。

「來複習一下剛才學過的吧。只要妳答錯一題，就得吃下一塊巧克力喔。」

「嗄!?」

時間已經過了十一點鐘，睡前大啖巧克力，對皮膚和體重來說都是一大傷害。果然同樣身為女人，才會想得出這種處罰遊戲，既殘忍又惡毒。

「不要這樣嘛，如果我在睡前吃巧克力，立刻就會長痘痘……！」

「我當然知道啊，有了這樣的顧慮，就會拚命努力了吧？」

「等等，妳到底打算出幾題呀!?」

「呃……」

柴崎拿出了訓練期間所使用的講義。不知道是不是柴崎有意安排，有多處像是被蟲蛀了破洞，約有二、三十處空白。

「睡前吃二十塊巧克力？妳還真狠耶！」

「妳該不會想全部答錯吧？再說這種話，從明天開始我要多問幾題囉！」

從今晚開始，妳要接受磨練哦——柴崎的宣告的確是毫無虛假。

新人（特別是指郁）在記住大略的書庫工作之前，都將被安排在堂上的隊上擔任書庫業務工作。讓還不足以成為戰力的郁，負責他館的借閱申請；而本館的借閱申請，則由堂上他們做對應——就成為基本的體制。

據說在媒體優質化法施行之前，書庫出納上不曾有這麼多的借閱申請蜂擁而至。然而最近為了對付媒體優質化委員會的檢閱，收藏在書庫的書也變多了，如何才能使書庫如閱覽室一般利用簡便，就成了圖書館服務項目中，被賦予的一大課題。

郁在訓練期間裡，所有的講座成績皆慘不忍睹，而第一天的表現也不例外。然而過了幾天之後，她開始能夠將他館的借閱申請，在閉館時間內完成出庫。雖然還不熟練，但是郁開始能夠在借閱申請到達之間，將歸還的圖書配置上架，並且消化其他業務工作。

……這是一大進步，然而——

「那傢伙的臉怎麼了，是皮膚病嗎？」

堂上眺望著在遠處笨拙地東奔西跑的郁，詢問小牧。自從開始擔任書庫業務，郁的額頭和下巴一直有大顆的痘痘不斷出現、消失。看來似乎很疼的樣子，格外地顯眼。

小牧的喉嚨發出咯咯的笑聲：

「好像是特訓的負面影響。」

「那是怎麼回事呀？」

「聽說她請柴崎小姐教授分類法以及書庫業務的訣竅。在複習測驗中答錯，就要接受處罰遊戲，每錯一題要罰吃一塊巧克力。因為是在睡前幹這種事，就理所當然長了痘痘。」

因為出乎意料之外，堂上忍俊不住也笑了出來——這兩個人在幹嘛呀，堂上心想。

「那傢伙到底都答錯幾題？」

「就現況而言，聽說平均錯個十題左右吧。我們等著看她臉上的痘痘什麼時候會消掉。」

在他們這番交談後，又過了一個星期左右，郁在勤務前一副下定決心的模樣，來到堂上身邊。

「從今天起，請您讓我也一起負責本館的借閱申請。」

堂上反射性地看向郁。郁的臉龐就在他稍稍抬起視線的位置，額頭上的痘痘痕跡頑強不退，不過似乎沒有再長出新的痘痘。

「妳是不是不用再被罰吃巧克力？」

「您怎麼知道這件事!?」

郁一時僵住了，把額頭蓋了起來。

「我是聽小牧說的。」

「小牧教官真多嘴！」

「是我問他說，妳的額頭到底怎麼了？」

郁似乎為此受到打擊，怯生生地問堂上：

「真的那麼顯眼嗎？」

「相當令人同情呢，何況連我都注意到了。」

「哇——好丟臉……」

看到郁受到打擊的樣子，堂上的笑意不禁油然而生。

「好，妳就加入負責本館借閱申請的工作行列吧。如果跟不上，妳就告訴我，我會再做調度。」

「是！」

從郁有勁的回答聲中，可以看出她的決心。簡直就像是形狀記憶合金一樣啊——堂上的腦海裡浮現了如此的感想。即使情緒低落、或是鬧彆扭，也不會這樣一直一蹶不振下去。

郁加入本館借閱申請的出納行列，雖然和手塚比較起來，能力還是差得多了，但也姑且達到可以接受的水準。本來要她以手塚為基準，就已超出一般要求了。

「你也該適度地肯定她了。」

堂上若無其事地向手塚說道，只見手塚端正的表情一瞬間僵硬了起來。

「原本努力就可以做到的，卻不加努力，這不就是怠惰嗎？」

他的表情似乎在說，憑什麼我要去肯定那種傢伙。

手塚是正確的。他認真、優秀，而且努力上進，所說的話總是真知灼見。但是——

「你到底還想要笠原怎麼樣？」

堂上向手塚問道，只見手塚頑固的表情僵硬。他的頑固堅持，實在也該做一些讓步了。

「正確的看法是對的，但是以正確看法當作武器的人卻是不對的。你是哪一種？」

堂上目不轉睛地面對手塚，緩緩使之屈服。不確實挫挫他的銳氣，就沒什麼意義了。

手塚的臉在一眨眼之間泛起紅暈。並非因為感到恥辱，而是來自於憤怒。

當天，手塚一次也不曾主動向堂上攀談。

＊

「奇怪了……」

柴崎敲打著終端機，傾著頭感到疑惑。閉館後的業務雖然已經結束，柴崎卻留在事務室一個人獨自加班。

她查出來的資料正是暫時遺失圖書。柴崎聽了郁的話，試著做了番調查。她發現館內在做整理之後，登錄的暫時遺失圖書竟高達十五本。不只是書庫的藏書，連開架式書架的書籍也有暫時遺失圖書。前一個年度的暫時遺失圖書，如果在館內整理時找不到，便會以遺失圖書來處理。然而在圖書隊制度確立以來，武藏野第一圖書館引進了防盜感應器，可以用來防止未做借出手續卻將書攜出館外的狀況。因此，全年之中遺失圖書的比例可以說是非常稀少。

「在一切不自然的事情背後，一般來說應該都會有規則可循啊。」

這十五本書到底是怎麼回事？柴崎一本本查出相關資訊，發現幾乎都是童書。而在書名或作者名，甚至是題材或適讀年齡上，並沒有任何共通點。

咦，不過……

柴崎蹙了蹙眉。不知道什麼原因，她發現自己對其中的書名有印象。並不是說自己讀過那些書，她讀過的也不過是十五本書中的幾本而已。

然而，柴崎的記憶告訴她，乍看之下毫無共通之處的這十五本書，其中有貫通的法則。

「嗯……到底是什麼呢？確實應該有規則可循的啊……」

在她苦思之際，從走廊傳來關門的聲響。聲音來自事務室對面的書庫。走廊因為沒什麼人而一片靜謐，開門、關門的聲音顯得格外刺耳。

是不是警衛呢？柴崎一邊想一邊起身。以這時間來說，作夜間巡邏應該還嫌早了一些，如果連關大門的時間也一起提早，那麼她就必須提出留下來的申請。

然而，她打開門碰上的並不是防衛員。

「——鳥羽館長！」

原來是鳥羽敏雄代理館長。鳥羽遇上柴崎，一瞬間表情僵硬了起來。

「妳在加班嗎？就妳一個人？」

「——不。」

柴崎笑了笑說：「因為工作到比較晚，所以想和一起留下來的同事吃過宵夜再回去。我正在等她買回來呢，也差不多該回來了。」

她並不去詢問鳥羽留下來的理由。

「原來是這樣，早點回去吧。」

鳥羽丟下了這句話，匆促地走上樓梯。

柴崎這時想起了暫時遺失圖書的共通規則。

「……不都是教育委員會的推荐通報圖書嗎！」

這些書都是和推薦圖書一起做參考通報的「不良圖書」。從小學低年級到高中生，都指定了數本圖書。

代理館長嘮叨著要職員對這些書籍訂下借出限制的事，柴崎還記憶猶新。雖然職員們憑仗著基於圖書館法第三十一條「圖書館有提供資料的自由」之資料提供權為後盾，很乾脆地否決，然而——

「說不定、說不定是——」

柴崎把暫時遺失圖書的一覽表列印出來，走向書庫。既然鳥羽得知還會有其他人回來，他應該不會再進來了。

鳥羽應該不希望有太多不必要的人，知道他在這個時段還出沒於書庫之中。

手塚在當天晚上造訪了宿舍內的小牧房間，因為他就是想不透中午堂上的那番話。

二等圖書正以上都是住在單人房裡，因此進入房間之後，就不必在意他人的眼光。小牧招呼手塚入內，打開了小型冰箱問手塚：「要喝什麼嗎？我這裡只有啤酒就是了。」

「好的，我就不客氣了。」

手塚接過啤酒罐，拉開了拉環，大口喝下。不喝點酒，實在無法鬆口帶動話題。

「我想跟您談談笠原一等圖書士的事情……」

「哦，開門見山呀。」

手塚忽略小牧的話一口氣說完：

「本人應該接納笠原一等圖書士嗎？」

你到底還想要笠原怎麼樣？堂上的話似乎只能解釋為要他接納笠原郁。

小牧並不立刻回答，表現出一副在思考的樣子。然後，他滿臉困惑地抬起頭。

「我不大懂你所提的問題，其背後意圖究竟為何……」

當手塚思考著該不該把和堂上之間的對話告訴小牧，正打算要開口的時候，他得到小牧出乎意料之外的回答。

「舉例來說，如果是我或堂上命令你接納笠原，你就會接納她嗎？」

手塚一時啞口無言。如果將詢問小牧的意圖明確地整理成話語，這話聽起來似乎是太依賴別人的藉口。

「對這種事情的判斷，你要拿來問我的意見，我也會感到很為難。若要說所謂的接納，其定義也很模糊。」

小牧坦率地轉移了話題。

「就我的觀點來看，我會認為這是感情的問題。但老實說，其實是可以和討厭的傢伙在一起工作的。當然，人際關係良好的話，工作上處理起來會順利得多。但實際上，並非能夠只和欣賞類型的人一起工作。只要不因為感情而影響工作效率，我並不認為你一定要去喜歡笠原。但是我希望你就算不喜歡她，也要信賴她的能力。」

小牧的話聽在手塚耳裡，真是出乎意料之外。手塚有種感覺，一向很溫厚的小牧最近給了他不少指示，似乎致力於改善兩人的關係。

然而，手塚發現自己因為這次並未受到這樣的指引而心懷不滿，不禁湧起苦澀之情。總之，他在追求別人給予他在情感上接納笠原郁的指示，終究還是在依賴別人。

小牧突然苦笑了起來。

「我並不是毫無條件地溫柔待人，而且我還滿喜歡正確的看法。」

自己失望的心情似乎被看穿，手塚垂下了頭。小牧說的話中，將喜歡正確的看法視為不溫柔的條件的那句話，特別讓他難以釋懷。

手塚忽然想到，能夠正當地使用正確看法的，就是指像小牧這樣的人吧。

「沒有任何人能夠強制你和笠原小姐融洽相處。當然，對笠原小姐來說也是一樣的。但是也許對你來說，這樣並不愉快吧。」

其實，對手塚而言，不愉快的理由在於手塚本身和長官們對笠原郁評價的兩極化。手塚無法理解長官們肯定笠原郁的理由。對於「自己無法理解能力優秀的長官所做的判斷」這個事實，手塚著急而焦躁不安。

「在能力上來說，我們並不覺得笠原小姐有可取之處。尤其她在事務方面的能力很差，不夠靈活且不得要領。她和你根本就不能相提並論。」

那又是為什麼——正當手塚在心裡反駁的當下，小牧笑著說：

「但是那個女生很有趣，魯莽、冒失又不失熱情。她和堂上很像，這點很受我及隊長的肯定。」

「堂上二等圖書正才不像那個傢伙……」

「嗯，我知道你對堂上懷抱著憧憬。」

被小牧輕易看出自己內心的想法，手塚心裡一驚。長官們一個個都很優秀，其中的堂上對手塚來說，是最好懂，而且容易以他為目標的榜樣。在這層意義上來說，堂上是理想的長官。正因為如此，手塚對於不斷和堂上發生衝突的郁，內心感到氣憤不已。

「手塚眼裡的堂上，形象上是不是冷靜果斷？其實那傢伙的本質與其說像手塚，倒不如說比較像笠原小姐。你也聽說過『殺熊』那件事了吧。」

「因為相像，所以就要幫她撐腰嗎？」

這句話就像是從嘴裡滑了出來一樣。

「我認為堂上的想法並非那麼單純。」

小牧一副理所當然的樣子回答有關堂上的事情，這又刺傷了手塚。

「一會兒無地自容，一會兒不好意思的，雖然好像很不好過。為了取得平衡也真是辛苦了。但是，堂上如果對你說了什麼，那並不是偏心笠原小姐才這麼說，是因為有必要才說的。我相信在這些地方，那傢伙的處理態度不會欠缺公正。」

能將這些話實實在在地說出來，也許就是小牧厲害的地方。手塚這時才忽然想起來似地，啜了一口罐裝啤酒。啤酒因為手掌的溫度已經變溫了，失去了入喉的清爽感。

「話是有點離題了，不過我個人認為，你應該能從笠原身上得到一些東西。但是要不要從她身上獲得什麼，就是你個人的自由了。」

「……如果真的有所收穫，您認為本人會變得怎麼樣呢？」

「我認為你這個人會變得比現在有趣。」

那算是好處嗎？手塚非常懷疑。然而從小牧的表情中，看不出他到底是在開玩笑，還是認真的。

突然有人敲了敲房門，小牧回了一聲，門便被打開了。堂上探頭進來，手塚在那一瞬間感到彆扭，移開了目光。然而堂上只不過輕微地應了一聲：「哦，原來在這裡。」因為問心無愧，他顯得理直氣壯。

「你們兩人都到集會室來吧。」

「什麼，召集令？我們已經喝了點酒。」

「只喝了一罐吧，手塚不是滿能喝的嗎？我先過去了。」

不待他們回答，堂上關上了門。「唉！」小牧站了起來，起身的同時喝乾罐裡的啤酒。手塚也學他，把剩下的啤酒一飲而盡。

在男女共用的公共區域會議室中集合的，包含堂上班上的四個人以外，還有玄田跟柴崎。

柴崎藉由郁提出了召集的要求。而擔任傳達任務的郁，則莫名地靜不下心來。柴崎並沒有告知郁之所以希望她幫忙的理由。

「柴崎一等圖書士，聽說妳想做非公開的報告，是吧？」

被玄田這麼一說，柴崎點了點頭。

「因為問題相當嚴重，因此我希望身為上級的各位能做判斷。」

「我有異議。」

手塚以一本正經的口吻插嘴表示異議。

「柴崎一等圖書士隸屬於業務部，應該要在業務部那邊做報告才對吧。」

「你還真是死腦筋！」

柴崎對手塚嗤之以鼻。

「是不是要我親口告訴你，你才會懂？在業務部，往上呈報之前內容就遭到扭曲，或者會受到壓力的可能性很高呀。難得這裡有這麼一條人脈，就該好好利用。」柴崎說著拍了一下郁的肩膀說：「能利用的管道就該有效利用吧？說起來，圖書特殊部隊在組織裡的臨機應變能力，原本就具備這樣的功效吧？」

手塚顯得極不愉快，默不作聲。郁以近似感動的模樣看著柴崎。柴崎原本就是能言善道的女人，卻沒想到她會如此俐落地辯倒手塚這傢伙。

「妳所說的那份很可能會遭到扭曲，或被施予壓力的報告內容呢？」

柴崎回答催促她的玄田：「代理館長在進行有可能牴觸圖書館法第三十一條的行為。」

大家的臉都認真了起來。

從館內整理後才過了一個多月，就出現十五本的暫時遺失圖書。這十五本都是被教育委員會指定為「不良圖書」的書籍。據說代理館長主張要限制這些圖書的借出。

「請看一下這個。」

柴崎從桌子底下取出紙袋，裡頭裝著包過書套的藏書。

「代理館長出來後，我找了一下封閉式書架，我發現這些書被藏在書庫裡。有問題的十五本暫時遺失圖書，全都找出來了。」

「會不會多了一些？這裡有十八本。」

小牧提出疑問，他估算的速度極快。

「我特別調查了被指定為『不良圖書』的書籍，連複本也都查過了。這些書籍沒有被借出的紀錄，可是不在該被放置的地方，因此成為暫時遺失圖書。這些書籍也在封閉式書架上找出來了，所以我就帶了過來。」

不愧是柴崎，做事俐落、無可挑剔。

「……妳的意思是，代理館長隱藏了藏書嗎？」

郁以粗暴的聲音說。玄田則面露難色低語：

「由狀況來看，館長有嫌疑……」

對於面露難色低語的玄田，郁提高了聲音說道：

「什麼叫有嫌疑！根本就是罪證確鑿，這違反了第三十一條法條吧!?」

「冷靜下來！」

堂上介入了對話。

「又不是抓住了證據，何況三十條和三十一條所保障的是圖書館的權利。如果外人侵害這項權利的時候，的確可以根據這項條文行使抵抗權。但是，對於圖書館不行使這項權利上，並沒有相關的懲罰規定。」

「而且手法也很巧妙。就算查出是代理館長幹的，也很難去斷定他是故意的。」

小牧也插嘴說道。

「只要他辯解說是他弄錯了上架的位置，那就說得通了。而且，他接任代理館長的日子還很短。」

「加上圖書館法第四章裡的施行令中，並沒有關於內部監察的規定，這也是一個弱點。」

對於手塚所說的，郁脫口而出：「嗄，是這樣啊？」之後，才感到暴露了自己的無知，而蹙起眉頭。她原本以為手塚又要損她一頓，但是手塚只是狠狠瞪了她一眼，並沒有說什麼。

「而且那位代理館長的來歷，對我們來說有點麻煩。」

沒有人對玄田所說的話提出疑問。郁向周圍的人瞄了一眼，只聽堂上開口說：

「他是圖書隊制度反對派的都議會議員方面的人馬。如果一個不小心，沒掌握證據就造成議題，大概會被反擊說圖書隊的方針有偏頗之處。柴崎沒有在業務部提出問題是正確的。」

「關於這個案件，暫時就交給我來向司令報告。柴崎，妳就去把收回來的暫時遺失圖書歸還到規定的場所。我之後會向上通報，是堂上班發現歸還的。我想這樣一來，至少能發揮牽制的效果。」

說著玄田挺起了身子。

「另外，這起案件禁止向在場六人以外的人提起。以上，解散！」

過了幾天之後，圖書特殊部隊發出了通報，交寄鳥羽代理館長。

其中對於暫時遺失圖書的發生率和歷年比較起來異常偏高的情形，以及暫時遺失圖書已經由特殊部隊尋獲的事情做了報告。並且在報告中提醒，指出原因經過考察應該是配置上架的疏失，為因應所需，敬請敦促部內多加注意。

代理館長似乎在早會時作了訓示。指出因為報告提及在配置上架有所疏失，要各圖書隊員多加注意——講的就是柴崎所做的報告。

代理館長並未觸及暫時遺失圖書的訓示，讓圖書隊員以為牽制發生了效力。正當案件相關人士放下心來的時候——特殊部隊被漂亮地耍了一記。

＊

「柴崎，能不能請妳把教育委員會指定的『不良圖書』送到館長室？如果是未借出的書籍，連複本全部送過去。」

當天接近閉館時刻，副館長向柴崎作了如此的要求。

「發生了什麼事嗎？」

由於副館長應該不知道代理館長隱藏圖書的事，柴崎的口吻帶著探聽語氣。

「哦，有訪客從教育委員會來找代理館長，說是希望聽取關於『沒有限制不良圖書借出』這件事的說明。他們想看看實物一邊談這件事，我也打算到場陪同。」

副館長並苦笑著表示，如果讓他一個人和對方商談，恐怕會對教育委員會的要求無條件接受。副館長大約才四十歲，應該比代理館長年輕個十歲以上，但是從他說話的口吻聽來，彷彿是在形容一個沒什麼能力的部屬。

「咦，這種時候會有行政相關人士來訪，還真是稀奇。」

各種行政委員會造訪圖書館並不少見，但是來訪的時間大多是下午還不到黃昏。在將近閉館時間十九點這麼晚的時候來訪，並不多見。

「連複本都必須拿出來嗎？如果是要用來參照著商談，我覺得一本就足夠了。」

「哦，是這樣的，他們想要連複本也一起看。可能要麻煩妳了，拜託一下。」

館長室坐落在二樓參考室的更上層，整棟五層樓之中的四樓。的確，是稍微麻煩了一些，但是柴崎回答：「沒問題，反正能搭電梯。我馬上送到。」

副館長向柴崎作了個拜託的手勢，然後上了階梯。

就在柴崎將指定的圖書送到館長室，並迎接閉館時刻的當下，館內警鈴響起。接著，傳出急促的館內廣播：

『巡邏中的警備報告，優質化特務機關正在本館周圍行動！全體隊員進入緊急警戒狀態！請留在館內的使用者緊急退出館外！』

自從柴崎開始負責實際業務以來，這是她第一次碰上優質化特務機關的襲擊。之前似乎也曾有過幾次襲擊，然而主要都發生於閉館中的深夜，柴崎從來沒有親身經歷過。

即使像柴崎這樣的隊員，剎那間也停止了思考。「將終端機鎖起來！」長官的怒吼聲響起，才讓她回過神來。考慮到被佔領的情形，身為圖書館員最優先的防衛事項，就是將所有的書籍檢索終端機鎖上。該館終端機的形式會把從資料庫讀取出來的情報，予以保存一定的時間。如果只是停下主要伺服器，並不能防止資訊流出。柴崎也在自己所使用的終端機上鍵入密碼。

緊急時期的密碼，都是由當時使用終端機的館員任意設定。因為如果設定了固定的密碼，便會有情報洩漏的疑慮。柴崎反射性地逆向輸入了出生年月日。

「我去封鎖書庫！」其中一名隊員喊著，奔向樓下的書庫。柴崎也持續進行終端機的封鎖。自己封鎖的終端非得由自己記住不可。柴崎在依順序接觸的終端機上，先後逆向打入了以父親為首的家人出生年月日。

「全體退避！」

正當長官命令傳來的那一刻，柴崎忽然發覺到，在這個時候該下指令的副館長並不在場。發覺到的同時，她喊道：

「教育委員會正在館長室開會！」

「副館長會進行誘導避難！退避！」

雖然柴崎依照指示跑了起來，但是她總覺得在腦海中的某個角落，被什麼事卡著。然而，這時柴崎沒有閒暇去思考那些。避難所就在二樓的防護室。在交戰規定裡，有不得攻擊防護室的規章。

這時在玄關和後門已經各自發生了小規模的衝突，圖書館內外槍擊聲此起彼落。為了防止這種情形，全館都已裝設了防彈玻璃。但儘管如此，要在館內移動還是需要相當的勇氣。柴崎的戰鬥訓練成績原本就不是很理想，她也自覺自己不擅長武科。

從樓與樓之間的連接走廊往中庭看下去，柴崎發現有幾名優質化隊員正爬上緊急逃生梯。為什麼？他們目標中的閱覽室和書庫應該在一樓和地下室啊——就在柴崎這麼想的同時，她完全明白了。

「柴崎！妳打算去哪裡！」

「我馬上回來！」

柴崎不理會長官的阻止，向警鈴跑去。館內所有的警鈴，都設置有連接館內廣播的館內電話。

柴崎之前將教育委員會所指定的不良圖書搬進館長室裡。在突然的襲擊之下，他們應該沒有多餘的時間帶著圖書避難，所以不良圖書照理說是被遺留在館長室裡。

恐怕是因為在不良圖書中，同時也包括一些被優質化委員會鎖定為檢閱對象的圖書。優質化委員會和教育委員會之間，必定因此達成了共識。他們應該是計畫趁教育委員會在館長室參照不良圖書做了會談之後，由優質化特務機關發動檢閱，把遺留在館長室的圖書一本不留地沒收起來。

如果真是這樣，就能理解教育委員會要求查看複本的意圖了。這樣做是為了讓特務機關回收所有的不良圖書。

抵達警鈴處的柴崎拿起了館內電話。接通館內廣播，狂吼說：「業務部報告，敵人的主要目標在館長室！」說了這些之後掛斷館內電話，柴崎這才進入防護室避難。

聽到緊急召集、飛奔而來的郁心裡一驚，抬頭望向館內廣播的擴音器。她聽得出來是柴崎的聲音。在她思考之前，身體先有了行動。
她打開身旁的窗戶，向中庭跳窗而出，之後奔向緊急逃生梯。她猜想應該能從外面往上爬到館長室才對。
「喂！」
手塚的聲音叱喝住她。
「命令不是這樣的吧！」
堂上的指示是要隊員和正門的衛兵會合。雖然是特殊防衛員，但因為是新進人員，所以被指揮分派到防禦最周全的地方。
「柴崎說目標在館長室呀！」
「妳在說什麼蠢話……圖書隊員的一等圖書士和堂上二等圖書正，到底該以誰的指令為優先！」
「這種場合下，該以柴崎優先呀！在這個緊要關頭，她絕對不會說沒有意義的話！」
「妳根本就沒有根據呀！」
「我很清楚柴崎這個女人，這就是根據啦！」
郁拒絕繼續聽手塚的話，奔向緊急逃生梯。從她背後傳來手塚的惡言惡語，並且聽到他躍出窗外的聲音。
「你可以不用跟來啦！」
郁對著緊跟在後的手塚怒言相向，這時手塚也罵了回來：
「讓妳單獨行動才是有問題呢！」

手塚一邊奔跑，一邊摸索、操作著無線電話。「手塚一等圖書士報告堂上二等圖書正，接受館內職員的警告，變更防守崗位！從現在起向館長室前進！」

兩人爬上緊急逃生梯，手塚在安全門前拔出了手槍。「妳來開門！」考慮到射擊技術，這樣的任務指派是正確的。等郁一打開門扉，手塚便躍身而入。他謹慎地舉起了槍，卻沒有遇上埋伏。

當她們抵達四樓的館長室時，房門剛好從內側被打了開來，雙方當場槓上了。對方有四個人，在毫不躊躇地開槍射擊這方面，敵人顯得非常老練。趁著郁他們找掩護的空隙，逃向室內樓梯。

然而，從階梯立刻響起了槍聲。看來是防衛員在樓梯下埋伏，於是展開槍戰。應該有其他隊伍也聽從了柴崎的警告吧。

優質化隊員之中，有一名背著背包的隊員往上逃逸。正當猶豫著到底該追逃走的那個人，還是朝留下的優質化隊員背後發動攻擊時——

『手塚、笠原！你們在那裡嗎？』

郁一邊回答堂上透過無線電話的問話，一邊伸直了背脊。看來，在下面迎擊優質化隊員的應該是堂上的隊伍，大概打算援助擅自更改防守崗位的部下吧。堂上可以說是個嚴厲無比的長官，但同時在指揮上也是天衣無縫。

『去追逃走的傢伙，他打算帶走圖書！』

「從緊急逃生梯往屋頂走！」

手塚說著，快手快腳地奔馳而出。

「如果被他從五樓走緊急逃生梯逃走，不會因此擦身而過、讓他給逃了嗎？」

「我們絕對會和他適時碰上！而且他的背包上繫著繩索，如果他有做垂降的準備，從屋頂來說會比較快！」

確實如手塚所說的，他們並沒有在緊急逃生梯處和敵人對上。等他們到了屋頂，只見在柵欄旁蹲著的優質化隊員望了過來，他正把繩索綁在欄杆上。

手塚此時毫不猶豫地開了槍。槍聲響起，這名優質化隊員似乎被打中了膝蓋，癱倒在地面。不愧是高材生手塚。然而，這名優質化隊員仍拚命掙扎。

「等等——！」

郁快步跑向該名隊員，卻還是遲了一步。優質化隊員解下背包後，立刻把背包往柵欄外丟了出去。「這傢伙！」說著揍了優質化隊員一拳後，將他的手扳到背後、銬上手銬。她不再重蹈訓練期間的覆轍。

在暮色之中，從柵欄往地面看去，背包似乎是掉落在正下方、後院的矮樹叢當中。手塚以無線電話向堂上報告狀況，提出回收書籍的請求。

突然，從地面上朝欄杆射來一槍。郁和手塚慌忙撲倒窺視，此時槍聲已經停止，調度到地面上的優質化部隊似乎在回收背包。這麼一來，堂上就來不及回收了。

「我垂降到地面，你支援我吧！」

「不行！」

手塚怒喝。

「妳會被當作是攻擊目標，要去的話由我來！」

「你不擅長從高處垂降吧？」

郁一口斷定手塚的弱點，只見手塚的表情一驚。但他很快加以反駁：

「憑什麼我要接受妳這種人對我的擔心，我去！怎麼能讓女人被當作是攻擊目標！」

「拜託你別逞強了，你非要處處拿第一才甘心是不是!?人盡其才是貧窮軍隊的根本之道呀！」

郁搬出了小牧的台詞，把自己的槍和預備彈匣交給手塚。

「反正我射不準，就交給你了。在你射擊完畢之前，我會從這裡降落。撿起背包後向右邊閃開，拜託你了。」

手塚不再嘮叨反駁，奪走優質化隊員身上的槍枝。郁檢查了一下優質化隊員所繫的繩結，雖然是敵人，卻令她不得不讚嘆這是個可靠的繩結。手套雖然是射擊用的，不過在耐久性上應該沒有問題。

「一、二、三！」

郁照著手塚的計數，越過了柵欄。在她聽見第一聲槍響之前，她已越過了一扇窗戶。

郁幾乎不作停留，等數到了第三扇窗戶，才立刻減速。郁在衝力被完全抵銷之前便衝進矮樹叢之中，但沒有受傷。她起身尋找背包，等一拿到手，就照之前對手塚所說的，向右閃身躲避。

接著，郁隱身於之前所找到的目標——樹蔭之中調勻呼吸。剛才的確是對心臟的負荷大了一些，到現在心臟還劇烈地砰然作響。

等到她平靜下來，才發覺到——

「怎麼辦，我沒想過接下來該怎麼辦啊……」

手塚的子彈似乎也射完了，屋頂上不再有槍聲。

「可惡，還必須再移動啊。」

郁背起了背包，正要起身的時候——

「妳是白痴啊！待在原地別動！」

從館內傳來郁熟悉的怒罵聲。接著就看到防衛員們從出入口衝進後方庭院展開隊伍，開始迎擊。激烈的槍戰在很短的時間內便平息了下來，優質化特務機關放棄目標，撤退了。

堂上走向蹲坐著等待一切結束的郁。郁以為堂上會對她的努力有所褒獎，站起身來，沒想到堂上卻突然沉痛地嘆了一口氣。

「拜託妳想想辦法，改掉只用脊椎思考的習慣吧，要用大腦思考！」

「你非得一開口就講這麼失禮的話嗎！」

「算我拜託妳！」

堂上怒吼，一把抓住了郁的領口。

「被包圍在槍戰裡，沒有援護就別想衝過去突破它！手塚已經向我請求支援，妳就該把我會趕來這一點也考慮進去！」

看到堂上嚴厲可怖的眼神，讓原本想反駁他的郁噤若寒蟬。不妙，他打從心底生氣了——郁心想。打從心底生氣，也就是表示打從心底——讓他擔心了。對這樣的事實，郁感到惶恐膽怯。

「——對不起。」

郁直視堂上說：

「我完全忘了堂上教官的存在。」

「……妳這個傢伙！」

「嗄，為什麼？人家真的是很認真地向您道歉耶!?」

郁誠心誠意的道歉，卻引來堂上喋喋不休的申斥責備。或遠或近都傳來正在做事後處理的隊員們嗤嗤的笑聲。難以承受的郁，畏縮在一旁。不管是跟他作對或是老實聽話，結果都很糟，這個人還真不是普通的難伺候！郁心想。

正當郁想著，你也該氣夠了──好不容易，堂上才終於停止了責備。但是他依舊是一副不愉快的表情。

堂上就這麼臭著臉說：

「……不過，說起來，你們轉向館長室是絕佳的判斷。」

被堂上用憤怒的表情褒獎，要選擇用什麼樣的表情回應，還真需要一番考慮。郁以難以言喻的表情問道：

「可是我忽略了您的命令……」

「就算你們加入正門的防禦，對大局也不會有什麼影響。就結果而言，守住了圖書是很靈活的判斷。」

因為有其他的隊員呼叫，堂上一邊離開一邊留下指示：

「把書籍歸還到閱覽室，業務部應該開始做事後處理了。順便幫我向柴崎轉達一聲，我想聽她的報告。」

堂上大概是要問柴崎，當時警告的根據何在吧。而遵照警告行動的郁和其他幾個人，則被要求之後要提出報告書。

把搶救回來的圖書歸還到閱覽室之後，郁順便向柴崎問起了交戰後的狀況。

結果我方只有幾名身負輕傷。被手塚射傷的優質化隊員傷勢最為嚴重，聽說他們叫了救護車送去急救。優質化特務機關應該會到那位隊員被送往的醫院，把人接回去吧。

走出閱覽室，只見手塚等在那裡。郁原本以為他早就回到出動室（註：在出任務前，隊員們各自整備之處。完成任務後，則回到此處將裝備歸位）卸下了裝備，因此不禁現出一副驚訝的表情。

「……你幹嘛呀，板著一張臉的。你還有什麼不服的嗎!?」

郁原本以為他是為了之前在屋頂上，對於她的堅持感到不爽，因此如此追問手塚。然而手塚突然停下腳步對她說：「我有個提議……」

對於手塚唐突地開口，郁的表情更加訝異。此時手塚用認真的模樣說：「妳要不要和我交往？」

「……………………嗄？」

郁蹙起眉頭，心裡想著：手塚到底是在開她的玩笑，還是哪根筋不對？但不管怎麼看，手塚對於這個提議似乎是認真的——但對彼此來說，真是無藥可救。

三、圖書館必須保守使用者的秘密

＊

結束了優質化特務機關來襲事件的後續處理，郁和柴崎回到宿舍時，已經是晚上十點了。雖然浴室二十四小時都能沖澡，餐廳卻早已結束營業，因此兩人的晚餐是回宿舍途中所購買的便利商店便當。

「戰鬥後的晚餐吃這種東西，會不會太寒酸啦？」

郁一邊嘮叨著，打開了沖泡式味噌湯的包裝。

「我去一下茶水間，幫我把味噌湯包裝打開。」

柴崎說完抱著電熱水瓶走出房間。正當郁在打開柴崎的味噌湯包裝袋的時候，手機響了，來電顯示是堂上。

——剛才還一起開戰鬥後的會議，不知道又有什麼緊急要事？郁納悶著，接通了手機。

「喂，什麼事嗎？」

『現在方便看電視嗎？不管哪一台都行，總之妳看一下民間電視台的新聞。』

對於堂上唐突的命令，郁歪著頭感到疑問。指定她收看民間電視台這個舉動，也讓她一頭霧水。

「民間電視台？不看ＮＨＫ嗎？」

『在這種時候，最好是收看趕著播放八卦新聞的電視台。』

堂上說著，並且向郁列舉了幾家具備這類特色的電視台，然後草草掛上了電話。冷淡的態度，正是一貫的堂上風格。

郁立刻打開電視，只見有幾個報導節目正在處理同樣的事件。

在路上連續砍殺行人的案件嫌疑犯遭逮捕。

嫌犯為居住在杉並區的高中生。

可以窺見出少年的異常。

這是從春天以來成為話題的事件。兇嫌主要以年輕女性為目標，在路上連續砍殺路人。因為手法怪異，故眾說紛紜。然而在初春時，新隊員為了教育訓練而筋疲力竭，所以對於各電視台紛紛爭相報導犯人側寫（註：profiling，分析出異常犯罪的犯人其可能形象的方法。藉由案發現場遺留的相關證據，和以統計方法綜合經驗、犯罪檔案的心理學兩方面，推估出犯人的人種、年齡、生活習慣等特定資訊。此法來自於美國聯邦調查局ＦＢＩ）時的狀況，並不是很清楚。

「唉喲，犯人被捕啦？」

柴崎回到房裡，插入電熱水瓶的插頭並設定為保溫狀態。

「很難得嘛，妳竟然一回來就打開電視看新聞。」

「這是因為堂上教官打電話來，叫我們看新聞啊。」

「嗄？堂上教官打來的!?怎麼不找我接電話呀——！」

柴崎對堂上到底是有幾分真心呢？郁內心感到疑惑不已，將熱水沖入味噌湯的容器裡。

電視上，畫面正拍攝著嫌犯少年的房間內部，鏡頭帶向電腦周圍以及書櫃。此時，她們看到並列在書櫃裡的書背中，出現似曾相識的書名。

柴崎看著電視點了點頭說：「原來如此，就是要叫我們看這個。」

那是一本恐怖驚悚作品，原本就在教育委員會針對高中生的「不良圖書」書單上。在戰鬥後的確認作業中，也確認該書名列媒體優質化委員會的檢閱對象之中。遭檢閱的理由為：「有過度殘酷、血腥的描寫」。

柴崎似乎感到很無趣，低聲說：

「看來教育委員會也被逼急了呢。」

每次發生這樣的事件，輿論總會在媒體作品對兇嫌的影響上作文章。教育委員會大概是害怕被批評，說他們對於誘發犯罪的高危險性圖書沒有採取相關對策吧。

「如果恐怖驚悚的東西會使殺人犯增加，那麼恐怕每到十三號星期五，就會有傑森在東京都區晃來晃去了吧！」

郁舉的例子是這幾年來，再度流行的恐怖驚悚電影系列。這一系列在最初成為流行的時候，也不曾聽說異常犯罪率因而增加。

「若要說媒體作品會助長犯罪，那豈不是不管是年長還是年輕男性，都是性犯罪的後備軍啦。在ＡＶ或色情書刊內容中，淨是些調教、凌辱的，根本就是男人性犯罪欲望的總匯嘛！如果真的有模仿媒體犯罪的情形發生，首先就應該允許女性隨身攜帶槍枝才對呀！」

「柴、柴崎，妳說得太過火了啦……」

郁不禁臉紅。柴崎說話有時候實在過於露骨。「哎呀，對不起啦。」然而柴崎似乎不太介意。

「其實追根究柢，就是輿論想要將責任都歸咎於某件事情上。想表示犯人因為那本書的關係才會有偏差行為、受到這部電影影響而犯下罪行什麼的。總之就是穿鑿附會找個理由，再把原因消除，讓小孩子的監護人安心的做法嘛。我也並非不能了解他們的想法啦。」

柴崎接著說：那些不討厭讀書，但只讀父母或學校推薦的優良圖書、過於聽話的傢伙，反而讓人覺得可怕啊——郁也同意這一點。不過這麼說，並非優良圖書本身有什麼不對之處。

只是，一旦發生這種案件，呼籲檢閱正當化的行動便會高漲。對於圖書館和媒體相關人士來說，實在感到頭痛不已。

「不過，教育委員會在這項新聞報導被允許播報的同一天安排做檢閱，時機上來說會不會太巧了？簡直就像他們事先知道不良圖書和少年的藏書有重複之處啊。」

「因為教育委員會和各單位都互相有聯繫呀。他們不管是在公安委員會或新聞報導方面，都有傳遞情報的管道吧？他們和都議會的關係也很緊密……」

突然間，柴崎閉上了嘴，專注地聽著電視新聞的報導。報導觸及了少年的成長過程，並提及該名少年的父親是東京都內某所公立高中的校長。

啊，原來是這樣——郁和柴崎異口同聲地說道。像這種幾乎是（教育委員會）自家人所發生的事件，他們說什麼都會希望對周遭的情況加以粉飾。

「對了，代理館長的處置到底會怎麼樣？」

知道情況的六名隊員在之前舉行的會議中，只被交代要向基地司令報告並等候判斷。

柴崎一臉詫異，覺得郁真是後知後覺。郁則覺得其他隊員的理解能力太好了，經常都只有郁一個人不懂人家話裡是什麼意思。

「大概不會有什麼事。因為和之前的事件一樣，沒有證據啊。再者，也無法舉出證據證實教育委員會和媒體優質化委員會有所聯繫呀。」

雖然在法規上，並未規定媒體優質化委員會和其他行政組織之間相互聯繫的事項，然而之間的聯繫會公諸於世的情況並不多見。就算遞上質問信函，也不會得到答覆。尤其是如果教育委員會這方面有什麼見不得人的事由關連，那更是隱密不提了。

「哇，真叫人著急。」

即使圖書館法第四章裡沒有關於內部監察的規定，但是如果圖書館對於優質化委員會的檢閱，自主性地予以合作，那將會是動搖圖書館理念和信用的嚴重問題。只要代理館長被證實參與其中，便可以提交關東圖書隊會議，而在人事上作變動。然而就現狀來說，他只要堅稱不知情就能逃過一切。

「而且，說不定教育委員會那邊也並未告訴代理館長情況究竟如何。」

——不是也有一說，認為代理館長就因為是這樣的人，才會被安插進來嗎？之前郁對容易屈服於權威之下的代理館長詆毀謾罵時，柴崎做過如此的評論。在不被告知事實情況之下，就能供差遣的軟腳蝦男人，對於使用者而言，是很好用的一顆棋子。

「館長還不回來呀？」

「聽說手術後康復的狀況不大好，似乎是有併發症什麼的。」

「哇，好像會拖很久。要不要緊啊？」

就在郁蹙起眉頭的時候，柴崎換了個話題。

「對了，妳希望我聽妳傾訴的是什麼事？」

郁心裡一驚，肩膀不由得僵硬了起來。那是郁在會議前的空檔向柴崎提過的事，但是一旦要說出口，郁卻禁不住膽怯了起來。

因為我自己只覺得那是玩笑話呀——手塚對我說，要我和他交往的那件事——郁心想。

「……嗄，什麼？這該不會是手塚用來捉弄妳的新招吧？」

哦，原來除了開玩笑還可以有其他的解釋方法啊——而且，還更辛辣了。對於柴崎坦率的質問，郁連否定她的自信都沒有。

「我也不清楚……他說得很認真就是了。」

當然，也能想成是在認真地捉弄人。

「其實他不可能是說真的吧!?不是我在自誇，我有過人的自信相信我被那傢伙討厭，但卻完全沒有自信被那傢伙喜歡上呢！」

從第一次見面，手塚便莫名其妙地和郁針鋒相對。郁確實感受到手塚對她有明顯的敵意。現在他卻突然有了一百八十度的改變，竟向她告白，要求交往。

是不是發生了什麼事，讓手塚的想法完全改變了呢？郁從當時開始的兩人對話中，努力汲取記憶，然而——

「……不可能！」

郁絞盡腦汁追溯記憶，不禁搔了搔頭。

「那傢伙還對我說過『沒有能力的人就乾脆閉上嘴巴』耶——!?」

「哇，手塚竟然說得這麼狠啊。簡直就是腦袋裡塞滿了菁英分子的優越意識嘛。」

不是每個人都能說得這麼絕的——柴崎竟然有些佩服起手塚來。

「不過，就某種意義上來說，他確實很在乎妳就是了。」

郁滿臉詫異，柴崎繼續說道：

「在乎並不一定都是指談情說愛呀。對妳感到反感或是產生對抗意識，也是一種在乎呢。」

的確，與其說是戀愛上的感情，倒不如說是反感或是對抗意識還比較容易理解。

「其實，手塚對其他同期的隊員，態度並不是那麼惡劣的喔。雖然沒聽說過他和誰特別要好，說起來和每個人也都處得還不錯。就這層意義來說，手塚在很多方面是很優秀的。像他就不會豎立敵人，個性長袖善舞。」

這麼說來，好像倒是和柴崎挺類似的。郁一邊聽柴崎說，一邊心想。

「相反的，他大概都不把其他人放在眼裡吧。他不是那種會在職場上跟大家作朋友，好好相處的人。在這些地方，他給人的感覺就是一切都分得很清楚。再說，他本人好像也知道自己的立場很容易引起別人的嫉妒。」

郁原本以為，所謂的「立場容易引起別人的嫉妒」是因為他很優秀，然而事情卻不是如此。

「哎呀，妳不知道嗎?那傢伙的父親是圖書館協會會長呢。」

在優質化法訂立之後，圖書館協會的組織急遽擴大。作為全國各種圖書館協議機關的法人組織，對於圖書隊的營運擁有很大的影響力。這個組織的設立時間可以追溯到戰前，它的存在和日本的圖書館史可說是密不可分，無法切割。

「總之，這麼八面玲瓏的傢伙會這麼討厭妳，就表示在同期隊員之中，他真的非常在乎妳喲。」

「我根本就不知道，自己到底哪裡惹到那種天生的菁英分子呀！」

「為什麼這種女人，會和我同樣是特殊防衛員啊。」

——柴崎低語的話語，讓郁不禁嚥下一口口水。

「……諸如此類的，妳不覺得他可能會這麼想嗎？」

如果當作是手塚會說出口的話來聽，柴崎的說法感覺上極具說服力。

「像他那種完美主義的個性，卻選擇進入無法擺脫自己父親影響力的圖書館業界。由這點來看，他應該打從一開始就以進入特殊部隊為目標吧。如果從新隊員之中被選拔出來，就能證明是靠自己的能力，和他老爸的影響力沒有關係。」

郁忽然在意起手塚的目標，會讓他進入這樣一個經常要被意識到自己父親存在的圖書館界。至少應該不會像郁一樣，是為了追尋心目中的「王子」——這般淺薄的理由吧。

「好不容易如願進入特殊部隊，以為證明了自己的實力，結果一起受到拔擢的竟然是妳。哇……」

柴崎臉上一副沉痛的表情。

「我剛才站在手塚的立場想像，感覺真的很差耶——」

「嗚，無法否定妳的話還真是氣死人了！ＯＫ，我總算真正理解到手塚討厭我的理由了。」

還有，也理解到妳的個性之惡劣——郁在心裡補上了一句。

「既然這樣，那到底是怎麼樣的陰錯陽差，會讓他想要和我交往啊？」

「呃——不知何時由恨生愛？」

「喂，妳當真這麼想？認真這樣說？想要毀掉妳聰明幹練的形象啦？」

「我才不管別人談情說愛呢。」

柴崎一副滿不在乎的口氣說著。然而「談情說愛」這個語彙，卻命中了郁的要害——不可能！這個語彙對我和他來說，是八竿子打不著的一句話！

「話說回來，妳到底怎麼回答他？」

被柴崎一問，郁支吾其詞。

「……我要他讓我考慮一下。」

「好遜！」

被柴崎佔了上風之後，郁開始為自己抗辯：

「有什麼辦法！這種情況下到底該怎麼回答嘛！要拒絕的時候，說聲『對不起』就行了嗎!?要不要附帶理由啊!?以前都是我被人家拒絕的份，我沒被人家告白過呀！」

「如果妳之前都被人家拒絕，拒絕的說辭妳也該聽了不少吧。適當地編一編就好啦。」

「可是我只被人家說過『我不喜歡長得比我高的女生』呀！叫我怎麼編造說辭嘛！要我說『我不喜歡長得比我高的男生』嗎!?那不是很怪嗎！」

「被男生拒絕交往的理由，千篇一律是因為身高？所以是妳看男生的眼光大有問題。」

「因為直到念中學的時候為止，沒有幾個男生長得比我高呀！」

「等等！從妳剛才說的話綜合起來，妳的戀愛故事只到中學嗎？」

「那又怎麼樣？」

「哇，這裡有一隻稀有動物耶！」

很少見到柴崎如此坦率地表示她的震驚。反正我就是這樣——郁一臉怒氣。

「那妳是完全不考慮和他交往了？」

郁被柴崎出乎意料的問題問倒了。

「我是說，如果手塚很認真地想要和妳交往，應該可以考慮給他一個機會吧？他既然腦筋死板，交往起來應該會很投入，而且身高也比妳高呀。和他開始交往，說不定會出乎意料之外的有趣呢。」

如果撇開對象是手塚這件事，只是單純列舉他的條件，感覺似乎還不賴。真是不可思議。

「可、可是……」

雖然郁感到內心難以言喻地紊亂，無法巧妙地用言語表達出來，但仍然開口說道：

「我覺得要不要交往，又不是用條件來決定的……如果要交往，應該是要和喜歡的人才行啊……」

「純情玉女！報告長官，這裡有一名純情玉女！」

「吵死了，別開玩笑了！」

郁一邊怒斥柴崎，臉部不禁一熱。她也知道自己因為不習慣談戀愛，所以對戀愛充滿不切實際的夢幻憧憬。要不然她也不會偏偏挑在堂上面前，將高三時遇到的圖書隊員視為白馬王子的事情給說溜了嘴。

「妳是不是另有喜歡的人呢？」

這個質問對郁來說，也是出乎意料。被問的當下，大腦反射性地擅自運轉起來，嘗試從記憶中找出柴崎所說的對象。然而在找出來的前一刻，郁總算硬是將自己擅自亂轉的腦子停了下來。等等、等等、等等等啊！郁心中想道——

如果繼續找下去，到底打算要找到誰啊？

「沒有啊。」

為了隱瞞內心微妙的動搖之處，郁的聲音因此顯得出奇冷硬。

「那妳可以試著和他交往看看呀，也可能會交往得很順利呢。」

柴崎完全是一副看好戲的表情，笑著說：

「你們如果交往下去，會成為什麼樣的情侶？我個人倒是很有興趣呢。」

郁板起了臉，心想：誰要去奉陪妳的這種興致呀。

＊

進修的順序是結束了書庫業務後，接下來轉移到閱覽室業務。

在業務部的朝會前先舉行的班內朝會上，郁和手塚面對面時，郁顯得相當不自然。然而另一邊的手塚卻面不改色，如往常一般若無其事的樣子，幾乎要讓人懷疑他昨天是否真的提出交往的要求。

即使如此，郁仍然覺得和手塚視線相對很難為情，走動時禁不住要避開手塚。同樣輪替到閱覽室的柴崎，偶爾會不懷好意、奸笑著往這邊窺探，這點也讓郁感到憤怒。

郁在心境上的混亂確實地反映在業務上。原本以為已經記住的終端機操作也失誤連連。郁心裡懷恨道：可惡的手塚，都是你害的。

「啊！」

就在郁停止手指動作時，她不小心在錯誤的操作上按下確認鍵。這樣一來，原本要送往書庫的借閱申請，就變成對其他圖書館提出借閱申請了。

「糟了……」

郁還沒記住要如何取消申請。她瞥了一眼週遭的狀況，只見櫃檯的圖書館員每個人似乎都很忙。為了讓郁熟習業務，他們特地隔離出一台終端機讓郁使用，讓她不必和閱覽人打交道。郁實在不想再麻煩他們什麼。

郁在附近找不到「隊裡最能讓她放心問問題」的小牧，身邊只有堂上和手塚。「這種時候偏偏不在，小牧教官真靠不住。」郁碎碎唸了一堆抱怨的話，然後站起來小跑步靠近堂上。此時，「去問手塚」這個選項對她而言，並不在考慮範圍之中。

「不好意思，我想請您幫我看一下終端機的操作。」

「嗯？」

堂上停下手邊將藏書配置上架的工作，一同來到郁原本使用的終端機旁。

「妳做了什麼？」

堂上不問郁「發生了什麼」，而是問「妳做了什麼」——對郁的行為簡直瞭若指掌。

「呃，我弄錯了，對他館做了使用者請求。」

堂上先是應了一聲「哦」，然後疑惑地歪了歪頭。

「我記得已經教過妳一次了。」

「對不起，我還沒有完全記住。」

「聽一遍還記不住的時候，我不是叫妳去問手塚嗎？」

「嗄！」不知道堂上是不是領會到郁退卻的樣子，皺了皺眉頭。他詫異地低聲說道：「你們還在吵架？」並且叫住手塚。

「不，等等啊……！」

郁很快地扯住堂上的袖子，堂上則似乎嚇了一跳，轉頭向郁。郁自己也不知道怎麼會扯住堂上的袖子，面對這樣微妙的氣氛，她不知如何是好。

堂上一臉詫異地看著她，想知道是怎麼一回事。可是這時手塚卻向這邊走了過來。郁怯生生地放開了堂上的袖子，對他說道：「沒事，我會去問手塚！」堂上雖然依舊一臉懷疑，但還是默默離開了。

手塚有如例行公事般，教郁應該如何操作。此時手塚的態度儘管不算特別友善，卻也不像之前的針鋒相對。對郁來說，不惹她生氣的手塚相當稀奇。然而，她實在無法回頭面對站在她背後的手塚。

「謝謝，幸好你願意幫我。」

就在郁盯著畫面道謝的時候，手塚輕輕把身體屈向螢幕。

「妳什麼時候要答覆我？」

手塚突如其來的問話，讓郁差點要回過身面對他。不過，郁竭盡所能地忍住了。郁知道自己的臉紅了起來，但這並不是因為她感到害羞或難為情，而是對他的話感到很為難。

——如果被手塚以為自己在乎他，那該怎麼辦？不，當然也不是完全不在乎，但這並不代表自己喜歡他。

郁只是感到非常困惑。

「抱歉，你若問我什麼時候答覆你……我現在心裡很亂。」

「我知道了。」

手塚只回答了這麼一句，然後離她而去。郁覺得一陣疲憊襲來，在鍵盤上方垂下了頭。

整件事真的很奇怪。為什麼忐忑不安的是接受告白的這一方呢？一般不都是做了告白的那一方會感到焦慮，心裡七上八下的嗎？手塚的反應未免也太平淡了。

由於郁在這種事情上沒有什麼經驗，這件事和郁心目中對戀愛的想像，相差實在過於懸殊。只是白白讓她更加感到束手無策罷了。

「說了『請跟我交往』呢。」

堂上在走向書庫途中，聽到頭上有聲音傳來。他抬頭一看，原來是柴崎在樓梯上。柴崎在內側的樓梯扶手上支著肘探過上半身，俯視堂上微笑著。

「是手塚對笠原說的喔。」

柴崎為什麼特地跑來告訴自己這件事，堂上實在不明白她的意圖。他抬頭望向柴崎，臉上毫無表情。

「我以為您會想知道呢。」

柴崎又笑了。她從入隊時開始，便在男性隊員之間引起騷動，她微笑的表情簡直如詩如畫。

「笠原似乎覺得很困惑呢。她沒什麼和男生戀愛的經驗，而且對象又是手塚，的確會感到意外。」

的確，原本強烈敵視郁的手塚，突然有如此的舉動實在令人感到意外。

你到底還想要笠原怎麼樣？這是堂上為了挫手塚銳氣而說的話，但是他實在沒想到手塚聽了他的話之後，會有如此的舉動。

忽地，堂上低頭看了一下剛才被郁抓住的袖子。此時堂上已穿上長袖襯衫，襯衫上留下了用力拉扯過的痕跡，縐巴巴的。堂上回想起郁從椅子上抬頭望向自己、那副不知所措的表情。想到自己不顧郁想要依靠他的心情拂袖而去，堂上突然感到很不好過。因為他只當作是郁和手塚兩人又像往常一般爭執不下，想說也該適可而止了，才招了手讓手塚來幫忙。如果自己事先知道有這樣的事情——

就算事先知道，又能如何？堂上回過神來。這裡並沒有規定禁止在職場上談戀愛，郁也沒有直接向他表示求助的意思。就算堂上事先知道兩人之間發生了這樣的事，他大概還是會喚來手塚吧。在教過一次之後，若有什麼問題，必須由同期隊員之間互相幫忙——訂下如此規定的，正是堂上。

「雖然我不大清楚手塚到底在想什麼——」

柴崎的口吻聽起來，完全是局外人在看好戲。

「但是就手塚的個性來說，要交往的話應該會認真交往，說不定能藉由相處培養出感情，所以試著交往應該是一條路吧？我是這樣勸笠原的，教官您覺得呢？」

我怎麼會知道——堂上低語。

「這種事情，應該由當事人之間自己決定吧？哪有長官插嘴的餘地啊。」

「啊，是這樣啊。那麼——」

柴崎從樓梯更探出了上半身說：

「堂上教官，您要不要考慮和我交往？一旦交往，您就會知道我是那種滿會照顧人的女生喔～」

對於柴崎能夠若無其事地說出這種話，這點實在讓堂上無法理解。她的表現會令人覺得相當親暱，但也懷疑她到底有幾分是真心的。

「我看還是算了吧，我沒自信能承受年輕小夥子們的嫉妒啊。」

「這樣啊，您對我的興趣還不到就算引起嫉妒，還是想搶過來的地步嗎？」

看著裝模作樣思考的柴崎，堂上苦笑著輕聲說了：「傻瓜。」

「快點回到工作崗位上！」

堂上說著便下了樓梯，而柴崎一副無趣的樣子回了聲：「是～」接著她以輕快的腳步奔上樓梯。

＊

會客室照理說除了桌子以外，應該有四把沙發椅。然而，男人和屬下並坐著的對面，卻缺了一把椅子。

原本該備齊在那裡的東西少了一個，因為這個欠缺而騰出來的空間格外顯眼。男人在等候基地司令的閒暇之餘，任憑自己做不負責任的推測：是不是因為弄壞了還是怎麼著，所以把那張沙發椅處理掉了？這時，門把轉動了起來。

男人連忙略微起身望向門口，從他的視線看過去，卻不見基地司令。而是在小學生身高左右的高度，看到上了些年紀的紳士那張溫和而安祥的臉。

埋沒在記憶中的幾項資訊連結起來，男人因此理解了狀況。他的屬下則無心地、同時毫不掩飾地表現出驚訝的神情。

男人輕輕咋舌，沒讓隔壁聽見。他覺得屬下無法隱藏住剎那間的內心動搖，真是少不更事。

坐在輪椅上的紳士對男人的屬下微微一笑。

「以前因為一些緣由，我失去了一條腿。走路對我來說多少有些困難，還請多多見諒。」

男人的屬下是出身於年輕的世代，對這位紳士喪失了一條腿的原委並不了解。

關東圖書基地司令——稻嶺和市，此時把似乎是特別訂製的輪椅，移動到那缺了一角的沙發位置——或者該說是特意留下的空間。

面對來不及站直，就這樣看著他的兩人，稻嶺再度報以微笑。

「請坐，兩位能不能配合我的視線？謝謝。」

對方勝過一籌——男人一邊打著招呼一邊坐了下來，屬下也有樣學樣。

「兩位是警視廳的人吧？」

稻嶺的發問並不是質問，而是確認。男人點了點頭。

「我想您已經有所了解，我們是這次連續殺人案件搜查本部的人。」

稻嶺在男人來訪的當下，應該就推測到這一點了。實際上，稻嶺對於男人宣稱的所屬來歷並不顯得特別驚訝。

這樣說來，也就表示他早已預料到搜查本部會提出什麼樣的要求。

「我就單刀直入地跟您說個明白吧，我們希望您能夠提供該名嫌犯少年在東京都區借出書籍的記錄。」

自從優質化法成立以後，所有的圖書館都被賦以義務，必須將借出記錄保存一定期間。

稻嶺此時默不吭聲。在對方沒有反應的情況下，男人不得不做說明。彼此要沉默對峙的話，肯定是比較沒時間的一方會是輸家。

「少年被逮捕之後一直保持緘默，為了促使他做口供，我們需要一些話題。少年之前似乎常常使用圖書館，我們認為藉由他偏好的讀書習慣，說不定可以帶動話題誘導他說出什麼。」

「犯罪行為裡，有些是需要專門知識才有可能辦得到的。如果少年從圖書館借出過這類的專業書籍，就能作為檢察官方面的判斷根據……」

屬下自以為機靈地如此說道。這次男人當真咋舌，心想：真是多嘴！

稻嶺此時平靜地開口：

「根據圖書館法第三十二條的保密義務，我鄭重拒絕您的要求。」

稻嶺的聲音並不特別給人頑固的感覺。在他沉著穩重的聲音之中，聽得出難以與之辯駁的堅定意志。

「但是……」

屬下緊迫盯人地咬住不放。男人也實在無法告訴屬下：多說無益，僅默默在一旁讓屬下說服稻嶺。這原本就是不可能成功的交涉，前面既然已經選錯了策略，現在說什麼也對整個大局於事無補。

「在昭和年代，無區別的生化恐怖活動發生時，國立國會圖書館應該提供了使用者的資訊……」

這是指在昭和的最後一年，簡直就像是配合了大葬之禮（註：日本天皇過世所舉行的喪禮）的時機，有某個狂烈信仰團體使用了國際條約中被禁止的神經瓦斯，引發恐怖活動的事件。

精製瓦斯需要高度的專業知識，這就突顯出了團體中的關係人士，曾經閱覽過國立國會圖書館中專業圖書的可能性。當時搜查當局根據公文，要求國立國會圖書館提供嫌疑人士在該館的閱覽記錄。其間當局還帶走約五十萬人份與此事件毫無相關的使用者記錄，圖書館方面卻對此睜一隻眼閉一隻眼。當時整個風潮強烈憎恨無區別的恐怖活動，因此這樣的情形可以說完全不被當作一回事。

這已經是屬下出生之前所發生的事件了，不過顯然他調查過類似的事實案例。該名屬下雖然還年輕，卻優秀而熱心。不過，稻嶺平靜地拒絕了他的說服。

「圖書館法第三十二條，也涵蓋著對那件事的反省呢。」

圖書館必須保守使用者的秘密。當時，「有關圖書館的自由宣言」是在日本圖書館協會被採用的宣言中的第三項。這項內容經過立法，成為圖書館法第三十二條。在原來的宣言裡，對於沒有公文的資訊提供命令並不予以理會，而這次警察方面並沒有攜帶公文。

「就算是為了搜查犯罪案件，當時扭曲了保護使用者隱私權的大原則，實在是圖書館界的污點。我們那個時候實在不該被一時強烈的風潮所驅使。」

「但是，我聽說當時幾乎沒有國民對這件事發出批判的聲音。這次的嫌犯雖然還未成年，但是他犯下的罪行重大而且殘忍，國民之間憤怒的聲浪相當高。圖書館如果協助我們，我認為會獲得良好的評價。」

「我想，在這樣殘酷的事件上，犯人並不會因為是未成年人就能夠減輕罪行。作為一個市民，如果自己有能力可以協助警方，當然會協助警方搜查的。但是在此同時，我並不認為圖書館應該扭曲自身所奉行的法則來協助警方搜查。」

稻嶺平靜地做了結論，原則不應該依照狀況而受到左右。屬下大概沒有聽出來這是圖書館方面對警察所做的強烈諷刺吧。

二十年前「日野的惡夢」，就是警察將原則依照狀況更動的結果。

「說來，讀書就是思想的一部分，圖書館有義務保護使用者的思想。個人的思想不應該被當作是犯罪的證據，被予以處理。」

很遺憾，稻嶺的主張是正確的。重點在於警察為了自己作業方便，暗自要求圖書館方面扭曲法規。警察才是不正確的一方，這點可說是昭然若揭。圖書館主張遵循法規，才是理直氣壯。

「但是，嫌犯殺了三個人呢，在人道上提供協助應該沒什麼不妥……」

「您的意思是說，對罪犯沒有必要遵守法規嗎？」

稻嶺說中了核心，淺淺一笑。他垂下的眼角和眉毛的角度，嘴唇向上翹起的角度——稻嶺的笑容，除了穩重溫和，別無其它的語彙好形容的了。卻不知什麼原因，讓觀者不寒而慄。

「如果真的允許這麼做，這世間一定有很多人會希望如此吧。對個人沒辦法做到遵守法規的狀態，對於罪犯來說就是最苛酷的懲罰了。日本作為法治國家，如果允許這樣的情形發生，我會樂意將提供資訊這件事在關東圖書會的會議上提出。」
屬下以詫異的表情歪著頭，似乎無法理解己方到底被稻嶺強硬地提出了什麼問題。
簡而言之，稻嶺的意思是，如果司法單位命令圖書館這一方犯法，他就會遵從。他這樣做，就是對於要求他臨機應變的警察，正面以正確的言論駁回。但是以完全不知變通的頑固言論做駁回的稻嶺，顯得清廉正直。相對的，回顧警方這一邊的組織，如果要和稻嶺對峙，可說是魄力不足。
但即使如此，男人所歸屬的就是這麼一個沒魄力的組織，而為組織利益想辦法則是他的義務。
「我了解了。那麼，就讓我將您的這番話，解釋為圖書隊拒絕協助搜查行動。」
稻嶺對他公式化的口吻報以苦笑，他的笑容看來帶有些許悲哀。

一走出關東圖書基地，男人便開始斥責屬下。在要求非法資訊提供時，讓對方感受到自己提供的資訊要被公開處理，就是下下之策。即使交涉對象原本有協助的意願，也會被嚇跑。
男人以申斥責罵讓屬下洩氣之後，停止了乘勢追擊。
「從下次開始要注意點。不過，像這次的對手，也並非藉由我方的權威，就能讓對方協助我們。」
「您是說……？」
「至少，你應該聽說過二十年前『日野的惡夢』那件事吧？」
屬下點點頭表示理解。「那件事發生的時候，我才剛上小學。」男人被屬下所告知的世代差異搞得頭暈目眩，不過還是回答他：「我那時候也才剛進入警察單位任職。」接著男人解釋道：
「那個叫稻嶺的男人，是『日野的惡夢』事件中的生還者。他那隻腳是在那次事件中失去的。」

那是支持媒體優質化法的政治組織襲擊日野市立圖書館，圖書館員出現十二名死者的一大慘劇。稻嶺是當時的日野圖書館館長。

現在的圖書隊制度確立下來，是在這起事件之後，稻嶺則是設立圖書隊制度的中心人物。

圖書隊的設立，是針對媒體優質化委員會和其周邊組織，主張圖書館的自衛權。同時也可以說是圖書館對警察的宣言，表示不期待對方提供任何援助。

在此之前，警察對圖書館的對應是很微妙的。為了對付優質化特務機關的檢閱，圖書館雖然各自組成了警備隊負責自衛，但是，他們也從沒有省略過對警察的通報。

然而，警察卻幾乎從來沒有回應過圖書館的通報——即便是優質化特務機關的襲擊規模大到明顯危害了治安，亦是如此。

表面上，雖然尊重隸屬於法務省組織內的媒體優質化委員會所屬權限。事實上，這顯然是省廳之間角力遊戲的結果，對於組織並不隸屬於中央省廳的圖書館而言，是很不公平的對應。

然後，終於發生了「日野的惡夢」。襲擊其實並非來自優質化特務機關，警察當時應該接受圖書館的要求出動。

「您說的應該接受，意思是……」

屬下以略帶恐懼的樣子詢問男人。男人點點頭說：

「警察出動得真的太遲了——你就別問理由了。」

在日後警察方面發布消息，說明出動之所以暫緩，是因為有誤報說襲擊來自優質化特務機關。但是日野圖書館強烈主張，是以來路不明者所做的襲擊通報警方。對於追究通報內容到底在哪裡有所出入，也在過程中變得曖昧模糊。

另外，因為襲擊者的武裝過於強大，也曾懷疑有優質化特務機關介入。但是關於這一點，搜查也在半途便被迫終止。

對於當時參與該項搜查的男人來說，搜查被迫終止實在過於不自然。不難想像，應該是被施以不公正的某種壓力。

原則不應該依情況而受到左右——這對於知道當時事件的警察相關人士來說，是圖書館對警方所做極為嚴厲的批判，同時，也是諷刺。當時警察在面對圖書館方面時，扭曲了司法的原則。

之後，圖書館選擇走上自衛的道路。直到今天，圖書館在實戰經驗的比率上來說，已經超越了警察，圖書館早已不需要警察的援助。

圖書館放棄了尋求警方援助，而有了如此的組織。警方這時怎能拉下臉要求對方配合，以方便警方辦事？更何況，這男人是事件發生當時的日野圖書館館長。

「沒想到他還在第一線工作……」

男人喃喃低語，聽起來簡直就像是在抱怨。

這也許是在抱怨自己被派來進行眾人不願意進行的事務，必須以厚顏無恥的模樣去和清廉無私的人會面。

＊

圖書館一夜之間遭受嚴厲的輿論壓力。

因為警察正式發布新聞，公布圖書館拒絕協助警方對這次案件的搜查。

雖然只是發布一部分談話，然而各個媒體爭相報導該項新聞，簡直讓人感到是否有警察從中教唆。論調簡直是一面倒。

『圖書隊拒絕對警察提供協助。』

『圖書隊庇護嫌疑犯少年。』

『有利罪犯的圖書館法之缺失。』

由於這陣子少年犯罪率增加，庇護未成年嫌犯的輿論減少，怪罪圖書館拒絕協助的意見壓倒性居多。另外，大眾對於少年持續緘默使得偵訊停滯不前，感到著急而不耐煩，大概也是造成如此現狀的原因吧。

其實就算得知少年的借書記錄，那也只能夠當作是法官自由心證中的一部分罷了。而客觀的事實——對警方搜查的大局並沒有影響這一點來說，則不知道是沒有意識到或故意被忽略。另外，圖書隊制式的見解——即使對於罪犯，法律原則不應該遭到扭曲——自從證實稻嶺就是當年「日野的惡夢」事件相關人士之後，外界便諸多臆測，認為這是在報復當時警察所做的不當對應。

不管圖書館和警察之間曾經有過什麼樣的糾葛，都不該將過去的恩怨牽扯到別的事件中洩恨。圖書館相關人士是否曾思考過，案件中的受害者以及死者的親人，是如何殷切期盼案件早日獲得解決？

「別胡扯了，這個三流記者！」

郁看完後，將報紙狠狠地摔向桌面。

「妳在幹什麼！」

堂上間不容髮地怒斥過來：「報紙也是提供給圖書館使用者的資料，要小心愛護！」

圖書館每天訂有十多種報紙，這些報紙也是圖書館資料的一部分。每天早上，都會將所有報紙用報紙夾整理好上架。郁摔的正是上了夾子的其中一份報紙。

「可是……！明明是報紙報導，為什麼會刊載這麼偏頗的文章？我們圖書館還必需提供刊載這種文章的媒體給大眾使用！」

「如果妳想遷怒洩憤，摔自己宿舍的報紙就夠了吧。就算對圖書館有不利的報導，在這裡的都算是圖書館財產。」

堂上雖然沒給郁好臉色看，但是沒有禁止郁遷怒洩憤，似乎也代表他並不否定郁的憤怒。「怎麼樣？」堂上問手塚，手塚在郁摔了報紙之後，立刻撿起來檢查。

「沒辦法，已經破損了。」

「笠原必需賠償，立刻去買回來。」

完全沒有讓郁耍賴的餘地，堂上堅定地指向室外。郁心不甘情不願地站了起來。

「……這個報紙夾也被摔壞了……」

手塚打了小報告，堂上帶了怒意的聲音追纏著郁：「從下次開始，破壞圖書館用具也要賠償！」

這個手塚真是多事！郁苦著一張臉，頭也不回、口齒清晰答了聲：「抱歉！」便逃開了。

「她還是一樣感情用事。」

即使手塚沒有指名道姓，但堂上知道手塚口中的「她」指的是郁。他不做回答，只含糊地點了點頭。

——說了「請跟我交往」呢，是手塚對笠原說的喔。

堂上在三天前，聽柴崎單方面告訴他這件事。聽聞這件事之後，這是頭一遭和手塚面對面。

手塚一提起郁，依舊帶著批判性的口吻。堂上心裡納悶手塚如此的態度，怎麼會演變成「要和郁交往」這樣的局面。不過，手塚說話的內容中，已經不再帶有諷刺意味。有可能他已經開始肯定郁的實力了吧。

柴崎說的話，讓堂上感到心煩氣躁。堂上自嘲：他們兩個交不交往，關我屁事。

「我有可能會跟她交往。」

剛好在堂上如此做想的時候，手塚說了這麼一句話，讓堂上內心感到一陣焦慮。難道手塚看透自己心裡想的事情了嗎？可是手塚只不過是說出他自己想要說的話。

「如果得到笠原許可的話。」

這種話從手塚的口中說出來，堂上覺得他實在不像是在談戀愛的說法。什麼叫做「得到許可的話」！又不是在辦手續！對郁的請求，也似乎差點說成申請。

而手塚為什麼向堂上做這樣的報告，也是一個謎。

「沒必要連談戀愛的事情都向我報告。在道德規範之內，你就照你自己的意思去和她相處吧。」

手塚的反應一臉木訥，堂上因此敏感地擔心了起來。

「……不過，既然要相處的話就要認真，請不要用隨便的態度。」

堂上接著說。話才說到這裡，發覺自己說了不該說的，皺起一張臉。

「是因為對象是笠原嗎？」

手塚的回答，完全出乎堂上的想像範圍之外。堂上差點要對他吼：「渾帳！」但是事實上也並非手塚的言行舉止有任何不妥當之處。那一瞬間，他一口氣拚命咳個不停，掩飾了怒意，將剩下的報紙夾進報夾裡頭。

「對象是不是笠原跟這件事一點關係也沒有，就算你要請柴崎當你的女朋友……」

堂上本來也不是特意要舉柴崎為例。但是他發現自己除了她之外，腦海裡浮現不出幾個女生的名字，於是又用咳嗽掩飾自己的感受。

「我討厭用遊戲心態和女生相處的傢伙，總歸就是這麼一句話。」

堂上這時又覺得說錯了話。覺得自己這樣說，只是單方面要手塚接受自己的原則。他自覺到這一點，又開始另外找話題。

「你喜歡笠原郁？」

又說錯話了。在這種場合問這種問題，真是大錯特錯。場面只會愈來愈沉重。堂上看到手塚一副篤實、正要回答的樣子，急忙制止他說下去。

「我不是這個意思。算了，你別回答。」

就算是長官，堂上也沒有權利質問這樣的問題，而手塚也沒有義務要回答。自己怎麼會這麼愚蠢

——堂上此時對自己感到厭惡。

「笠原小姐不在嗎？」

離開片刻的小牧此時回到他們當中並開口。彷彿得救了似的，堂上在內心裡鬆了一口氣。小牧剛才出去，是要去拿今天準備上架的各種周刊雜誌。

「她不會是已經離開圖書館了吧。」

堂上聽了小牧所說的話，表情變得凝重起來。

「發生了什麼事？」

「沒什麼，只是未經正式申請採訪的媒體，在圖書館外蜂擁聚集。雖然媒體們因為警備之故而被擋在外面，但是他們對出入本館的職員卻糾纏不休呢。」小牧說道。

不待小牧說完，堂上便衝出了閱覽室。

在這附近有賣報紙的最近一家店，是從側門出去稍稍有段距離的便利商店。郁用身分證上的ＩＣ晶片打開了安全門，來到外面的人行道上。沒走多久，郁就被人牆圍住了。對方人數眾多，真不知道這些人原本躲在哪裡。

「您是圖書館的人吧？想請教您一些問題。」

媒體和刊物記者報出所屬機構名稱之後，爭先恐後地發問，郁幾乎聽不清楚他們各自問的問題。

不過，總算弄清楚這群人是媒體相關人士。

「不不，我不太方便回答。」

郁雖然想突破包圍，但是記者們簡直像是互相商量好似的，毫無空隙地並排成嚴密的人牆。

「對於圖書館方面庇護罪犯，您有什麼看法？」

媒體記者帶著極為露骨的惡意問話，郁不禁當場僵住。

「請您回答！」「圖書館方面為什麼要庇護殺了三名女性的罪犯！」

對於排山倒海的聲音壓力，郁不禁反駁：

「我們並不是在包庇罪犯！」呃，圖書館的制式見解是什麼……對了！郁思考了一下之後回答：

「圖書館只是在遵循『法律之前人人平等』這句話！」

立刻追來一句反駁的問話：

「這種原則也適用在罪犯身上嗎！」

問這種狗屁問題，誰知道啊！是日本國憲法在歌頌這樣的原則，而不是圖書館要這樣做啊！法規中並未規定可以剝奪罪犯的權利。但是追問的聲音怒氣沖沖，讓郁膽怯。媒體彷彿要追根究柢問個水落石出，如果郁在這時候做了肯定的答覆，那麼她根據常識所做的回答，實在不知道會被帶著惡意的媒體如何繪聲繪影地描述出來。

「您個人覺得怎麼樣？有三名和您年齡相近的女性被殺，您卻沒有任何感覺嗎!?」

我怎會沒有感覺!?郁按捺住差點要吼向媒體記者的回覆。對方就是想要藉著激怒她來挖新聞，所以如果動怒就會陷入他們的圈套。

但是，受到挑釁卻不能動怒，是多麼困難的一件事啊！就郁的個性來說，尤其是如此。媒體責難的聲音訴說著經過扭曲的歪理，要單方面被迫接受這些媒體的報導，實在令人痛苦萬分。此外，他們還裝出一副正義凜然的外貌，這根本是更進一步在傷口上灑鹽。

「不好意思借過一下，如果要採訪，請你們去找圖書隊的發言人！」

「您要逃避問題嗎！」

這些人還真是善於尖銳地挑起別人的憤怒——這樣下去可不行，這種時候說什麼都只會對圖書館不利。郁咬緊牙關忍住了。

「有人認為圖書隊拒絕協助警方，是稻嶺司令對警方的報復。對於這種說法，您能否表示一下意見!?」

「稻嶺司令是『日野的惡夢』事件的受害者，對於當時警察處理失當，應該懷恨在心吧！」

才沒有這回事！郁不禁想如此對媒體吼回去。她心目中的稻嶺，教導了她「使用者也有選擇是否接受服務的自由」。當郁在對自己過於雞婆的舉止行為道歉時，稻嶺微笑著稱讚了她說：「妳的服務很好。」

郁是在這次的報導風潮中，才知道稻嶺原來和「日野的惡夢」有關。她不好意思請教長官詳情，一直到今天都還沒能夠詢問長官。但是，就算是笠原郁這樣的新人，也深信稻嶺並不是一個會將私怨報復在這種事情上的人。

「您要服從基地司令公私不分的原則嗎!?」

——都被說成這樣了，我們還必需忍受嗎！

不行不行，說什麼都只會對圖書館不利——說什麼都沒有用。

吵死了，閉嘴！正當她要任憑怒氣奔流，向媒體發出怒吼的那一瞬間，有人制止了她。

「郁！」

在一片喧囂之中尖聲喊叫名字的聲音，讓媒體一下子驚訝得安靜無聲。因為堂上不帶姓氏而是直接稱呼了隊員的名字。郁回頭一看，人牆開出了一條路，堂上的手從背後伸過來摀住了郁的嘴巴。他直接將郁抱住，低聲在她耳邊說道：「乖，別說了。」

「如果要採訪，圖書隊的發言人會代表接受各位的採訪！」堂上說道。

一把抱住了郁的堂上，一副無所謂的樣子突破人牆。雖然形式上是在行走，但實際上還比較接近把別人撞開。畢竟不這麼做，他們就無法突破媒體的包圍。

「圖書館方面要逃避問題嗎？」

媒體就如同採訪郁的態度一般，用逼問的聲音追纏過來。不過，堂上只當作是四周嘈雜，所以提高聲量重覆回答著：「各位的問題將由發言人來做回覆。」

穿過側門，堂上說著：「這裡的入口只有相關人士才能使用！抱歉！」不理會媒體的追問關上了側門，接著迅速地打開建築物出入口的門。

直到進入室內，好不容易才從那些糾纏不休的聲音中解脫出來。

「抱歉，我沒買到報紙。」

郁想對堂上說些什麼，但一開口說出來的卻是這麼一句。

「沒關係，我等一下去買。在我出去買報紙之前，妳只要把撕破的報紙修復好，放在閱覽室就可以了。」

堂上的回答也侷限於此。

「剛才我嚇了一跳，因為你叫了我的名字。」

郁試著說出這句話，堂上一副傷腦筋的樣子苦著張臉。

「有什麼辦法，在那種場合下我怎麼能直呼妳的姓氏。要是說出妳的姓氏，真不知道會被媒體怎麼利用。」

「幸好有堂上教官來幫我，我差點就……」

差點就吼出無法挽回的粗話——郁這時才禁不住害怕起來。如果對媒體發怒、叫記者閉嘴，真不知道會被媒體炒作成什麼樣子。

「雖然我出現得不是時候，幸好還來得及。我聽說館外埋伏著媒體群所以慌忙追了出來。那群人要妳去代表館方發言，妳是不可能不和媒體起衝突的。」

「抱歉，我很容易動怒。」

「或者該說，妳是個直腸子的人。」

堂上無意中說的一句話，讓郁好強的心突然軟化了下來。

郁忍不住哽咽。為什麼偏偏在這種時候，堂上要對她這麼溫柔？她打從心底感到憤怒。

堂上動不動就會生氣怒吼，牢騷又多，對郁來說是個棘手的長官。但是只要發生了事情，總是由堂上出面相助，對這點她感到很不堪。

她覺得拂去眼淚就是承認自己在哭泣，因此任憑自己眼淚溢滿眼眶。然而眼淚終究流個不停。堂上默默在郁的面前站了一會兒，然後終於不顧身為長官的立場，輕拍了郁的右肩兩、三下。

「想借我的肩膀哭就哭吧。」

不必了，謝謝，我並不想哭——此時顯然不是能這麼逞強的時候。她把頭重重落在對方肩膀上，擦拭了眼淚。但是當郁正想著乾脆連鼻涕都擦在他肩膀上算了時，卻被堂上警告：「別把鼻涕擦在我肩膀上！」正當郁哭笑不得的瞬間，喉頭一鬆卻發出了像小孩子啜泣的聲音。她急忙忍住。

堂上卻說：「放心好了，我不會笑妳。妳忍住情緒時，發出像動物的吼叫聲還比較可怕。」

「好過分……」

郁想反駁他的話卻說不出口。她不再和他爭執，忍住嗚咽聲讓自己不發出動物般的吼叫聲。

「媒體會這樣其實也是無可奈何。對國家權力帶批判性的論調，總是容易受到有關單位關切。不只媒體優質化委員會的監視很嚴苛，省廳之間可能也張著警戒網。在新聞報導的世界裡，如果遭到一天的活動限制處分，新聞就會落後，消費者也會流向他社。這不僅僅是一天的損失。媒體本身順勢做報導就是他們的自衛之道，之所以會演變成像現在這樣、媒體不得不自我規制新聞自由的社會，如果真要追究，可以說是全體國民的罪過。國民對於政治的漠視，導致讓媒體優質化法被暗中通過。」

堂上等郁哭過之後，可能是為了安撫郁的情緒，說了些嚴肅的話題給她聽。

但是，媒體優質化法通過時，新聞媒體幾乎都沒有把問題點出來——雖然郁也知道對堂上發牢騷也於事無補，但是才一回嘴，堂上便回答她：「也是有人想要對抗的。」

通過少數的監視，絞盡腦汁以巧妙的說法陳述，便不會引起別人側目。堂上教導了郁，用大眾的看法來做判斷，是急性子的人做的事。因為才碰上那樣的遭遇，郁實在不情願去同意堂上的說法。她像一個厭惡大人們爾虞我詐社會的中學生一般，將堂上的話頂了回去。雖然她發覺這是堂上故意讓她頂嘴發洩，她仍毫不客氣地不停反駁他的話。她想起自己在話與話的連接之間，總是多用「因為」、「可是」等抱怨反駁的語氣和詞彙。手塚便針對她說話只會找理由而加以責難一番。的確，不成熟的人說話總是為自己找理由。

堂上始終保持耐性和郁對話，直到用盡能說服郁的大道理之後。

「好，妳現在能開口說出那麼多反駁的話，大概就沒問題了。回去吧。」

堂上輕輕拍了拍郁的頭。郁跟在堂上後面望著比自己矮小的背影，不禁輕輕咬著嘴唇。

可惡！他的器量實在太大了。

春天剛開始時郁下定決心，在追求王子之前要先超越堂上。然而堂上的背影在她眼中卻愈來愈高大了。

＊

郁和柴崎在宿舍收到問卷，男生宿舍那邊也同樣有人發問卷。東京都內的所有圖書館似乎都收到了問卷。

問卷的標題很直接：「對於高中生連續殺人案件，提供情報與否的問卷」。

Q1 對於這起案件您覺得如何？

（不能原諒・可以原諒・皆非）

Q2 您知道因為嫌犯少年保持緘默，而使得調查行動停滯不前嗎？

（知道・不知道・皆非）

Q3 您認為整起案件應該儘早獲得解決嗎？

（應該・不應該・皆非）

Q4 如果圖書隊提供情報，能在搜查方面有所進展的話，您的想法是？

（可以提供情報・不應提供情報・皆非）

Q5 對於下判斷固守圖書館法原則的圖書隊現狀，您覺得如何？

（贊成・反對・皆非）

Q6 如果有法律協議，您支持特例嗎？

（支持・不支持・皆非）

「這是什麼問卷！根本就在暗示特定的回答呀。」郁的表情黯淡了下來。

柴崎一邊泡茶一邊說：「是代理館長弄的。」

「代理館長這次到底又在策劃什麼！」

雖然沒有證據，但是代理館長最後還是協助教育委員會進行檢閱的事情，令人記憶猶新。

「這次似乎並沒有特定單位施以壓力就是了。」

柴崎端了杯茶給郁，聳了聳肩。總而言之，代理館長畏懼媒體對圖書館的撻伐，依照個人判斷採取行動。

「他似乎和稻嶺司令相互蒐集對方的情報，彼此爭鬥得相當厲害呢。說什麼：圖書隊的方針不應該完全由司令個人的意思決定。」

「這是什麼理論啊。圖書館遵從圖書館法的原則，是理所當然的事啊！」

「好吧。只是，各館長都有權限，可以針對特例提議……」

反映了當時圖書館各館獨立營運的制度，圖書隊之中並沒有類似統籌全體組織的「長官」級職務存在。包含人事以及會計的一般內勤工作，都由各地區的圖書基地統一處理。在發生狀況之際，也規定由基地司令遵循圖書館法的原則下判斷。然而，各圖書館長都持有對等權利，能對司令的判斷提出異議。

各圖書館館長和基地司令的位階相當，如果兩者之間支持的方針有所不同，在相關連的圖書館之間將會進行協議。依不同情況，圖書館協會也會以觀察員的身分加入，擬定方針。

「第四章充滿了擴大解釋的空間，所以特例很容易通過呀。三十二條裡，也只說『必須保守使用者的秘密』，卻又不是強制規定『非保守秘密不可』。當然啦，原則性的解釋是一定的，但是有太多可以藉由圖書館的裁量進行更改的空間了。」

不愧是自詡為知性派，柴崎對這些事情知之甚詳。

「只不過，警察又沒有亮出公文，但圖書館卻扭曲了原則，那會搞得很難看哦。」

就警方而言，因為沒有取得公文，所以私下要求圖書館方面稍做通融。如果屈服於警方，圖書館的信用就會被貶得一文不值。對於將來，有可能成為危及圖書館法本身權威的事例。

然而，輿論首先著重於對事件的憤怒，責怪圖書館為何不協助搜查的意見壓倒性居多，讓整件事情複雜而麻煩。若警察稍微施加壓力便提供使用者資訊，這正是代表了圖書館的守密機能脆弱不堅。但是要讓一般善良市民設身處地思考，需要某種設身處地上的想法變換。在幾乎確定並非冤罪的事件中，要去假設為冤罪是很困難的事情。同樣的，要去想像網開一面的特例，可能會當作前例而被氾濫利用的可能性，也是件困難的事。

「這份問卷的問題都很一針見血呢。」

是啦，郁也心不甘情不願地給予肯定。

圖書館開始被媒體輿論撻伐之後，光是關東圖書基地和武藏野第一圖書館，便不斷接到足以影響業務的抗議電話，以及抗議遊行。

抗議者純粹基於對事件本身的憤怒以及正義感，而採取如此的行動。這些人悼念受害人，憤恨犯人，希望事件早日獲得解決。這樣的理念本身是非常正確的。但是圖書館方面如果固守該守住的底線，就必然會和這個正確的理念相違背。

圖書館方面一直希望能走正確的路線，卻不為市民所理解，甚至成為非難的對象。這種進退兩難的情況讓圖書隊員疲憊不堪。

雖然理智上很清楚明白，庇護犯人和圖書館固守法律是兩碼子事，但是持續接受抗議者名正言順的憤怒，實在是苦不堪言。問卷的問題設計巧妙地命中圖書隊員疲憊的內心空虛處。也就是說，圖書館去迎合市民所企盼的正確理念，有什麼不對？

不記名的問卷更是一絕。統計後，相信會有相當比例的意見支持特例。對於代理館長來說，便可以在表面上當作是代表隊員的意志所趨。

「怎麼能讓他那種人代表圖書隊員！」

郁一鼓作氣回答問卷的結果是（不能原諒．知道．應該．不應提供情報．贊成．不支持）前面的三項問題是沒有其他選擇餘地的作答，但是綜觀全部的問題，最前面的三題和之後的回答看起來極為矛盾，讓她覺得憤恨不已。問卷裡至少也該有「您是否理解守護圖書館法原則的意義？」這樣的問題才對。

「明明就是牆頭草，卻還有點小聰明，真討厭。」

柴崎也一邊抱怨，一邊填寫問卷。

「哦，對了——」

郁感到柴崎要改變話題，專注聆聽，沒想到柴崎把話題扯到意料之外的方向。

「上次和媒體發生衝突之後，大家都盛傳妳抱住堂上教官哭了呢。」

原本啜著的茶岔到支氣管裡，郁猛然嗆到。

「不、不是這樣的……！」

「哦，不是妳抱住教官，是教官擁抱了妳啊？」

「差得更遠了啦！」

雖然郁拚命否認，柴崎卻賞了她白眼並說道：「大家都在談這件事呢。」

「所以說不是這樣的，那是……」即使這麼解釋，然而，那件事情在旁人眼中會被解讀成什麼樣子呢？郁這時才站在客觀立場而大動肝火。

「如果真如妳所想像的，絕對會顧忌別人的眼光吧？而且在那種狀況之下，不管對方是妳或者是手塚，堂上教官大概也會這麼做的。」

真是誇張的想像啊。柴崎皺起一張臉，看樣子是想像著堂上和手塚發生了那樣的情況。要想像的話，拿自己去想像不就行了？這個怪女人。

「好吧，算妳說得有點道理。」

面對暫時表示理解的柴崎，原本郁並沒有要問她的意思，話卻不禁溜出口：

「柴崎妳……是不是喜歡堂上教官？」

「嗯～？」

柴崎既不焦慮也不顯得害羞，歪了歪頭說道：「滿微妙的呢。」這算什麼回答呀？郁心想。

「我的確是會試著想像如果開始交往會是什麼樣子啦，不過目前堂上教官似乎沒有意思要和我交往，暫時就擱著囉。」

柴崎若無其事的回答讓郁心裡一驚。能做這樣的回答，就代表柴崎曾經對堂上提出交往的要求。到底是什麼時候提出的？堂上為什麼拒絕了她？郁發現自己對這些事很在乎，心裡又是一驚。哦，不，純粹是出於好奇啊！

「這麼說，手塚難道不在乎嗎？姑且也算是自己告白過的女孩子，卻被長官佔盡了好處呀。」

「他好像有些在意啦……」

「哦哦!?那麼他對妳是相當認真的了！」

「不過，可能和妳想像的有些不一樣就是了。」

在郁和媒體發生衝突之後，手塚在配置上架的工作中遇上她時，突然向她問道：「那時應該由我出面吧？」因為沒來由地說了這麼一句，郁花了一點時間才掌握住這句話的意義。「畢竟我也算要求過妳作我的女朋友。」手塚做了補充說明，才讓郁明白過來。原來他是在向她問道，早上那場騷動是不是應該由他出面相救。

也沒有這個必要啦。老實說，就算你出面，也不見得就能夠殺出重圍。郁率直地回答他的疑惑，手塚聽了郁的回答，似乎顯得不情願地臭了一張臉。要向他說明「如果不是長官，大概就無法控制住郁的情況」是很麻煩的一件事，因此郁就讓手塚繼續臭著一張臉。

手塚不帶情緒起伏地說，堂上二等圖書正當時整個表情都變了，還飛奔出去呢。只要是關於妳的事，他就會拚了老命。

郁以為手塚又在對她冷嘲熱諷而做了心理準備，然而手塚此時毋寧說是微妙地臭著一張臉。郁不禁回想起，如果是以前的話，他應該會回她一句：「別太得意了。」

郁心想，你根本就不會淪落到需要長官拚命庇護你的地步啊。像我就不時會出差錯啦，糊里糊塗的……

嗯？我為什麼要想這些安慰你的話呢？郁說道：

「你是想要體驗我的立場嗎？不得不由長官來庇護自己的疏失。」

「不，我絕對不要！要我降低到妳的水準？免談！」

什麼嘛！說的話簡直和柴崎一致啊！這次輪到郁臭著一張臉，結束了對話。還說什麼要我作你的女朋友，卻說這種話傷人！

柴崎這時開口：「妳什麼時候要答覆他啊？」

手塚要求交往以來，已經過了將近十天了。

「差不多也到了不答覆他不行的時候了！」

郁感到萬分苦惱，抱住頭呻吟。她真希望沒發生過這碼子事，但是一直拖延下去也不是辦法。

「一定要告訴我結果喔。」

柴崎的要求很明顯地只是出於好奇，郁狠狠瞪了柴崎一眼。

＊

「我支持圖書館法的原則。」

由於玄田知道司令要問他什麼，因此先行發言。

「但是，在隊員裡應該有相當多的人數比例，表達支持特例的意見吧。因為輿論壓倒性地淨是批判圖書館，隊員的想法也有所動搖。」

把玄田叫到司令室的稻嶺，此時被玄田一語道破，不停眨眼笑著。

「你說話依然是單刀直入啊。」

「我只是不善於拐彎抹角地說話。」

只要一有如此微妙的問題浮上檯面，稻嶺總是選擇與玄田共商大計。玄田身為圖書特殊部隊的隊長，直接關係到警備業務以及圖書館業務，可以說是管理階層中較能以客觀公正的角度，充分掌握現場資訊的人。

另外，也許和副司令屬於行政派系有些影響。圖書隊內共分為兩派，一派是原則派，重視圖書館的原則以及獨立性；另一派則是行政派，主張圖書館應該被置於行政體系的控制管理之下。原則派和行政派裡又各自有不同的主張，因此無法單純概括而論。但是大致上說來，原則派和行政派之間紛爭不斷。

就任以來頻頻出現可疑行動的鳥羽代理館長，也是屬於行政派的人脈。副司令本身屬於行政派，支持鳥羽代理館長，因此不可能成為身屬原則派的稻嶺心腹。當然，雖然兩派互相牽制可以取得組織上的平衡。但是當圖書隊本身受到輿論壓力時，卻會因為立場不能一致對外，而顯得脆弱不堪。

「行政派會以輿論及隊員們的意願為由，主張允許特例吧。我認為原則派也需要某些聲明或做點表示。」

雖然玄田覺得可能是他多事，不過仍舊說了：「在這種場合所採取的行動，應該不算是偏激行為。」原本行政派便不如稻嶺這般慎重行事，特別是本次對於特例的主張，根本就是受到輿論撻伐而產生的反射動作。因此玄田個人認為，會有所動搖才是丟臉的事，但這實在不是以玄田的立場能夠公開表態的。

稻嶺並不直接肯定玄田的話，只敘述了行動方案：「那就請圖書館協會來主持一個研討會好了，讓隊員傳閱議事記錄。」

「這樣的安排很不錯，應該可以提升隊員們針對原則做思考的意識才對。」

雖然這項提議不待玄田支持，便被認為是妥當的提案，但儘管如此，稻嶺依舊將玄田當作現場代表，徵求他的意見。由此可以看出稻嶺的清廉——而就這個場合來說，他卻有些心虛。

「老實說……」

稻嶺說著，以略帶困惑的表情笑了。

「如果有人指出我因為日野事件的餘恨，對於警察態度上是否變得比較惡劣，我沒有足夠的信心去否認。」

玄田無從回答起。愈是了解稻嶺因為「日野的惡夢」而背負了怎樣的重擔，就愈無法隨意說些不經思考的話。稻嶺失去的一條腿，只不過是他要背負的一小部分罷了。

稻嶺是從二十年前開始背負這樣的擔子，當時他正值四十多歲。玄田再過幾年也就到了這樣的年紀，然而他對於自己到時候是否能背負那樣的重擔，並沒有足夠的信心。

而且，只要稻嶺身在圖書隊之中，就必須繼續背負這樣的重擔。

「要扭曲原則是很簡單的一件事。」

雖然玄田認為說這句話是多餘的，卻仍舊不得不說：

「但是，我認為這個世上應該有必須守護原則才能證明的真理。」

稻嶺凝視自己在桌上交握的雙手好一陣子，然後靜靜地點了點頭。

＊

當圖書隊還在原則或特例之間搖擺不定時，教育委員會又再度造訪武藏野第一圖書館。因為和優質化特務機關幕後互相通知檢閱的事，還讓人記憶猶新。圖書館驟然慌張了起來。嫌犯少年的藏書和教育委員會的「不良圖書」，以及媒體優質化委員會的檢閱對象圖書，有一部分互相重疊的事，在圖書館隊中眾所皆知。

雖然圖書館方面不認為他們會再度使用和之前相同的手段，但還是調升了防衛部的警戒等級，館內的警備和市街的巡邏人員大幅度地增加了。

「笠原、笠原，我們去館長室！」

教育委員會進入館長室之後，頗有見地的柴崎立刻跑來邀郁前往。

「呃，可是我有職務在身耶……」

隨著警戒等級的提升，負責閱覽室業務的堂上班也兼備閱覽室警衛的職務。一旦發生什麼事情，就必須負責誘導使用者避難。

「館內的情報蒐集，也是名正言順地屬於警備活動的一環呀。而且要是發生什麼騷動，應該也是從外頭開始吧？妳要回到工作崗位是絕對來得及的啦。要不然是為了什麼才增加人手嘛。」
柴崎在滿足自己的欲望時，理直氣壯的歪理說起來頭頭是道。柴崎不待郁回覆，強拉著她溜出了閱覽室。

「副館長也會出席吧？結束會談之後，再找副館長問清楚就好啦。」
「笠原，妳根本就不明白蒐集情報的箇中奧妙喔。」
柴崎說著，悄悄走近館長室的門前，將耳朵緊緊貼近門邊。館長室座落的圖書館四樓，由於有會客室以及上層幹部會議室，因而人煙稀少。儘管如此，這樣露骨地擺出竊聽姿態還是相當不妥當。但是柴崎毫不介意地大放厥詞：
「聽傳聞和直接竊聽談話內容，會有很大的不同呢。像其中的氛圍，總是希望自己親耳探聽到呀。而且妳應該也很在意他們為何而來吧？」
教育委員會這次並沒有公開造訪事由，他們的目的的確讓人好奇。
「大家應該都很想知道他們造訪的目的吧，我們搶先竊聽情報是具有重大意義的喔。」
「瞧妳說得義正辭嚴的，總之這就是妳的嗜好吧。」
「有什麼不妥當的嗎？可惡，聽不大清楚啊。」
柴崎嘖了一聲，握住門把緩緩轉開。這麼做實在是太過於大膽妄為，就在郁要出聲制止時，柴崎頭也不回、嚴厲地噓了一聲，讓郁噤不作聲。
柴崎的耳朵緊貼在無聲開啟的幾公釐門縫之間。郁也就乾脆有樣學樣。事到如今她也算是共犯，不竊聽只是自己吃虧罷了。

「前些日子讓各位面臨危險，真不好意思。」

代理館長說道。

「哪裡的話，希望今天能安穩地進行談話呢。」

接著說這句話的是來賓。雙方的會話彼此都在故意裝糊塗。

「今天各位前來有何貴幹？如果是關於圖書借出限制，照前些日子所回覆的，根據圖書館法第三十一條的情報提供權，可能未能遵照各位的意見……」

副館長先發制人說道。代理館長一副得意洋洋地責備副館長，來賓說著：「那還請多多考慮……」等話岔開話題，完全嗅不出跟上對話的意圖。

郁不禁低聲說：「哇，真讓人不耐煩呢！」柴崎則回答她說：「差不多就是這樣囉。」

兩人聚精會神注意著室內，因此完全沒發覺到有人向她們靠近。

「妳們兩個人在做什麼呀？」

兩人身後傳來驚訝的問話，郁差一點就嚇得發出尖叫。而柴崎似乎也嚇破了膽，吞聲僵住了。

回頭一看，原來是小牧端著托盤站在後面。他將托盤遞到兩人面前，托盤上有四杯茶，剛好符合室內的人數。

「拿去，要竊聽起碼端個茶進去。看準時機，至少能在裡頭聽到一些對話吧？」

「我去，我端進去！」

柴崎對郁說道：「我去行吧？」快手快腳地接過托盤。郁心想，什麼行不行的，妳根本就沒有要相讓的意思嘛。

這時室內來賓恰巧說道：「今天我們前來是……」一副正要切入正題的樣子。柴崎單手輕輕撫平了發縐的緊身裙，看準時機，待來賓開始了話題便輕輕敲門，輕巧地進入室內。

柴崎清純的端茶姿態完全不影響室內賓主的談話。

「有關嫌犯少年的事情……」

以此開始的正題，在柴崎端茶進去之後也未見中斷。柴崎進入室內時，有意無意地並未關上門，因此在外頭竊聽的郁和小牧也聽得一清二楚。

「哦，不不，關於那件事……！」

代理館長以一副難看而狼狽的模樣回答。雖然副館長牽制他發言，卻止不住他說話。代理館長自顧自地說著「我們也檢討了種種應對策略」等話。

「教育委員會對圖書館的應對，有著很高的評價。」

這句話至少對郁來說是出乎意料之外的，對於代理館長而言似乎也是如此。

嗄？他發出了訝異的聲音。

「就算犯下了多麼重大的罪行，嫌犯還未成年。就人道的角度來看，少年的隱私絕對不應該破壞規定外流給警察單位。為了少年的更生起見，圖書館也不應順著一時的單純情感而隨波逐流。」

是啊——代理館長有氣無力地做了回答。原本他似乎以為，教育委員會打算對於圖書館不協助警方提出抗議。

這時柴崎走了出來。她苦著一張臉說：「不行，這已經是極限了。」

「妳倒是撐了滿久的。」

小牧臉帶苦笑招呼了一聲。之後，他們只能從未緊閉的門縫竊聽外洩的聲音。

「今後，我們還是期待圖書館能做尊重少年人權的對應。」

對於教育委員會的人既非勉勵，又不是提議的微妙對話，側耳傾聽的郁皺起了眉頭。

「為什麼教育委員會突然支持圖書館這邊呢？」

就在前些日子，他們明明採取了和圖書館敵對的行動。這次卻又做了擁護圖書館方面的發言。郁感到他們的態度彷彿突然翻掌似的，有了一百八十度的大轉變，令人詫異不已。但是，小牧和柴崎似乎認為這是意料中的事，彼此點頭說道：

「說起來，畢竟是在我們料想的範圍之內啊。」

「是啊。」

什麼嘛，就你們兩個人彼此取得理解！看見郁在一旁生著悶氣，柴崎做了回答：

「總之就是雙方利害關係一致啊。少年的父親不是高中校長嗎，教育委員會方面是想要從這起有損名譽的事件中庇護相關人士吧。」

「雖然讀書記錄頂多只能當作是自由心證的參考罷了，但是，也許在裁決時會有所影響呢。」小牧也在一旁補充說道。

在圖書館不協助警方這件事情而受到輿論撻伐、代理館長帶頭的行政派策劃進行特例的現況之下，教育委員會表態支持圖書館法原則，能成為很好的牽制力量。但是郁的表情顯得更加凝重。

「總覺得……這很差勁……」

很顯然地，他們先是冷不防地對圖書館安排檢閱，而且這項檢閱還是為了粉飾教育界所發生的不名譽事件。然而，一遇上警方要求圖書館提供少年的使用者情報，又在私底下脅迫並要求力守少年的利益。簡直太沒有節操了。

「也是啦。」

小牧也苦笑著說。郁又接著開口：

「而且，我們可不是為了維護少年的利益，才遭到撻伐的呢。被說成那樣，我覺得很不甘心。」

圖書館是為了守護圖書館的節操而奮鬥。至少在郁的想法裡，完全沒有要庇護嫌犯少年的意思。簡單歸納隊員們的真心話，那就是：「遵守原則是迫不得已，即使嫌犯未成年，一想到是為了無差別殺人犯而守護圖書館法原則，內心就感到超級不爽。」

圖書館所持想法和教育委員會說的「雖然犯下罪刑，但嫌犯畢竟未成年」的理論完全相反。甚至可以說，因為身處無可宣洩的逆境之中，對少年的憤恨之意反而更加根深蒂固。

「不過，只要說是對未成年人的關懷，就道理上聽起來的確比較動聽。教育委員會若要庇護兒童，輿論的攻擊應該也會減少。如果能巧妙地得到他們的支援庇護，身為圖書隊倒是輕鬆得多了。」

郁雖然知道以實質利益為優先的小牧這番話是正確的，然而情感上還是排斥這樣的狀況。她知道如果一開口，不免要將矛頭指向小牧發洩，因此保持緘默。

彷彿像是支持小牧的這番話，在室內只聽見副館長開口說道：

「能獲得各位的支持是我們的光榮。但是，現在圖書隊內部對於是否該堅守原則，意見相當紛歧。我們也想對未成年人付出關懷，但是輿論對我們也很嚴苛。要持續不扭曲圖書館法原則，看來是相當困難的一件事呢。」

副館長明明是屬於原則派，這番話聽起來卻像是突然擁護代理館長和行政派。聽到副館長的這番話，來賓則回答道：

「當然，我們會觀察狀況。我們也在考慮由教育委員會，以某種形式表明支持圖書隊的判斷呢。」

哇，這算什麼應對呀，表面上為對方著想，實際上為自己的利益打算！郁眉宇間的皺紋顯得更深了。「副館長很行嘛。」她就是無法像柴崎一般，以成熟的態度面對、欣賞他們之間的對話。

「妳是不是感到很失望？」

突然問過來的這句話，用不著窺視小牧的臉龐，也可以知道這是問郁而不是問柴崎。雖然這句話正中郁的要害，但要是承認，似乎就等於承認自己的胸襟之狹隘，讓她感到很不好過。

「我先回去了。」

郁在思考過後忽略他的問話，離開了門邊。

回到閱覽室的途中，郁碰上了手塚。因為她一再延遲回覆，所以一對一面對手塚讓她感到尷尬。但是就現在來說，逃避小牧這件事更讓她覺得彆扭。不知道是不是因為如此，她得以用較為普通的態度向手塚問道：

「怎麼了嗎？」

「我正要去叫妳們，堂上二正說一次去三個人太多了。」

她們的行動都被掌握得一清二楚。

「妳是怎麼了？」

手塚回問郁，正當她躊躇著該如何作答時，手塚率直地再度問她：

「妳意志消沉嗎？」

他問她這句話也許是出於關心，然而這句話卻反而讓郁意志消沉。對自己這麼容易被看穿，郁不禁感到厭惡。

「不，不是什麼令人意志消沉的事情啦。」

「如果不嫌棄，我願意聽妳說喔……」

手塚語帶微妙的退縮之意說道。從他的語氣可以了解到，他很在乎前些日子沒有及時出面相救的事。郁多多少少對他認真的個性有所期待，因此試著將館長室所發生的事說了出來。

「不會吧，這不是讓人意志消沉的事情啊。」

手塚再度確認了郁在邏輯上確實明白的事情。

「副館長的應對是理所當然的。」

「你果然也這麼說。」

郁獨自感到沮喪，嘆了一口氣。

對郁來說，一有什麼事，便以帶潔癖的論調找她麻煩的手塚，應該能體會她意志消沉的原因。然而，這只是她一廂情願的期待。

「又不是正義的化身，要求言行一致且正直什麼的，那是不可能的。」

不要搞錯了，我們不是正義的化身。沒想到在這裡，又同樣聽到玄田在訓練期間所說的話，郁為此再度感到意志消沉。

「就結果上來說，選擇了什麼才是最重要的吧?過程中產生的不愉快，是沒辦法的事。」

郁並沒有開口回答他的話，這種事情她很清楚。

「但是也存在著像正義化身一樣的人啊。」

除了高三時遇到的「王子」，郁的心頭浮現出另一個人。雖然這微妙的思緒讓她感到悔恨，但既然在思緒中浮現，郁也拿他沒輒。因為這個人在郁陷入絕境時所伸出的援手，讓她印象深刻，而且不管做任何事，都讓郁感覺到他是正義的化身。

「堂上二正大概也會和副館長做同樣的判斷。」

手塚以一副理所當然的語氣說著堂上的事。在手塚的眼裡看來，堂上是否還是那副形像呢?

「在該做選擇的時候，卻對選擇方式躊躇不前的傢伙，也就只會耍嘴皮罷了。」

就手塚而言，雖然他說這句話並沒有揶揄郁的意思。但是聽在郁的耳裡，確實感覺到手塚是在揶揄她。

「你的話還真是一針見血。」

郁恨恨地低語。手塚則一臉不情願地皺起眉頭說道：

「妳沒資格說我。」

他撂下了話，便先行起身邁開步伐。

雖然郁想不出為何自己沒資格這麼說，但是她得以在形象上認同不只是在口頭上說說的堂上和

「王子」。原本百思不解的心情也輕鬆了起來。

*

教育委員會依照約定，在各種媒體上表明支持圖書館的原則論。這件事帶給反應過度的輿論以及媒體一些影響。問題的焦點也轉移到保護青少年的對錯上頭。

另一方面，這也成為一股力量，牽制代理館長所屬的行政派。警察和教育委員會相較之下，在組織上與教育委員會相關連的部分較多。和公開表明支持圖書館原則論的教育委員會立場完全對立的採納特例措施，也不得不猶豫再三。

不久之後，有新聞報導出少年開始作口供。原本批評圖書館原則論的風潮，彷彿不曾發生過似的平息了下來。

採納特例措施的動向，也同時完全停頓。代理館長指示的問卷在回收之後，完全不見有什麼使用的打算。對於有批判的聲音質疑「到底那份問卷是為何而做？」也做了稍嫌牽強的說明，表示那純粹是意識調查。

另一方面，圖書館協會發起「關於圖書館的原則討論會」的研究會，以這次的事件為教訓，重新思考圖書館守護原則的意義。

「總歸起來，不就是漂亮地打了場勝仗嗎？」

柴崎在房間裡一再切換頻道收看晚間新聞，並煞有介事地做評論。不論是哪一台對於此次事件都競相報導少年作的口供，批判圖書館不協助警方的論調完全隱遁。

「代理館長這次畢竟是不好過吧，最近滿安分的。」

郁翹起了嘴唇說道：

「總覺得不夠痛快。那只是媒體方面單方面不再進行攻擊能了呀！」

「我先跟妳說清楚，如果媒體真的攻擊過來，那可是一個大問題呢！」

柴崎不起勁地對郁諄諄教誨。柴崎此時的態度不置可否，以一副「反正郁應該有所了解」的樣子附加說明，這就是她鮮為人知的溫柔善良之處。

「就這次的事件來說，我認為應該對那株牆頭草給予適當的評價喔。」

可是不夠痛快啊——郁這次不說出口，而在心裡默默思考。之所以會如此覺得，不只是因為代理館長的事情。

沒有人撤回任何言論，圖書館卻變得不曾遭到責難一般。郁的內心對於這樣的狀況實在無法理解、接受。

而且，這是因為自己是當事人，才會有如此的想法。郁並不會對社會上發生的類似事件一一予以注意、感到憤怒。她也覺得正因為自己有切身之痛，所以才會顯得那麼激動。

也就是說，自己不親身體驗，也就不會實質上感受到那份痛楚。就這樣的意義上來說，郁也充分地以自我為中心。一思及此，又更加意志消沉了起來。

不知柴崎是否感受得到郁的內心想法，她力求妥當地做出了結論：「只要結局圓滿，不就行了。」

接著，她突然改變話題。

「現在剩下的，就是妳和手塚之間的問題了。」

柴崎對郁曉以大義，說什麼：「也該回覆人家了，要不然未免太對不起人家。」等話之後，向郁問道：

「妳到底決定怎麼樣？要和他交往嗎？」

柴崎終究是在看熱鬧。

郁正要回答，卻在途中別過臉說道：

「我不必先向妳透露我的決定吧。」

「說得也是。」出乎意料之外，柴崎贊同了郁說的這句話。

結果，郁讓手塚等了大約兩個星期。

由於郁叫手塚下班後陪她一下，手塚心想她大概要回覆他了。果然，進入圖書館附近的咖啡廳坐下後，郁立刻切入話題：「關於上次那件事……」

「我還是無法和你交往。」

這樣的回覆其實在某種程度上來說，在手塚的意料之內。然而郁之後說的一句話，則超乎手塚的想像。

「要我們交往，根本就是不可能發生的事呀。」

的確，如果在這種情況下郁表示ＯＫ的話，手塚可能反而會感到困惑。然而說成不可能發生，也未免太失禮了。手塚生著悶氣皺起眉頭。

「為什麼，怎麼會是不可能發生的事？」

「不可能就是不可能。」

郁不經大腦思考，再度堅決否定。

「你根本就不喜歡我呀，我也不喜歡你。彼此之間沒有愛情，要交往不是挺怪的？」

如果不喜歡彼此，就代表著沒有愛情。對於這代表的意義，手塚找不出得以否定的根據。不過，對此表示理解而做退讓，卻似乎又令人感到氣憤。因此手塚回了一句：

「不過一般來說，也可以嘗試著交往看看吧？」

「這一點我也有想過，不過這樣還是很怪。要交往，至少某一方應該抱持著愛意吧？或者例如，告白的對象如果不特別喜歡自己，但是對方此時並沒有交往的對象，就嘗試交往看看也無妨。」

類似的台詞過去也曾經被說過幾次，手塚並非沒有經驗。因此他並不排斥嘗試著交往。實際上，他也曾經如此和女生交往過幾次。

手塚如此表明之後。「所以啦——」郁似乎感到焦躁，苦著一張臉說道：

「那是因為對方女孩子喜歡你，才開始交往的吧。我就說情況不一樣啊！要求交往的一方和被要求的一方都不喜歡彼此，交往是不可能成立的啦！」

「照妳這樣說，那相親又該怎麼辦呢？那不就是在愛意發生之前交往嗎？」

「不不，等等，就算你因為說不過我而不爽，也不要把話說得那麼勁爆呀！」

郁比手劃腳地制止住手塚。

「那是雙方彼此有想要結婚這樣的最終目標呀。難道你考慮和我結婚嗎？」

「怎麼可能！」
手塚反射性地回答，而郁此時也嘟起了嘴。
「先跟你說一聲，那可是我要說的話，你最好給我搞清楚。」
在這當下，兩人所點的飲料被送了過來，一時之間呈現停戰狀態。
女服務生離開之後，郁又再度開口：
「不過說到相親，就某種意義來說是很好的例子。談戀愛也是一樣的喲。如果彼此都想要有男女朋友，那麼就算彼此沒有愛意，也是有可能維持交往的。但是你現在真的想要有個女朋友嗎？不會吧？」
雖然遭到郁擅自主張斷定，不過手塚又找不出否定她的根據。
「那是某一方有這樣的願望就能成功的吧？」
手塚沒有經過深思便如此問道，卻突然被郁瞪了一眼說：「別小看我！」
「我並沒有飢渴到要和不喜歡我的人交往的地步。」
手塚剛才的問話，似乎不把對方放在眼裡。
「抱歉。」
他毫不造作地說出道歉的話。郁雖然難以言喻地在心中感到憤恨，卻點點頭接受道歉。
在郁的情緒平復之後，手塚再度提出了疑問：
「如果我喜歡妳，妳就會和我交往嗎？」
「有這樣的前提出現，就代表你打從心底對我沒興趣。」

郁一副訝異的樣子低語。

雖然並非對郁沒興趣，但因為是在談論戀愛上的感興趣與否，因此手塚並沒有反駁。

「你這個樣子，怎麼會想到要和我交往呢？」

要回答這個問題則說來話長，他不太想談這件事。

你到底還想要笠原怎麼樣？手塚遭到堂上嚴厲的斥責，後來跟小牧商量時，小牧說手塚應該能從郁那裡得到收穫。雖然手塚一直無法接受小牧的說法，但最後讓他改變想法的還是郁。

你不擅長從高處垂降吧？雖然當時郁的怒吼確實魄力十足，不過真正讓他吃驚的，還是自己的弱點被她看了出來這件事。

對於自己至今都不曾發覺被看穿的事實，也撩起手塚挫敗的情緒。那是因為郁沒有讓他發覺。之前毫不留情地責怪郁的缺失，讓手塚自覺自己的卑微渺小。

你非要處處拿第一才甘心是不是？這句話是致命的關鍵。並非只要正確，就能肆無忌憚地說任何話喔——當初手塚聽到小牧說這句話的那個瞬間，原本只想強力反駁。但這時，又再度刺耳地回想起一切。

也就在此時，手塚才初次感受到也許真的能從郁身上獲得些什麼。

然而要將這些事情逐一說明，就彷彿在做失敗宣言，手塚可不想這麼做。

「因為堂上二正和小牧二正都說妳有值得我學習之處，所以我也開始對妳有興趣。再說，玄田隊長好像也希望我能夠和妳打成一片。」

手塚挑了自己不排斥的範疇回答。郁此時毫不客氣地扭曲著臉叫道：「嗄!?」手塚想提醒她，女孩子擺這副表情有失端莊，卻又覺得自己似乎太多事了。

「這算什麼呀？好蠢喔。」

郁一副要咋舌的樣子別過了臉。

「和我比起來，你根本就比較喜歡長官嘛！就只有我把你的話當真，認真地苦惱甚至不知所措，簡直像是傻瓜一樣。」

「別說得好像我不認真似的！」

手塚做了抗議，因為他也不是用隨便的態度提出交往的要求。不過郁生氣的程度比他更勝一籌。

「你不覺得就因為這樣決定交往，會不會太武斷了？」

「妳說這話是什麼意思？」

「不是常有人說，先從作朋友開始嗎？」

「……說得也是啦。」

哇，這傢伙真蠢。郁故意要讓他聽到似地喃喃自語。對於這點，手塚終究沒有反駁的餘地。

「不不，我說這句話時，都是拿來拒絕人家啊。」

「哇，討厭的傢伙！你這麼說，是不是在諷刺我！？我老是被人家說這句話呢！而且真的一次也不曾發展到朋友以上的關係過啊！」

「妳現在站在拒絕別人的立場，有什麼關係！」

「這樣才不算是甩了別人呢！要求交往這件事本身就是一團亂嘛！」

面對生氣的郁，手塚不禁湧起了笑意。

「怎麼了？」

「沒什麼……我只是認為，如果是朋友的話，妳會是個很有趣的女人。」

「哇！氣死人了！你竟然說這種話!?」

郁嘴裡說著粗話，低語著「反正」、「總之」之類的。看來郁似乎有過被人用同樣的台詞甩掉的經驗。

「我先聲明，你我可不是朋友！在經歷過這些蠢事之後，我才不願意當你的朋友呢！」

「沒關係，就同事來說，妳也相當有趣。」

「別再說有趣了，真氣人！」

手塚說的有趣，並不單指在一旁看起來很愉快的意思。但是他知道面對憤怒不已的郁，再說什麼都只是火上加油，因此沒有說出口。

小牧曾說堂上和郁有相似之處。手塚覺得，觀察兩人到底如何相似，也是很有意思的事情。

「對了，妳是不是有喜歡的人？」

手塚忽地想到，開口問郁。當然，如果有喜歡的人，最簡單的拒絕方式不就是「對不起，我另外有喜歡的人」了嗎？

「沒有。」

郁當場反射性地回答，但過了一會兒卻又加了一句：「應該吧。」

手塚不禁被她的話引起了興趣。「不是這樣的……」郁搖著手，似乎自己不知道該怎麼說才好。

「我有憧憬的對象，我正努力地追趕他，所以現在沒有心思去喜歡任何人。」

手塚自然而然地聯想到堂上。

「那麼，我也算是妳的同伴了。」

手塚說了這句話。郁聽到之後，以驚人的氣勢怒目相向。

「才不是呢！你所想到的反正是堂上教官吧。我可不一樣，我可是要超越他的。別拿我和你相提並論！」

「哼……妳別開玩笑了！」

由於過於驚訝，手塚加強了語氣說道：

「妳要超越他，還早得很呢！如果連妳都能超越他，那我一定會先超越他的！」

「吵死了！我說能夠超越就是能夠超越！」

手塚聽著郁固執的聲音，再度感到訝異不已，也就不再和她爭辯。然而——

像她這種不自量力的傢伙，到底哪裡像堂上了？手塚此時心想，如果小牧在場，一定要好好問他這個問題。

四、圖書館得以拒絕所有不當的檢閱

＊

「呀——————!!」

郁的慘叫聲吸引了所有聚在玄關的人們視線，還有人特地從房間裡衝出來，看看發生了什麼事。

「……嚇死我了，妳別突然發出像貓落入滾水裡頭的聲音嘛！」

一起回宿舍的柴崎從旁撞了一下郁。剛才探頭出來看熱鬧的隊員們，一看沒發生什麼大事，便都散了。

郁完全沒有多餘的心思去注意這樣的結果，她楞楞地站在以房間號碼作區分的信箱前。

「妳到底怎麼了？被煮熟了嗎？」

「……來了。」

郁的聲音沙啞，好不容易才擠出這兩個字。柴崎探頭望向郁的手裡，問道：「什麼呀？明信片？」

從書寫收信人姓名的娟秀字跡來看，這無庸置疑正是自入隊以來，和郁闊別七個月、位於老家的母親筆跡。

前略

最近過得好嗎？

工作上是否已經習慣了呢？自從妳就職後，便幾乎沒有跟家裡聯絡，我們都很擔心。

別一直拿「忙碌」當藉口，偶爾好好打一通電話回來吧。

中元節妳也沒有回家，妳爸爸為此感到很沮喪呢。過年時請務必要回家一趟。

十一月的連續假期，因為法事的關係，必須去妳東京的叔父那邊一趟，回家途中會順路到妳們圖書館去。

期待能看到郁工作的樣子。

謹此

「哎呀……」

「怎麼辦？柴崎，我到底該怎麼辦啊！」

「這個嘛，那就……」

「嗄？妳有什麼好主意嗎？」

郁本來並不認為能有辦法解決這個問題，現在聽到事情似乎還有轉機，她不禁依賴起柴崎。柴崎深諳處世之道，說不定真的有好方法，可以讓郁撐過雙親的來襲。

「趕快到餐廳吃晚飯吧，不早點吃完，等一下洗澡又得人擠人了。」

「什麼跟什麼呀？」

「妳以為我能對妳個人的家庭問題，有什麼偉大的意見嗎？妳要把眼前的吃飯、洗澡放著，優先煩惱家務事，我是不會反對啦，不過我可不陪妳這麼做喔！」

柴崎的理性主義掛帥不是一天、兩天的事，不過也實在太不夠朋友了。

「可惡！妳這個超級理性主義者！」

郁雖然氣鼓鼓的，柴崎卻毫不在意。

「我願意一邊吃飯一邊聽妳抱怨耶，好好想想我話裡面的意思吧！」

柴崎雖然對郁如此說，但是一進了餐廳她便很乾脆地背叛了郁。餐廳裡，堂上和小牧正在用餐。

「辛苦了，可以和你們一起用餐嗎？」

柴崎立即滑進堂上隔壁的座位，也不問一下郁的意願。可以說是隨心所欲到了光明正大的地步，但也顯得實在太薄情了。

好吧，我的確不像以前那麼討厭堂上教官啦，但是妳不是說姑且要聽聽我的抱怨嗎？郁心裡鬧彆扭，卻也順勢坐在小牧隔壁。

「怎麼了，臉色這麼難看？」

堂上之所以有此一問，大概是因為就坐在對面，容易察覺出郁的表情吧。小牧聽堂上這樣說，也探頭望向郁。「還真的都寫在臉上了呢！」小牧感嘆的重點特別怪異。

「不，沒什麼……」

郁想含糊帶過，卻被堂上一本正經地訓斥道：「如果在工作上發生了什麼缺失，現在馬上說清楚！」郁不禁怒目相向。

「不是的！為什麼看到我消沉的樣子，就認定是工作上的失敗呢！」

「這是機率的問題。」

堂上很乾脆地斷言。雖然郁感到非常不愉快，卻又無法反駁他的話。

「就統計上而言雖然確實如此，但這次卻不是這麼一回事喲。」

也不知柴崎是在幫她，還是跟著堂上一起打擊她。

「她家裡的人要來查勤，所以她正感到意志消沉呢。」

「豬頭，別多話！」

「喲，雙親要來了，嘴巴卻不放乾淨一點，行嗎？這樣只會讓妳的形象毀滅喔～」

呃！命中要害，郁沉默了下來。堂上則低語說：

「對了，話說回來妳雙親反對妳擔任防衛員對吧。」

郁詫異地皺起眉頭。她不記得自己曾經向堂上提過這件事。

「嗄？您該不會是利用長官的特權，不當取得個人情報吧？」

「妳白痴呀！」

這次輪到堂上怒目相向了。

「是誰一進隊裡，就把會洩漏個人情報的明信片丟給別人處理啊！」

被這麼一說，郁想起初春時發生的事。她的確對教官說過，如果寄出這樣的明信片，會被雙親帶回家——而明信片的內容，也的確是要向父母報告當上防衛員的事。

「嗄，為什麼還特地記住別人的弱點呢？這種個性真差勁啊～」

「妳的弱點根本不必特地記住，每天都會自動更新呀！類似的差錯不厭其煩地一犯再犯！」

「啊，語言暴力！」

「明明是妳單方面挑釁找碴，還裝作一副被害者的樣子！」

兩人一下子就吵了起來。面對這樣的兩人，小牧一邊苦笑插嘴說：

「堂上並不是因為這件事會成為妳的弱點才記著的。當隊員的志願遭到雙親反對，會擔心是很正常的吧。而且又是戰鬥方面的職種，為此而辭職的隊員並不罕見呀。」

「你不要多嘴！」

堂上將矛頭指向小牧，拿起托盤站了起來。「我先回去了！」他一副不耐煩的樣子從座位起身，走向櫃臺。

他的心思還真是一目瞭然。目送他離去的柴崎，隨後哭笑不得地轉頭對郁說：

「妳很呆耶。」

「我哪裡呆了？」

「想要克服雙親的視察，就需要長官的協助呀。像彼此串供、調班什麼的。」

「唉呀，完蛋了！」

「還有，這次我好不容易能和堂上教官在一起，妳卻一下子就讓他逃走了，這可是重罪喔！」

「那個無關緊要啦。」

「妳的雙親要來看妳工作的地方嗎？」

小牧從旁問道，柴崎則擅自做了回答：

「是呀，出乎意料地被雙親呵護得很好呢。還特地要過來看看女兒的工作場所耶。」

「夠了，住嘴啦！」

有一對過度保護女兒的雙親，是郁不欲人知的忌諱。

「就算叫他們不要過來，他們也不會聽我的。如果是一般企業，可以推說閒雜人等不得入內，偏偏工作的地方是圖書館，又不能禁止他們進入。」

「只不過是來工作的地方看看，真的有那麼糟嗎？」

小牧會說這種話，是因為不認識郁的雙親。

「不不，似乎真的相當糟糕喲。如果笠原的雙親知道她屬於戰鬥職種，絕對會當場被嚇昏，也有可能會把她強制帶回鄉下呢。」

「我說啊，妳幹嘛搶著幫我回答啊？」

「……呃，被錄用為防衛員這件事，難道妳……」

小牧小心翼翼地問郁，郁勉強點了點頭。「沒有跟他們說。」小牧臉色一變，就差沒有當場唉聲嘆氣起來。因此郁又急忙補充說明：

「我本來想找一個能讓他們接受的方法來做說明的……」

「可是當妳還在思考怎麼開口，雙親就要來探望妳了？」

「……是的。」

郁畏縮起來。

「勤務和值班方面是可以通融啦……但如果他們正式詢問分配所屬單位，站在圖書隊的立場，是不能說謊的喲。如果被知道了真相，剩下的就是笠原小姐和雙親之間的問題了。」

哇，真是義正辭嚴。郁垂下肩膀。小牧在這種時候顯得冷淡，完全不給人哭訴或耍賴的空間。就某種意義來說，這時的小牧比堂上還不通人情。

最後能依靠的終究只有自己。

「不過時機還真是不巧呢。」

柴崎的聲音帶著幾分同情。

「簡直就像是看準了情勢不安的這個時刻。」

「……也是啦。」

連續殺人的嫌犯少年被起訴之後，有關「情報提供問題」的譴責雖然平息了下來，然而東京都會區內的圖書館卻有其他問題接踵而來。

那就是由東京都教育委員會帶頭提起的強化管制問題。教育委員會的意見書中，直接陳述了對於帶給青少年不良影響的問題圖書之借出限制，以及購入圖書的選定基準等等。雖然這明顯地是以歇斯底里的極端言論為根據而搞出來的東西，然而因為才剛發生了未成年人的兇暴犯罪行為，因此獲得社會大眾的支持。

由於犯罪的超乎常態，社會上對少年的個性產生了種種傳聞。為數眾多的媒體抱持著好玩的心態，討論各種娛樂作品帶給少年的影響，也對此風潮產生推波助瀾的效果。

另外，由於優質化委員會和都議會對這份意見書表示支持。因此有各種團體絡繹不絕地在東京都會區的圖書館進行遊行以及抗議。特別是圖書館的大本營——關東圖書基地，以及東京都會區最大的公共圖書館——武藏野第一圖書館，都首當其衝。

因為其中也有不惜採用暴力的激烈團體，小糾紛不時發生。從之前便有傳聞說，這些團體和優質化委員會有所關連。但是由於欠缺證據，優質化委員會在背後支援的傳聞也就僅止於謠言階段。

「雖然丟石頭之類的舉動讓人覺得挺可愛的，但是當汽油彈被丟進來的時候，我還真不知道該怎麼辦呢。簡直就像搞錯了時代一樣！」

柴崎說著，從鼻孔哼笑了一聲。對於天天與優質化特務機關抗爭奮戰的圖書館而言，這雖然只是小小的打鬧，然而依舊讓人憂心。

雖然郁對雙親隱瞞了分派到戰鬥職種的事，但如果職場本身成了危險地帶，雙親的反應將會如何激烈。光是想像，情緒就沉重不堪。

「哦，雙親要過來呀？」

「是啊，下個月。」

郁向手塚提及此事時，他們正在執行館外的遊行警備。由於圖書館業務的進修已告一段落，他們最近回歸到輪值警備任務。在沒有特殊任務的時候，特殊部隊的職務體系會在進行圖書館業務、警備以及訓練之間輪替。

這次的警備對象是市內的家長會（ＰＴＡ）團體「兒童健全成長集思會」。大約有一百名人士，正在武藏野第一圖書館外的前庭院展開集會。遊行或集會一旦進入白熱化，就容易起一些紛爭，以警備為名的監視也變得不可或缺。然而因為露骨地排出穿著制服的防衛員，容易引起群眾的反感，因此派出穿著便服的特殊防衛員。距兩人不遠處，看得見堂上、小牧，以及別班的臉孔。

「出乎意料之外，妳還真……」

「什麼溫室花朵之類的話，我早就聽膩了。」

手塚閉上了嘴，他似乎原本正打算這麼說。

「我爸媽真的是保護過度了。我要進入圖書隊時，他們就說太危險了，一直強烈反對呢。如果再被他們發覺到，我被分派到戰鬥職種的話……」

所以啦，郁抬起頭看著手塚。

「如果被我爸媽問到了什麼，要依照套好的話回答他們喔。」

「我不會主動對他們說多餘的廢話就是了。」手塚似乎感到訝異，歪了歪頭說：「女生即使長大成人了，雙親還管這麼多呀。」

「嗯～我們家算是管很多的啦……不過，我想滿多女孩子的父母都管得很嚴吧。我一些住在家裡的朋友，對於門禁和外宿管得可嚴格了。另外還有人想考機車駕照，被父母以危險為理由反對呢。如果說要從事危險的職業，我想父母表示反對的情況，會比男生多吧。」

「是這樣嗎？」

「對女孩子還是會有『破相』的概念嘛。女孩子的父母最常說的就是『如果臉上留下傷痕的話，會嫁不出去喔』這些話呀。」

「那是說，如果是有傷痕的女孩子，即使隨隨便便嫁了也沒有關係嗎？」

手塚似乎更顯得訝異了。

「作父母的沒想到那麼多啦。他們的口頭禪就是女孩子就要像女孩子，不要做危險的事呀。」

話雖如此，郁不斷回想起小時候。如果當時能夠這麼想，那該有多好？雖然這是父母慣用對女孩子說教的話，但是重新加以思考，確實有發人深省之處。

「手塚你的父母當初有什麼反應呢？」

「妳想，依我們家的環境，他們會反對嗎？」

「哦，說得也是。」

手塚的父親是圖書館協會會長，不可能反對的。

「應該能平安結束吧。」

手塚眺望著在講台上演講的演說者，低聲說道。他一邊交談，同時注意觀察周遭環境。郁對於周遭的環境則不大留神，在這種地方她就完全比不上手塚。或者該說，她原本就沒有什麼地方可以比得上手塚。雖然她口頭上應聲說著「是呀」這些話，但是手塚狠狠地瞪了一眼攻擊她說：「妳心不在焉吧，別想瞞我。」手塚已不再像之前一般會和郁鬥嘴，但仍然一樣嚴格。

不愧是小堂上。正當郁在心中說著手塚的壞話時——

碰！乾燥的破碎音響了起來。接著又連續響起了幾聲。團體中的人群尖叫聲不斷。

「槍聲!?」

郁驚叫著，手塚卻否定了她的判斷。「是沖天炮！」他似乎看到了引火點燃的那一瞬間。

塞在耳裡的無線耳機傳來堂上的聲音：

『笠原，快去逮捕！在妳的後方！』

手塚和笠原立即向後望去，只見越過圖書館前車道的對面，有兩個正在逃離的背影。

彷彿聽到鳴槍起跑，郁反射性地雙腿蹬地，衝過車輛流動空隙，一口氣越過雙線車道跑到對面。逃離的背影衝向轉角。

對手大概是因為轉角可以隱藏身影而鬆了一口氣，如同在慢跑一般，速度減緩了下來。似乎聽到郁的腳步聲而回頭，「哇！」地發出了慘叫聲後，又加速跑了起來。但是，唯一一次的鬆懈就成了他的致命傷。

別小看我這個從事田徑活動十年，就職於戰鬥職種的女人，別想甩開我！

等到郁靠得相當近，才發覺此人身形甚小，差不多只有堂上的高度，甚至比堂上還矮小。由他的身體骨架尚未發育完全來看，原來是小孩子。

「別跑！停下來——！不停下來，我就踹你喔！」

郁這樣發出警告。但不出所料，對方無視於郁的警告繼續奔跑，她看準了其中跑得比較慢的背影發動衝刺，一口氣追了上去。最後將對方撞倒。因為倒下的同時她一心捕捉逃犯，結果兩人一起摔倒在路上。

只要抓住了其中一人就好辦了。逃走的另一個人，只要由被捉住的人招供出他的來頭就行了。但是，先一步逃走的逃犯似乎不忍拋下被逮捕的伙伴，頻頻回頭致使腳步慢了下來。

「站住！」

追上的手塚怒吼道：

「你要拋下他逃走嗎!?」

不愧是男人的聲量，呼喊起來很有魄力。郁心中對自己所沒有的東西渴望了起來，心想：可惡，如果我的聲音有這麼低沉就好了。

手塚的追問似乎命中要害，那位少年徹底停下了腳步。少年的年齡大約是中學生左右。雖然手塚大概只要說一聲：「好，跟我一起回去吧。」就能順利逮捕對方，然而他仍毫不寬容。屈服於威嚇的少年，萬分不情願似地皺起眉頭回到手塚身邊。

郁抓住的那個少年也差不多是中學生的年紀。本來頹喪地屈著身子，但因為手被郁反扣在身後而被迫站直。郁終究不忍對他銬上手銬。於是接通了無線電：

「笠原一士報告堂上二正。我們逮捕到嫌犯，共有兩名。」

『好，幹得好。有沒有受傷？』

「沒有，雙方都平安無事。但是……兩個人都是小孩子。」

不知怎麼著，郁以試探的口氣做的報告，對於堂上來說似乎也很意外，一時回答不出來。

『……妳就走側門回來警備室吧，別太招搖。我這邊的騷動結束之後就會趕過去。』

「知道了。」

切斷無線電，郁望向手塚瞪著他說：

「喂！你在幹嘛呀！」

「我在幹嘛？當然是在捉犯人呀！」

手塚正在回頭過來就範的少年手上，毫不寬容地銬上手銬。少年臉色發青，低頭望著地面。

「這樣做太過分了！放開他吧！」

「為什麼？雖然說是煙火，他可是在以百人為單位的集會上，投下了爆炸物然後逃逸啊！就算是惡作劇也太惡劣了，這是理所當然的處置。」

「他已經完全放棄反擊和逃走了，像你這樣的人只是要帶走垂頭喪氣的小伙子，沒必要這麼大費周章吧!?」

「問題不是這樣吧，不管對手是誰都應該要小心！」

「你說得也許很正確，但是太不盡人情了吧!?」

郁反駁的理論不知哪裡刺痛了手塚，一瞬間手塚的氣焰消了下去。

「堂上教官可沒說，就算是小孩子也不可以寬容哦！」

郁無條件地相信，堂上那個不要引人注目的指示，是他對待孩童的關照。當然，如果他們對小孩上手銬，必然會引起第三者對圖書館的反感，這點可能也被列入考慮。儘可能避免傷害孩子這一點，應該是最優先考量的。這才符合郁心目中堂上的形象。

沒錯，那個男人除了對我之外，對別人都相當溫柔。

「要說起來，如果圖書館傷害小孩子，那不就本末顛倒了。說教就交給長官去處理就好了，我們現在沒有必要特地去攻訐他們吧。」

現代公共圖書館的由來之一，便是母親們為了將書本提供給孩子，而營運的共同文庫。對於繼承了如此角色的現代圖書館而言，服務孩子們便是本分之一。

手塚的表情極為不悅，暫時擺出一副發怒的神情。不久之後，便解下孩子手上的手銬。他像郁一樣把少年的手扭在背後捉住。

側眼看過去，手塚的嘴角向下彎曲——說不定他不是在生氣，而是心裡受到打擊。這種想法湧上郁的心頭，然而因為不知道是什麼對他造成了打擊，所以也只好放著不管。

「來，回去了喔。」

郁對孩子們發出了嚴厲的聲音。雖然沒必要再加以傷害，但這並不代表要放縱他們。

「你們就去接受我那可怕的長官，會把人唸到死的說教吧。我事先告訴你們喔，他可比我們兩個人恐怖一百倍呢！你們幹下的事情，如果是大人的話，可是要銬上手銬的喔！」

「……會把我們抓到警察局嗎？」

郁逮住的少年第一次用生硬的聲音開口。他之所以這麼問，也許是因為手塚拿出手銬的緣故。

「這個嘛……」

雖然郁認為，最多就是說教和聯絡監護人吧。但是郁故意不作回答。他們的行為確實如手塚所說是惡質的惡作劇，因此稍微嚇嚇他們以茲懲戒也好。

回到現場，只見集會的騷動仍舊沸沸揚揚。郁和手塚避開前庭，讓孩子們從側門進入館內。一直沉默不語的手塚進入館內之後，用總算是解放出來的口吻說道：「看你們幹出來的好事！」孩子們低頭咬著嘴唇，但是他們的表情看起來很不服氣，感覺得出他們想要反駁些什麼。

兩人對集中於警備室的隊員說明事情的原委，請他們空出房間，讓兩名孩子坐在椅子上。趁堂上他們來臨前，先問出了兩人的住址以及姓名。原來兩人都是市內中學的二年級學生。郁捉住的是木村悠馬，手塚所捉住的是吉川大河。兩人似乎彼此是朋友。

為了讓他們的情緒平復下來，他們倆姑且端出茶給兩名少年。然而兩人表情僵硬，都不去碰茶杯。不過，看起來也並不特別像是在生悶氣或看開了一切的樣子。其實這兩個孩子看上去都挺認真，聰明俐落。

正因為如此，疑問只是越來越加深了。為什麼要做那種事呢？對孩子進行調查以及說教，到底不是新人所能勝任的。在沉重的氣氛之中，唯有等待長官的到來。不久，從外面傳來蹬蹬蹬地踏在走廊上的腳步聲。

啊，來了——就在郁和手塚相對而望的那一刻，門被粗魯地打開了。

「是哪個小鬼在惡作劇!?」

蹬蹬地走進來的是玄田。跟在後面進入的堂上和小牧，似乎是被叫來做報告的。

「是你們嗎!?在想什麼呀，真是混帳！」

玄田即使在做一般的談話，聽起來都像是怒吼。一揚起聲量更是魄力驚人。如果他真的吼起來，就不是這個樣子了。不過在現在的社會，大人生氣時很少有這樣的魄力，再加上玄田的臉看起來就像是罪犯一樣的嚇人，小孩子們見到了都會害怕。孩子們雖然賭氣拚命裝出不怕玄田的樣子，但是很遺憾地，這些努力都白費了。

或者該說是……「鬼教頭？（註：日文為なまはげ，為秋田縣男鹿市於元月十五日所舉行的傳統慶典中之象徵角色。多由年輕人穿戴蓑衣與鬼面，手持木製菜刀、水桶，並至家家户户拜訪。通常有警惕孩童切勿怠惰之意）」郁不禁低聲說溜了嘴，在她身旁的小牧誇張地摀住了嘴、別過臉。似乎是點到了他的笑穴。

「……妳在這種時候，說這些多餘的話做什麼……！」

堂上原本在斥責郁，但是聲音卻微妙地顫抖。此時手塚也以過於誇張的沉痛表情低著頭，讓人察覺出他是在強忍笑意。看來三個人都被點到笑穴。這個比喻實在是太貼切了。

小牧最後終於忍不住笑意，悄悄離開了室內。堂上則狠狠地敲了一記郁的腦袋。「長官好過分！反對暴力！」「吵死了，在這種狀況下，哪有笨蛋跟著小牧一起笑起來的！」堂上低聲回絕了郁的抗議。郁不禁氣嘟嘟地鼓起臉頰。什麼嘛，自己還不是也笑了，郁心想。

那兩名少年臉色蒼白地接受玄田的怒斥責罵。郁在心裡想著——抱歉了，如果堂上教官比我們兇一百倍的話，那麼玄田隊長就是一千倍了。但現在並不是讓郁向兩名少年道歉的時機。

儘管如此，兩名少年被罵到最後，始終沒有哭泣，這份骨氣令人讚賞——雖然在玄田的說教結束時，兩人眼中都泛著淚光。

小牧也好不容易回到室內，換成堂上坐在少年面前。

「雖然說教的順序比聽取實情原委早了一步，我這就聽你們說吧。」

堂上說著，狠狠地瞪兩名少年。他的樣子和玄田比較起來又另有一番可怕之處，少年們再度縮在一旁。

「在另一邊的團體方面，雖然因為解釋成小孩子的惡作劇而獲得諒解，但原本是必須把你們交給警察的喔。為什麼做出那種事來呢？」

兩名少年都默不作聲。堂上既不粗暴也不寬恕地斥責：「既然都幹了，別以為是小孩子就可以逃避罪刑！」堂上的話似乎引起了反彈。吉川大河抬起了臉和堂上四目相視，雖然在一瞬間還是露出了膽怯的模樣，但他還是開口說：

「不是惡作劇。」

他憤恨地吐出這句話之後，又低下了頭。接著，像是要接續他的話，木村悠馬抬起了頭。

「那是我們針對『兒童健全成長集思會』的抗議行動。」

少年故作大人口吻說話。就彷彿是踮著腳跟穿高跟鞋，因為過高而顯得滑稽，但是大人之中沒有一個人笑得出來。「兒童健全成長集思會」正是今天集會的團體名稱。

木村悠馬和吉川大河表示，兩人是以這個團體為目標而發射了沖天炮。

「怎麼回事？」

面對小牧的問話，木村悠馬精神抖擻地伸直背脊回答道：

「那個團體想要剝奪我們自由的讀書生活啊。」

哇，雞皮疙瘩都起來了！郁感到很不好意思，摩挲著頸部。雖然知道對方正努力地想要和小牧那聽起來像是在對等談話的平淡語氣抗衡，而虛張聲勢。但他出口滿是和年齡不相稱的艱深語句，很明顯地透露出他的裝腔作勢，讓聽的人反而為此感到難為情。

「我們學校的圖書館，因為在購入圖書的選擇上很開明，所以廣受校內學生支持。但是在前些日子的高中生連續殺人事件之後，這個『兒童健全成長集思會』介入圖書館，處理掉了大量的娛樂性書籍。他們處理書本的基準很主觀，根本就不是我們能接受的。」

「說什麼像《荒野的加娜》中的主角持槍很不妥當等等……真的很不講理。」

吉川大河所舉例的書名，是輕小說中的人氣系列之一。那是描寫在有如西部拓荒劇的世界觀舞台中，目標是成為一流槍手的少女，騎著機車旅行並從中成長的故事。武藏野第一圖書館的館藏裡也有這本書，這本書的讀者以兒童等年輕的一輩為主，是借出次數相當頻繁的人氣圖書。

「聽起來，他們還真是歇斯底里發作啊……」

小牧輕輕皺起了眉頭。

「兒童健全成長集思會」贊同教育委員會所提倡的意見，要求武藏野市內的圖書館排除會帶給青少年不良影響的圖書。然而，卻是第一次聽到這樣的事已經在學校圖書館裡被執行。圖書隊並不是很了解學校圖書館的情勢。

學校圖書館的根據是學校圖書館法，他們和以圖書館法為根據的公私立圖書館系統是各自獨立的。也就是說，學校圖書館在圖書館的自由法對象之外，原本就不具備蒐集受管制圖書的權限。雖然有時候會有負責管理圖書的學生或老師以捐贈方式將私人購買的書籍納入館藏。但因這樣的數量佔的比例很小，因此基本上並不被媒體優質化委員會列為檢閱的對象。圖書隊和學校圖書館的交流，一般也都透過日本圖書館協會，除非真的有必要，並不直接進行交流。因為如果粗心大意地和圖書隊往來，反而會遭到優質化特務機關的鎖定。

而大學圖書館則是以自治權對抗公權力，這就又在圖書館法之外了。

「優質化委員會不曾檢閱過那個系列的書吧？」

手塚面對小牧的確認，點了點頭。

「至少應該不曾列入高度優先檢閱的書籍裡。」

手塚似乎將高度優先檢閱的書籍背起來了。對於手塚的優秀，郁雖然有一半是出自嫉妒，不過仍然感到相當佩服。

「現在學校圖書館的書籍受到管制，我們能享受讀書自由的地方只剩下公共圖書館了。『集思會』如果連圖書館的自由都想加以蹂躪，我們絕對不能坐視不管。我們站在孩子的立場抗議『集思會』，認為為了支援圖書館的自由，非得行動不可……」

「你們絞盡腦汁的結果，就是放沖天炮啊。」

堂上以平靜的口吻打斷了少年的話，原本滔滔不絕的木村悠馬一時說不出話來。

「你們這是想支援圖書館的自由嗎，還真是多此一舉。」

哇，毫不留情面呢。雖然事不關己，但是堂上的聲音毫不客氣體貼，一副不耐煩的樣子，連郁聽著都覺得心情惡劣。

一想到要聽堂上的這種聲音，整個背脊都涼了起來。

「我們是想站在圖書館這一邊的呀！對圖書館來說，『集思會』不是敵人嗎？如果他們知道這個會遭到反彈，他們也會稍微收斂一些吧！」

吉川大河以激動的口吻做了反駁。雖然他在被上手銬的時候怕得要命，但現在看來他才是比較強硬的一個。

然而，要對抗堂上則還早得很。

「不表明任何意見和想法，突然襲擊看不順眼的對手，根本就不能算是抗議行動或代表什麼。那單純只能算是騷擾罷了。」

堂上露骨地選擇了騷擾這樣直接的詞彙，讓少年的表情不甘心地扭曲了起來。

「『集思會』依照正規程續舉辦了今天的集會。你們對依照正確程續做事的對手射沖天炮，到底是哪一方看起來比較正派呢？」

堂上在傷口上灑鹽的本領極為高強。訓練期間裡，不知有多少新隊員為他的話痛哭流涕。

「那你要承認『集思會』主張是正確的嗎!?那些人根本只會奪走我們想看的書呀！」

郁被突然喚醒的記憶刺痛她的心，無意識間按著自己的胸口。她想起了藏著書的外套被強行拉開，想起書被搶走時的憤恨以及鬱悶——這些孩子也懂得想看的書被奪走的痛楚。

要靠孩子們的零用錢來網羅他們想看的書籍，畢竟是不可能的事情。學校圖書館本來就應該是提供孩子們想閱讀書籍的書櫃。木村悠馬說圖書館的選書受到學生支持，所以他們學校的方針一定是不以大人立場做多餘干涉，依照學生閱讀的需求來進書的吧。不問有何種意義和價值，單純以對孩子來說有趣、有吸引力來進書。這樣的胸襟就學校圖書館來說，是很寶貴的存在。然而對於想要強求孩子看書的大人來說，就不是那麼理想了。讓孩子們去讀具備應讀意義、應讀價值的書，孩子們應該從閱讀中學習——「集思會」的主張簡單來說便是如此。

為什麼大人不允許孩子單純享受看書的樂趣呢？明明大人們自己也只是為了有趣才看書。

吉川大河瞪著堂上，似乎是不分青紅皂白地要將他的焦慮，對想要管制讀書行為的大人發洩。

這樣的眼神讓郁感到膽怯，然而堂上卻不為所動。

「至少，『集思會』在做法上壓倒性地正確。依照正確程序所主張的意見能夠得到支持，會被認為是遵守規範的人所做的主張。大人們會依循正規程序，就是為了讓自己的主張有所依據。但你們的做法又是如何呢？」

為了抗議管制看書自由的「集思會」，所以對他們的集會發射了沖天炮——聽到這件事的人，能正確理解到這個主張嗎？

如果被如此問及，答案只有否定。少年們不做回答，低頭咬著嘴唇。他們的耳朵都紅了，不知是因為不甘心還是感到羞愧。

「要主張看書的自由，做的卻是亂射沖天炮的勾當。這只會白白讓對手抓到把柄。他們會說：如果讓孩子們享受自由，只會培養出他們訴諸暴力的武斷判斷。就算沒有這件事，那位高中生連續殺人犯的讀書傾向，正被大眾拿出來議論紛紛呢。」

「可是……！」

木村悠馬按住了想要挺身反駁的吉川大河。

「不要再繼續反駁下去了。我們就結果上來說，不過是在扯人家後腿罷了。就乾脆認輸吧。」

雖然這不是輸贏的問題，但是當事人之間正經八百地談論，不容外人置喙。郁煩躁地帶著微妙的表情別過視線。手塚完全是一副驚訝的表情，小牧則是以微笑的表情相對。

「真的很抱歉。有沒有什麼事情，是我們現在可以去彌補的？」

面對木村悠馬真誠的詢問，堂上此時好像也坐立難安似的擺出一副苦瓜臉。

「夠了……」

原本或許是打算叫他們什麼也不用做，乖乖待在那裡就好。然而一個渾厚的聲音搶去了要繼續說下去的話。

「這份氣概值得嘉許！」

說這句話的人當然是玄田，堂上吃了一驚朝他望去。他到底打算說什麼？玄田彷彿沒有察覺似地、無視於堂上直率的責怪視線，轉而面對少年們。

「我來教你們大人的爭吵方法吧！」

「隊長！」

堂上終於插嘴制止，然而玄田是不會因此停止下來的。

「你們試著出席『集思會』和圖書館的研討會吧。」

「你們不用出席！」

堂上向著少年們發了脾氣。但是少年們的興致已被挑動起來，閃爍著雙眼。

「裝那副表情也沒有用！沒有你們可以參加的餘地！」

「決定這件事的應該不是你吧，堂上。」

「也不應該是隊長吧！」

「但是我擁有面對司令的直接交涉權！」

「根本就是濫用職權！您再怎麼得意也不能這樣！」

哇，為什麼這個人和隊長的辯論會這麼好玩呢？郁拚命忍住笑意，而在一旁，小牧一副達觀的樣子低語道：「反正又不可能講得贏隊長。」

在兩星期後的十月中旬預定開辦的「圖書館自我管制研討會」，是他們向武藏野第一圖書館提出申請的研討會。

教育委員會所推薦的「對未成年人的強化管制」，針對對象是東京都會區所有的圖書館。然而因「集思會」成員來自武藏野市內的家長會之故，要求也限定在武藏野市內。因此將第一圖書館視為市立圖書館的代表，並提出申請。

議題中，預定針對讀書帶給未成年人的影響、對未成年人進行借書管制、圖書館選購圖書的自主管制等加以討論。對方似乎打算把會議記錄發布給市內的家長會，作為尋求支持的根據。而圖書館方面則希望藉著這次的研討會，封殺「集思會」。

研討會會場在武藏野第一圖書館合併設置的大講堂，參加的人數預定有一百二十名，是個規模相當大的研討會。由於將直接與強化管制派的市民團體對決，圖書館原則派為了準備正面迎戰，個個傾全力忙碌不已。就算沒有研討會，館內也存在著攀附當權者的行政派勢力，因此同時進行壓制行政派的工作。

圖書特殊部隊也理所當然擔負起研討會上警備工作的主力，正全力規劃警備計畫。

「要把少年扔進殺氣騰騰的研討會裡？你們長官還真是不改胡搞的作風啊。」

郁回到宿舍，此時柴崎已經知道了整件事情經過，連細節都一清二楚。柴崎的神通廣大畢竟不是第一次，郁習慣了也就不覺得特別驚訝。

「真是不得了，堂上教官和玄田隊長幹上了耶。」

郁一邊穿上家居服一邊回想，同時笑了起來。

「放走少年們之後，兩人吵架吵了好久。不過玄田隊長根本不奉陪，所以堂上教官就像在唱獨腳戲一樣。」

「哇，可以想像得出來哩。他這種得不到回報的糊塗認真個性也好迷人喔。」

「這根本就不算是稱讚，我完全沒有在稱讚他。妳真的是他的粉絲嗎？」

「這就先擱在一邊囉。」

郁做了反駁，叫柴崎別打馬虎眼，柴崎絲毫不予理會。

「我能了解堂上教官的心情啊。本來準備主辦研討會的時間就很少了，還要加入預定之外的要素。這樣一來，原本就亂七八糟的安排更加紊亂了。而且他在這種狀況之下，又是最吃虧的角色。」

玄田決定了大概的計畫之後，就整個交給堂上處理，沒有其他隊員會想要代替堂上站在他所處的立場。

「他就是因為什麼都會一點，所以才吃虧啊。」

「即然如此，妳身為他的粉絲，難道沒有其他的話好說嗎？」

被入隊才第一年的新人批評為什麼都會一點，堂上也等於失了立場。但是柴崎卻一副掃興的模樣認為「只要不讓本人聽到就行了」。

「說起來，妳也算是他的部下，所以不可能沒有影響。不過，至少別扯他的後腿啊。」

郁板起了臉。心想：就算是說謊也好，妳就不能先替我擔心一下嗎？

「那傢伙簡直就像是狗一樣呢。」

手塚的說詞相當唐突。堂上聽著，露出一臉驚訝的表情。他和小牧不時會在房間裡邊聊天邊喝點小酒，最近手塚也加入了陣容。

「你在說什麼啊，沒頭沒腦的這麼一句。」

手塚並沒有提姓名，但是因為他們都理解到在說誰，所以故意忽略不問。

「那傢伙今天簡直就像獵犬一樣呢，被堂上二正指示要她追過去的時候，一股腦的跑得好快。」

「哦，我懂。」小牧點點頭。「就像賽特獵犬或短毛獵犬那種感覺吧。彷彿那雙腿就是牠們的命一樣。」

「我還是第一次跑輸女生呢。」

手塚發著牢騷，最近他已經不在堂上他們面前自稱「本人」了。和郁發生衝突的次數也減少，感覺上固執的個性似乎有了些許軟化。這樣的變化應該是受到郁的影響吧。

「那傢伙在跑步的速度上，超越了一般女生的水準呀。」

「只是這樣嗎？」

手塚一邊說著，一口口喝著罐裝啤酒，然後皺起臉。啤酒罐似乎空了。

「你想說什麼？」

「您當時只命令笠原去抓人吧，雖然我也在場。」

手塚儘管想要隱瞞他的情緒，但內心的不愉快表露無遺。自己雖然不記得那一瞬間的指示說了什麼，但既然聽的一方這麼說，應該就是這樣吧。堂上心想。

「反正是在一起，呼叫其中一人，事情就能解決了吧。」

「一瞬間要叫人的話，您選擇的不是我、而是笠原？」

手塚的聲音聽起來更加不愉快。堂上一時無話可說，他有預感會被追問到當下究竟叫了誰，還有其理由為何？

「因為是一剎那之間，所以叫了比較好叫的人吧。堂上已經習慣向笠原小姐大聲吼叫了嘛。」

小牧從旁幫腔。

「並不是比較信賴笠原小姐才叫她的吧。」

堂上曖昧地點了點頭，暫且先接受小牧的好意幫忙。手塚低語道：「是這樣嗎？」站起身來。他的腳步看來並沒有醉意，所以似乎不是借酒裝瘋。

「我去買酒。」

手塚走出房間之後，小牧笑著說：「你欠我一個人情。」

「手塚這個人啊，不知道該說是優點還是缺點，他的自我意識很強烈呢。」

「你覺不覺得他受到笠原影響，變得比較小孩子氣？」

堂上被他出乎意料之外的追問搞得心煩氣躁，說話的口吻不禁像是在發牢騷一般。

「不過我倒覺得他變得虛心誠懇多了。以前連意識到笠原小姐的事都不肯承認，最近倒是處得滿好的。」

這是當然的啦，手塚甚至還問了郁要不要和他交往呢。不過這件事因為不知道手塚是否曾經向小牧提過，堂上於是並未說出口。之後兩人似乎沒有在交往的樣子，但也許是刻意隱瞞，或者還在「交涉當中」。因此堂上決定不再多說些什麼。

多餘的事情就不要去多想。

「把她比喻成狗，倒是很妙的比喻啊。」

小牧低語道，雖然郁聽了可能會生氣。

「狗只要看尾巴就能了解一切，像是到底在想什麼。與其說她那麼直率，讓人不得不去習慣，不如說是不去習慣就會忍無可忍啊。」

你對這些有什麼感想呢？學會拐彎抹角說話的堂上先生。由於小牧很明顯地是在開他的玩笑，因此堂上並不搭理。

「明天還請多加油啊，老師。畢竟你要帶著三個小孩。」

這傢伙在當事人不在的場合下，講話還真是肆無忌憚呀。堂上一邊訝異地想著，邊將罐裝啤酒一飲而盡。

*

「他們就是用沖天炮惡作劇的孩子們。」

堂上讓木村悠馬和吉川大河坐在自己和郁之間，示意兩名少年低下頭來。坐在正對面的是「兒童健全成長集思會」的會長。是個比起豐滿要更重量級一點的中年女性。

她因為集會或遊行來過圖書館好幾次，郁對她也有印象。是那種熱心於教育的媽媽型人物。

玄田教的第一步，便是要他們針對沖天炮的事情向「集思會」謝罪。玄田笑著說道：「名為大人的爭吵必殺法之其一，先處理自己的弱點。」至於剩下的，當然是一整個交給堂上。

如果是我出面，就分不清是在道歉或是威嚇了——玄田以這句話為擋箭牌，實在讓人沒有反駁的空間。那麼找小牧吧——他則以「像堂上這等硬漢出面，那些人才會服氣」為理由，巧妙地逃開了。

帶郁一同出席，也是玄田的指示。他的理由是有女人在，場面氣氛會比較和緩。手塚對此懷疑地說：「帶這種武鬥派的傢伙出面，真的會有效果嗎？」老實說，實在是干他屁事。

在造訪離圖書隊有一個車站距離的三鷹「集思會」事務所之前，堂上下了個命令要郁別說話。他怕郁會禍從口出，對她做的警戒還更甚於少年們。「那帶柴崎來不就行了。如果是她，不管被扔到哪裡都能從容應對。」郁生氣地說著。堂上則冷淡地回應：「妳只要閉上嘴巴就能勝任的工作，怎麼能增添其他部屬多餘的負擔！」

堂上命令郁畢恭畢敬地行動，郁依照指示，進入事務所之後一直規規矩矩跟在身旁。堂上自顧自地擅自開啟話題：

「孩子們也做了反省，表示無論如何都想道歉……」

堂上向孩子們的方向探過頭去，悠馬和大河像是經過訓練的動物一般，一齊低頭說道：

「真的很抱歉！」

兩人看起來都是態度誠實、認真的孩子。一開始情緒不佳的會長，表情也稍見緩和。

「這個嘛……說起來只是孩子做出來的事，幸虧沒有傷亡出現，我們也不會小題大作的。但我認為還是需要稍加輔導。」

「我正要提這件事……」

堂上立即提議。

「我們與兩人的雙親及學校聯絡商量後，談到兼顧反省之意，決定讓他們從事社會學習。」

這是真的。昨天玄田找來了少年的雙親和校方，討論出結果。

「我們討論的結果，就讓學生組成讀書會來參與這次的研討會。讓這兩位少年擔任負責人。希望他們透過研討會，針對圖書館問題自發性地學習，讓他們了解到社會活動的意義及其責任。我們認為比起膚淺的悔過書或禁足，這樣反而能促進孩子們的自律以及成長。」

說這番話的是典型的耿直人士，所以效果更是倍增。意義啦、責任啦、成長什麼的，堂上大肆運用了這個團體所喜歡的語彙。

「這倒是很有意義的嘗試啊。」

會長悠然地點了點頭。然後，她探身向悠馬和大河說：

「要站在負責任的立場，不可以半途而廢哦。」

兩人齊聲回答似乎讓會長感到甚為滿意。要回去的時候，她以一副和來時全然不同的好心情送他們離開。

在離開事務所回去的途中，四人泡在三鷹站前的咖啡廳，堂上以嚴肅可怕的表情瞪著少年。

「這樣一來，要退縮已經來不及了。事到如今才要當牆頭草的話，我會揍你們哦。」

玄田的計畫已經開始執行了，如果孩子們逃走，圖書館的面子就全毀了。更進一步來說，將預定之外的安排硬是插進來的圖書特殊部隊——也就是圖書館原則派的立場也會蕩然無存。

「我們不會放棄的。」

大河以一副好心情啜著柳橙汁。

「接下來是大人的爭吵必殺法之其二。」

玄田所說的必殺法之其二是「人多力量大」。雖然說得過於直率了些，但他表示：「只要人數一多，意見就能變得有價值了起來。」他指示兩人，要他們召集反對圖書管制的學生，組成讀書會的樣子給大家看。姑且就湊合人數，取個讀書會的名字，就算只是臨時組成的也會有模有樣——諸如此類，玄田越說越露骨。而他的坦率對於孩子們而言，似乎讓他們感到很新鮮。一開始畏懼他的事情彷彿就像騙人的一樣，他們都暱稱玄田為「隊長」。

「可以預計贊同學生的人數會相當多喔。」

悠馬得意洋洋地開口，他在冰咖啡裡加入了各雙份的糖水和牛奶，冰咖啡早已和冰咖啡歐蕾沒什麼兩樣。

「對於圖書管制懷著不滿想法的學生，除了我們之外還有很多人。只不過因為面對『集思會』沒有得以發言的管道，所以才默不作聲罷了。追求讀書自由的學生才毋寧說是多數。我聽說其他學校也對這件事怨氣未消，如果彼此透過學生會合作，或許就能夠串連起來了。」

也許是因為幹勁十足，少年說起話來滔滔不絕。

「能夠發動學生會嗎？」

對方的依然做作讓郁有點吃不消，但還是向少年詢問。這時大河從旁做了回答：

「這傢伙是學生會的人哦。現在是二年級，所以還只是擔任書記，在明年的學生會選舉裡，他可是會長候選人呢。」

「什麼!?」

「妳幹嘛這麼驚訝啊?」悠馬不愉快地皺起了眉頭。「不不,我不是這個意思……」郁搪塞地說著,啜了自己所點的紅茶。悠馬的自尊心看起來相當高,郁對他實在說不出口——你這樣的言行舉止,多虧你還能尋求同學支持,得以當選呢。

「沒有太多時間了,和其他學校的合作以連署協力就夠了。關於讀書會,在自己的學校裡辦妥比較好。」

「我知道。時間上來說相當吃緊,如果將範圍弄得太廣,組織失敗就得不償失了。在這方面我會小心謹慎的。」

他們一邊聊著,一邊喝光了飲料,悠馬和大河開始有些坐立不安。

「我們的時間不多,能不能就談到這裡?我們想要快點聯絡大家。」

堂上點點頭,隨後說道:「要遵從玄田隊長的指示。」

「我知道。」正要從座位起身的悠馬回答:

「因為遵守指揮系統是戰略的基本。」

所以說,那個戰略什麼的又怎樣啊!他裝腔作勢的說法讓郁心煩,她稍稍挪動了身體。

「那麼就失陪了,再聯絡。」

悠馬低頭打招呼,若無其事地拿起帳單。堂上阻止了他說:「把帳單放著吧。」悠馬卻泛起自以為大人模樣的微笑說:

「這攤由我來付吧。我母親說因為給你們造成困擾，別讓你們請客。她還特別交給我餐飲費，請別擔心。」

這成了致命一擊。孩子們起身離開後，郁整個人垮了下來垂頭喪氣。她窺探著一副事不關己似地坐在對面的堂上。

「堂上教官，您不會受不了他們嗎？」

「當然是很煩啦。」

雖然堂上立即做了回答，但是他的樣子看上去並沒有受到多少打擊。

「我每次聽著悠馬的話，就覺得煩到快要爆了。那傢伙真的很誇張耶。」

「託妳的福，我已經習慣了。」

郁不明白為什麼是託她的福，而露出訝異的表情。而堂上卻不領情的樣子放話說道：

「妳心目中的王子大概也很心煩吧。」

「哇————！」

郁彷彿要消除堂上的聲音似的大聲喊叫，碰碰敲打著桌面。「妳白痴呀！」堂上慌忙制止了郁。對於周圍人們的白眼，縮著脖子連忙表示歉意。至於郁則絲毫沒有在乎周遭人事的餘地。

「好過分，故意舊事重提！根本就是性騷擾嘛！」

「別在這裡大聲嚷嚷這種會讓人誤會的話！」

堂上打從心底焦急的樣子，讓郁又稍稍有了些把握。對了，這樣做就能贏過他了——她又再稍微施加了壓力。

「這樣說起人家會感到害羞的事情，根本就是性騷擾嘛！」

「妳說性騷擾是故意的吧，我不想聽。」

不愧是堂上，能夠快速地重整陣腳。郁被斷絕了反擊的機會，不禁嘖了一聲。一旦重整旗鼓，自己所痛恨被提起的事又再度被確認了一次。

「請你早點忘了那件事吧，那件事對我來說可以說是這一生中的污點。」

「不用擔心，除了那件事之外，妳的存在整體上來說都很丟臉。」

「哇，說話簡直像柴崎一樣！真叫人生氣！」

郁嘴裡吐出這些話，然後忽然想起跟此事有關的爆點。

「對了，我聽說柴崎向您做了告白？」

話一出口，果然堂上一瞬間變得僵硬，看來很準確地說中了他的心事。

「您為什麼拒絕她呢？那傢伙性格上雖然有點差勁，但還算是個不錯的女人呀。」

「和妳無關吧。」

對於堂上甩開追問的口吻——為什麼呢？我為什麼會覺得受到打擊呢？對於自己似乎受到傷害，郁感到動搖不已。

「……和我不能說是沒有任何關係呀，而且柴崎也算是我的朋友。」

「那妳就去問柴崎問到妳高興為止吧。我要和誰交往或拒絕誰，關妳什麼事！」

哇，好兇喔。或者該說為什麼這麼兇啊！郁心想。

「我也沒對你們談戀愛的事情插嘴，或是多管閒事吧？」

堂上把話題突然扯到不相干的事上，郁的內心更加動搖。你說的「你們談戀愛」是在說誰啊？我和誰談戀愛啊？

「我的確不清楚你們有沒有在交往啦——妳和手塚啊。」

「才不是這樣！」

也許是郁反駁的氣勢強勁，堂上似乎被她的氣勢所壓倒。

「那是手塚那個笨蛋，武斷犯下的單純錯誤！因為教官對他說該和我打成一片，所以就算他內心並不喜歡我，也嘗試著在形式上和我交往呢！我為了這件事，真不知道困擾了多久！」

「……說不定手塚比想像中要笨得多了？」

「長官對那種笨蛋做那麼輕率的唆使，我還真想追究長官的責任呢！不要把不通人情的笨蛋，導引到多餘的方向上好嗎！」

面對怒氣沖沖的郁，堂上不禁感到畏懼。也不用把他說成這樣吧——他尷尬地幫手塚說話：

「如果交往之後，大概就會發現他並沒有妳想像中的那麼差勁喔。」

「不好意思，本小姐理想高得很，像手塚那種人實在是不合我的胃口。」

把手塚說成是「像那種人」？堂上的表情顯得很訝異。

「不管怎麼說，我高三的時候可是遇到過王子的。」

郁一半是出自自虐，將「王子」這個語彙掛在嘴上。她看開了，認為一旦習慣丟臉就贏了。

「手塚根本就比不上他，他真的是酷斃了。」

郁只要說到關於當時圖書隊員的事，就能滔滔不絕說個不停。

「在我和優質化隊員僵持不下、沒有任何人幫得上我的時候，那個人就像正義的化身一樣出現救了我。他運用受保護權限取回了被沒收的書，卻又表示反正有幾本是要還回去的，把被沒收走的書還給我呢。」

「擅自宣布受保護圖書是違反規定的。」

堂上臭著一張臉說出了這句話。什麼嘛，規定……規定地，簡直就像是手塚一樣！郁嘟起了嘴。

「但是你不覺得他處理得很酷嗎？人長得帥再加上溫柔體貼，真是最佳的圖書隊員啊。不通人情的某人實在是差遠了。」

她說著，想起了警備實習時的騷動。雖然她並不太願意想起自己犯下的不堪往事——被優質化隊員指出保護權限所在。

「而且在我和優質化隊員發生衝突的時候，堂上教官不也叫我把書籍還給那孩子嗎？」

堂上露骨地擺出不悅的表情。他整張臉就像是在說：不要回想起這些多餘的事。因為能抓到堂上不常有的小辮子，這份樂趣讓郁毫不客氣地轉而攻擊堂上。

「教官遇到同樣的狀況，不也傾向於做同樣的處理嗎？」

「因為對象是小孩子，所以做特別處理！而且追根究柢說來，並不是我擅自濫用保護權限，我只是在替身為一士、卻擅自做保護的笨蛋處理善後！」

這句話就命中郁的痛處了。可是也不必特意地舊事重提吧——郁生起悶氣來。

「如果是我，就不會像那名圖書隊員在任務時擅自濫用權限。所以我不可能和那傢伙陷入同樣的狀況。」堂上固執地下了結論，狠狠瞪了郁一眼。「要不是白痴部下擅自造成那種狀況……」

這麼說的意思，也就是只要部下先造成了不得已的狀況，他就會稍做通融囉？郁不發一語將內心擅自領悟到的事情，小心翼翼地收在心底。這可是王牌。

「如果是您正好遇上身為高中生的我被沒收手邊書籍的現場，您也不會幫我嗎？」

雖然郁試著窮追不捨地追問堂上，他卻立即回答：「不幫。」但他的話中明顯帶著賭氣的意味。

「追本溯源，就是那傢伙擅自讓妳這個單細胞動物看到那樣的處置，所以妳也才會傻傻地學他的舉動。再說，如果這種話題被當作美事一樁而傳出去，原本不該去插手的正確處置，反而會遭到責難。對其他認真的圖書隊員來說，將造成麻煩。」

雖然他的言論再正確不過，但他的用詞似乎故意選用辛辣的語彙。郁胡亂做了反彈。當然也許會有那些問題，但她相信還是有很多人贊同那名圖書隊員的處置。

因為大家不都是想要保護書籍，才成為圖書隊員的嗎？而且──

「可是，如果當時在那間書店的是堂上教官，我才不會想要成為圖書隊員呢！」

郁向堂上說出了她所能想到最激烈的諷刺，完全是以牙還牙說著傷人的話，不過在她脫口而出的一瞬間，她卻感到畏懼。因為堂上表現出彷彿被摑了一巴掌的表情。

嗄，為什麼呢？為什麼顯出那麼受傷害的表情呢？明明就是你自己先挑釁的呀。再三將我心目中的王子貶得一文不值的，就是你啊。

郁感到腦中有股炙熱的血流衝了上來，讓她極為混亂，反而停不下話來。

「我是因為遇上那個人，才會想要成為圖書隊員的。我也想像那個人一樣保護書籍。看到那個人，任何一個喜歡書的孩子一定都會那麼想的。但是看著堂上教官和其他認真的圖書隊員，並不會讓人也想成為圖書隊員。目睹書籍從孩子手中被沒收，卻視而不見的圖書隊員根本就不酷，也不會讓人心生憧憬，更不會喜歡上他。」

說得太過頭了。自己雖然也知道這點，卻停不下來。

然後，偶然衝口而出的「喜歡」這句話，加速了情緒上的紛亂。

「雖然在五年前就只遇過那麼一次，但是我到今天都還是對那個人懷著憧憬和尊敬，我喜歡那個人。我希望將來有一天能遇到他，如果遇見了他，我要對他說：『我是追隨你才會到這裡來的。』雖然教官把他貶得一文不值，但如果是教官，會擁有讓人追到這裡來的魅力嗎？」

明明堂上教官也會幫助我或教導我、支撐著我，但是為什麼不能像那個人一樣呢？既然會讓我想要超越，卻為什麼不能和那個人相提並論呢？

如果這兩個人不在同一個方向，是不可能同時朝兩個目標追趕的啊。

「請不要詆毀那個人。」

我也想追趕在你之後呀——這句話郁始終沒有說出口。只見堂上將桌上的紙巾遞到她面前，她才發現自己已是淚眼朦朧。

「是我不對，我不會再說了。不要哭了。」

郁聽著簡直像三段式演繹推理法一般的道歉，用紙巾使勁地擤了鼻涕。堂上不禁嘀咕，所以就是不可以借妳手帕啊。那還真不好意思哦——她還沒有從號泣中平復到可以說這句話的餘裕。

女性在面前哭成這個樣子，周圍的眼光應該是和先前無從比較地冰冷。然而堂上似乎無言地寬恕著郁該道歉的這件事。

就這點來說他的確很體貼。

郁暫時承蒙他的好意擤了擤鼻涕。等到平靜下來時，堂上開口了：

「給妳一個忠告。」

因為聲音還是哽咽的，郁只以視線窺探堂上的話。堂上冷淡地繼續說：

「關於悠馬的事，最好不要說什麼讓人受不了什麼的話。妳和他比起來還更勝一籌呢。像剛才的獨腳戲就是。」

郁不發一語在桌上趴了下來。

等哭過的眼睛回復原貌，她返回圖書基地，為了向玄田報告而出現在特殊部隊辦公室。只見玄田正在和來賓應酬。郁瞥了一眼，來賓是一位和玄田差不多年紀的女性。因為沒有使用會客室，可見是不用特別招呼的來賓。不過郁並沒有向來賓打招呼，逕自回到座位上。

一時之間，郁忙著寫日誌和處理雜事。突然有個陌生的聲音呼喚她：

「笠原小姐？」

她回過頭去，突如其來的閃光燈閃了起來。由於突然刺眼極了，郁不禁別過了臉。此時椅子發出因有人站立起來而造成的激烈聲響。

「堂上，她是我的舊識。不用擔心。」

暈眩的視線恢復之後，只見堂上以驚險的表情半立著。剛才的那位女性來賓手持單眼數位相機，笑吟吟地站在郁的面前。雖然她穿著一件俗氣的攝影師夾克，看起來卻很洗練，人長得相當漂亮。柴崎如果到了中年，可能就是這副樣貌吧？郁心想。

「因為聽說圖書隊出了有史以來第一位女性特殊防衛員，我還以為是像熊一樣魁梧的女生呢。沒想到卻出乎意料之外的可愛，真是嚇了我一跳。」

「請問，為什麼要照相呢？」

郁毫不掩飾警戒心地詢問她，這名女性則從許多口袋中的一個取出名片夾，遞給郁一張名片。在右上方印著雜誌名稱，是市面上兩大週刊之一，名片印著「週刊新世相　編輯部主任　折口瑪姬」。

折口瑪姬以液晶畫面確認了剛才照下來的照片，自言自語道：「拍得還不賴。」

「再照一張吧？」她說。

折口準備再照一張，郁不禁想要避開鏡頭。此時，堂上介入其中。雖然堂上比郁身形矮小得多，但是他對坐著的郁而言，也足以當作擋箭牌。郁託他的福躲在背後。

「這傢伙不方便露臉，請把剛才的照片檔案也刪除吧。」

郁不禁抬起頭看向堂上。不方便露臉——堂上似乎替郁顧慮到她的雙親。

「喂，我沒有允許妳採訪喔。」

玄田也悠然制止折口，向她走了過來。折口嘖了一聲，操作著相機。

「好不容易可以有漂亮的畫面！」

被這麼一說，郁的感覺還不壞。但既然是兩大週刊之一，不免有被雙親發覺之虞。在鄉下，情報傳播之快非比尋常，即使是朋友的朋友的朋友……這樣的關係，看到相關新聞照片時，情報也會確實傳到郁的家裡。

「隊長，這位是……」

追問玄田的堂上，即使是在收到折口遞給他的名片後，依舊板著一張臉。他對部下的責任感之強，在這種時候就顯得很可靠。

「她是我大學以來的伙伴，我可以保證她的人格。如同名片上所印的，她是『新世相』的記者。她想要站在反對強化管制的立場做報導，所以決定請她寫關於這次研討會的事情。」

「是玄田你硬要我寫這方面的題材吧。」

折口表現出不滿的情緒，嘟起了嘴。

「小孩子參加研討會得到社會經驗——這種溫馨題材，說真的，和我們家的調性不合呀。」

「只要適當加以報導，就算被嚴厲批判也矇混得過去吧。自己滿口答應的，別事到如今才在那裡抱怨啊。妳本來就有這個打算吧。」

聽著他們輕鬆的對話往來，彼此似乎是極為熟識的對象。

「當然啦，我個人是想寫關於女性加入特殊部隊的題材就是了……」

折口一邊說，看著堂上笑了起來。

「開玩笑的啦。看門犬這麼兇惡，這次就算了。」

被稱為看門犬，堂上的表情頗為不平。雖然是別人的事，郁的心涼了半截。即使知道是在開玩笑，竟將堂上比做是看門犬，這點郁就實在無法仿效她。

「好了，那麼你所說的孩子們在哪裡？」

因為堂上板著臉不答，郁一邊窺探著他的臉色代為回答說：

「他們今天已經回去了，聽說要集合讀書會的成員。」

「哦哦，他們倒是挺有幹勁的。」

玄田顯得心滿意足。折口似乎因為沒達到採訪目的而苦著一張臉，但是她仍隨機應變切換了想法：「好吧，我會先著手從周邊狀況開始採訪。」

郁和堂上則向玄田報告少年們謝罪的經過，然後加入了遊行隊伍的警備工作。

＊

從隔天的禮拜一開始，公共大樓的一間講堂被開放給孩子們作為讀書會的集會場所。

郁在館內警備工作的空檔中，去看看下課後來到這裡的孩子們。只見包括悠馬和大河，聚集了十多人。僅僅一天的時間裡，能夠聚集這麼多人，動員力實在驚人。

由悠馬擔任議長的讀書會中，似乎在商討有關要在市內中學發放的問卷設計內容。他們一邊商量，悠馬一邊在白板上以條列式寫了些什麼。不愧是在學生會擔任書記工作，他的字工整易讀。

在房間的一角也看得到折口，她正在進行採訪。郁心想，如果被她發現，有可能會被她纏上，因此僅從折口看不見的死角，觀望室內的樣子。

「以上是我所想出來的問卷草案。我覺得設問的最低限度需要這些內容。你們認為呢？」

「咦，可是你不覺得問題多了點嗎？有二十個問題耶。」

面對提出反對意見的女孩子，悠馬的表情一時顯得不快。他說道：

「過度省略發問，會淡化問題的本質。」

「相反吧？毫無意義地多問問題，反而會模糊了焦點。統計上也會變得很麻煩。最多問十題就差不多了吧？」

以此為開端，兩人開始了爭辯。

「像你喜歡什麼書，這沒有必要去問吧。」

「為了向『集思會』對學生的讀書傾向做說明，這是必要的。」

「可是沒辦法完全統計出來呀，到研討會只剩兩個星期呢。」

「可是作為資料，應該說明孩子們想看的是哪些書吧。」

「就算說了書名，反正大人們又不會了解！除非是名作系列。」

「對排行比較前面的書籍，加以簡單的說明就可以了。」

「所以我才說做這種事根本就是毫無意義。這樣做要花很大的功夫，可是看資料的對方頂多只會『哼』一聲就帶過了。」

看來悠馬居於劣勢。

「思考關於統計上所花費的時間，問題少一點絕對比較好！」

「而且木村，論述形式的問題太多了。叫人家怎麼彙整嘛？」

「要求要做問卷的人還嫌麻煩，這是怎樣！」

「可是實際上時間根本就不夠嘛！你懂不懂什麼叫現實啊!?」

現實主義者和理想主義者起了大衝突。有如中學生的青春寫照啊——正當郁微笑著守護他們的當下，講台上的悠馬將坐在講堂後方的折口捲入紛爭裡。

「記者小姐，您覺得誰說的比較正確!?」

哇，真是小孩子氣。郁不禁苦笑了起來。他們偏離了主題，論點聚焦在誰勝誰敗。

「咦，這種事情外人不該插嘴吧？」

折口以開玩笑似的口吻回答他，但似乎也沒有斷然拒絕的意思。

「我覺得你們雙方都各有道理，你們就不能各取所長嗎？」

對於折口的提案，悠馬露出不愉快的神情。也許是因為他的意識都集中在勝負之上，所以對於折口沒有做明確的裁決感到不滿。

「我給你們一個提示。這份問卷對你們來說具有重大意義，但是回答問卷的人並沒有義務把它想成和你們一樣重要喔。」

折口指出的本質，讓悠馬實在難以接受。

「但是，這是為了堅守自己權利的戰鬥呀。的確是由我們代為爭取，但是這件事對其他學生來說，應該也是息息相關。大家都應該把它當作是自己的問題來思考，而且也該幫忙解決才是。」

「嗯，你這番言論的確很正確，但是正確的言論可是很煩人的喔。」

郁在走廊竊聽室內的對話，感到心驚膽跳。她想，對手是孩子，可以說得這麼坦白嗎？悠馬這時站在講台上，似乎受到傷害而表情呆滯。折口的理論無論是好是壞，對於純真的孩子們來說，聽起來只像是在落井下石。那些原本和悠馬對立的女生們的表情，也蕩漾著些微不安。

「要叫那些覺得麻煩的人別這麼想，是徒勞無功的事。而且一定會存在懶得幫忙的人喲。與其抱怨人家應該要出力，去思考如何讓不想出力的人幫助你的方法，不是較有建設性得多了？對非親非故的別人有所要求時，抱持著安逸的想法：『他們該協助我』或者『會協助我吧』的傢伙，絕對會失敗的。要得到別人的協助，不該只做期待或要求，而是要巧妙地引導對方才是喔。」

折口的聲音雖然平和，道理卻一貫而嚴厲。不只是悠馬，其他的孩子們也被說得垂頭喪氣了起來。大概是折口指出其他學校並不一定會幫忙、接納他們，潑了他們冷水。

但是悠馬，你要去發覺到啊。郁在外頭焦慮地窺探。

仔細聽她的話吧，玄田隊長所說的「大人的爭吵」，正是和她用同樣的理論運作。郁在想這些事情的時候，忽地發覺到一件事。雖然在一起猶如美女與野獸，玄田和折口真的很像。特別是撇開細節什麼事情都坦率直爽的部分，簡直一模一樣。

郁聽說兩人是從學生時代以來的朋友，真的只是這樣嗎？她心中聽八卦、看熱鬧的心理不禁被撩撥起來。如果是柴崎，可能會積極蒐集情報，但是郁沒有她的好興致。

雖然郁心中掛念著孩子們討論的結果，但總不能一直在旁竊聽。她悄悄地邁開步伐離開那裡。

當郁走下樓梯的當口，遇上了大河，他提著看起來很重的超商袋子。您好——大河一臉無憂無慮地向她打招呼。

「你怎麼在這裡？大家都在討論呢。」

「哦，我不大擅長跟人家討論。我沒辦法清楚表達自己的意見，覺得好麻煩。所以就想說來打雜，剛剛才去買果汁回來。我能做的只有這些啦。」

「這樣啊……」

郁不怎麼在乎地點點頭，忽然靈光一現。

「……不，你幫得上忙的。現在對大家來說，你才是他們需要的人喲。」

郁拉著大河的手，回到孩子們的會議室。

悠馬此時完全束手無策。

折口只說了她想說的，便站起來走掉了。而那些主張要將問卷化繁為簡的女孩子們，甚至開始主張停止對其他學校發出問卷。

她們的理由是，既然會被人家認為是打擾了他們，乾脆從一開始就不要發問卷。看來是折口的意見讓她們傾向慎重論調。

「問卷的發放如果不夠廣泛，就沒有意義了呀。如果只在我們學校發放，要作為意見根據，說服力就弱得多了。必須要蒐集多數的意見才有意義啊。」

悠馬雖然引述了從玄田處聽來的話，但是被折口的論調嚇到的女生堅持己見。

「被人家嫌麻煩不是很糟嗎？」「我不希望人家覺得我囉唆呀。」

就在討論完全陷入膠著狀態時，郁突然加入了他們的行列。她和去買果汁的大河一起加入的氣勢，讓悠馬眨了眨眼。

「大家聽我說！」

郁大聲呼喊，大家本來以為她要說什麼，卻在集中全體人員的注目之後，她轉頭面向大河。

「大河，你向大家再重複一次你剛才說的話！」

大河一時語塞，表現出退縮的樣子。郁卻強迫他面對眾人。大河為人活潑、富有行動力，但是他不擅長敘述自己的意見，因此他感到相當困惑——或者該說感到相當為難。

然而郁卻毫不在意地說：

「你為什麼想要負責打雜呢？」

「嗄？我不是說了，我只能幫忙做這種事啊。」

「不只吧，你不是還說了些別的？」

「咦……？」

大河似乎想起什麼，視線不斷游移。

「我不擅長和人家討論事情。」

「為什麼不擅長呢？」

對於郁的追問不捨，大河一副被惹毛的樣子皺起了臉。

「什麼跟什麼，我剛才不是說過了嗎？因為沒辦法清楚表達自己的意見，所以覺得很麻煩啦！」

麻煩——這是折口留給他們的關鍵文字。悠馬靈光一現，認真嚴肅了起來。

「折口小姐並沒有說，會被人家認為麻煩所以不要繼續幹下去呀。」

聽到郁這樣說，悠馬才知道她剛才似乎在外頭竊聽討論。真是沒個大人樣！他覺得有些好笑。

「有一種情形是協助你也無妨，但是嫌麻煩。像為了救助災害而募款的時候，不是有一種系統嗎？只要一通電話就能完成。在那種情形下，如果人家拜託你匯款捐助，想到要跑一趟銀行，你就會嫌麻煩。但如果是電話裡就能解決，有很多人就會願意協助募款。折口小姐所說的，就是要你們幫助嫌麻煩的人一把呀。」

悠馬對於論述並不以為苦，然而對大河來說則是一樁苦差事。如果在回答上增加了論述形式，就會讓大河這種雖然贊同、但是不善於表達自己意見的人被排除在外。

女生說的「麻煩」，也是優先考慮了自己必須做的工作，嫌統計麻煩。所以只符合一半的訴求。要求做問卷的一方，怎麼能嫌麻煩？這種想法在「不辭麻煩」這一點上，也不是那麼正確。實在應該花功夫設計一個能讓回答者容易作答的問卷。我們都好好下功夫了，所以同樣期待你們也別嫌麻煩，這種想法根本就是錯的。

「原來如此，看來是我們的出發點本身有了謬誤啊。」

「還有……」

郁微妙地現出焦躁的表情，插嘴說道：

「就算是大人，也沒有幾個人會在口語上自然說出謬誤這種詞彙啊。在你們年紀的人裡頭，又有幾個人能夠馬上意會到這個詞彙是什麼意思？不要賣弄艱深的詞彙了，聽起來怪不親切的。」

真正聰明的人會使用大家都懂的詞彙，讓每個人都理解他在說什麼喲。被郁這麼一說，悠馬實在無以反駁。「不親切」這句話的確命中他的痛處。其他人之中，似乎也有人被這句話刺到痛處。

「我們來製作大河也能輕鬆回答的問卷吧。」

對於被指名道姓地提起，大河顯出一臉訝異。但是悠馬不在乎地繼續討論道：

「我們配合你。你說說看到底是怎樣的問卷，你回答起來會容易一些？」

然後，悠馬回頭望向顯得消極的女生們。

「我們來想想看，如何讓別人能夠輕鬆地協助我們。還有，要怎麼做才不會被嫌麻煩。」

大家都暫且觀望著彼此的臉色，不久後漸漸表示同意。

「我認為態度應該低調委婉。並非求人家絕對要協助我們，而是拜託能夠幫助我們的人，懇請他們助我們一臂之力！」

「希望獲得人家的協助，是我們的一廂情願啊。」

「我們問問老師或大人吧，像是要怎麼做才不會打擾到別人。」

因為有人提出了要向大人請教的意見，大家都向郁看了過去。郁突然向領口喊了聲抱歉。

「我差點忘了！笠原一士將立刻加入遊行隊伍警備！」

看來她在領口別著極小型的無線麥克風。雖然不知道她在和誰說話，但是挨罵的事實洩露無遺。

結束通訊的郁慌忙地說了聲：「不好意思，我先走一步。」隨後飛奔出講堂。她似乎被斥責得很慘，罵她的大概是堂上。

留下來的孩子們齊聲大笑。

「明明是大人還這副德行啊。」

昨天一起去向「集思會」謝罪的時候，堂上也百般警告郁，看來郁的確有頗多過失之處。儘管如此，悠馬實在無法像大家一起訕笑郁的失敗。他低語道：

「雖然是那付德行，但是和我們比起來，她還是成熟多了。」

一群女生卻說道：「怎麼看都不像～」高聲笑了起來。妳們要笑就笑吧。悠馬在內心想。訕笑的一方，才是長不大的小孩呢。

【關於圖書館管制問題的問卷】

1 關於圖書館的書針對未成年人另有管制，您覺得如何？

a.贊成　b.反對　c.沒興趣

2 在問題1中選擇「反對」的人，您為什麼反對管制呢？（可複選）

a.會讀不到想看的書

b.為了尊重讀書的自由

c.無法認同管制的理由

d.好像受到束縛，會令人想反抗

其他（　　　　　　　　）

3 您認為讀書會助長犯罪事件嗎？

a.會　b.不會　c.不知道

4 您本身會因為讀書而受到不良影響嗎？

a.會　b.不會　c.不知道

5 以助長犯罪為理由，對讀書加以管制您認為如何？（可複選）

a.正確

b.應該更加嚴格管制

c.認為沒有意義

d.對於不被信任感到喪氣

e.懷疑不信任孩子的大人

f.希望更加信任孩子

其他（　　　　　　）

6 如果您喜歡的書受到管制，您會閱讀各種推薦圖書嗎？

a.會　b.不會　c.如果是自己有興趣的書就會閱讀

7 請發表您對於讀書的管制以及「高中生連續殺人事件」的意見。

（　　　　　　）

「像這樣的問卷您覺得如何?」
玄田雖然沒叫悠馬拿給他過目，但是悠馬卻把問卷草稿拿來問他。
如果是他們自己想到要依靠他人的經驗法則，那是相當了不起的事。即使是有人唆使，採納他人意見也很難得。
問卷回答幾乎都是選擇題的形式，就這點來說考慮得很周到。問題設計的數量也做了濃縮，能夠很清楚察覺到在「考慮回答者的方便性」上頭所下的功夫。
「設計得相當周詳嘛。」
玄田率直地誇獎，悠馬顯出得意的表情。看來，他和伙伴絞盡了腦汁。
要挑毛病的話，那就是在回答的選擇項目中看得出偏頗之處。但是孩子們是站在反對管制的立場處理問卷，所以這也應該算在許可的範圍之內吧。前些日子由於提供情報的騷動，所發下來的代理館長問卷，相較之下在意圖上更是大為偏頗。
要說美中不足之處——
「你們應該對贊成管制者也提出問題，比如說：『您為什麼贊成管制?』」
悠馬露骨地皺起眉頭。「真的有這個必要嗎?」詢問的聲音坦率流露出不滿。
「這樣才算平衡，這份問卷的前提就是要讓管制贊成派過目的呀。就算只是表面上也好，設計問題要平衡且平等。」
悠馬突然露出惡作劇似的俏皮表情。
「這也是大人的爭吵必殺法嗎?」

「這個嘛，算是其之三吧，要巧妙運用表面功夫。」

「我知道了，我會加入這項問題，完成問卷設計。」

「七點就要閉館了。如果覺得要花很多的時間，就留到明天再做吧。」

悠馬回答他不要緊，飛奔出特殊部隊事務室。玄田目送他離去，轉頭面向來賓用的桌子，只見折口佔據著位子在保養相機。她今天應該陪孩子過了相當長的一段時間，因此唆使孩子們的可能是她。不如說，玄田是這麼確信著，然而覺得要特地提出來向她道謝，好像又不大對勁，因此關於這件事也就不再多問。

「能寫出好的報導來嗎？」

「這個嘛，題材相當齊全呢。接下來就看研討會的結果了。」

折口說著，笑了起來。

「盡量加油，讓我能寫出我想寫的報導吧。」

「包在我身上。要不然妳也可以開始寫呀，就說圖書館全面勝訴嘛。」

什麼時候變成裁決啦？折口又笑了，低語道：你還是一點也沒變。

＊

在研討會裡，「集思會」以教育問題為後盾，用強烈的論調控訴圖書館的自主管制。而圖書館方面則轉向防衛姿態。圖書館這邊的論述者由稻嶺帶頭，原則派列席其中。

在台上兩端分別坐著「集思會」和圖書館的論述者。形式上，旁聽者在觀眾席聽取雙方面對面的討論。

圖書特殊部隊則各就各位，擔任會場大講堂的警備工作。堂上班的郁以混入旁聽者當中的形式，被分派在講堂內。原本預測旁聽的人大部分是「集思會」的成員和動員的圖書隊員，但是事實上，一般旁聽者比原本想像中的人數要多得多。可以容納五百人的大講堂，有一半的座位都坐滿了。如此超過預測的盛大狀況，可能是悠馬他們向學校機構宣傳，呼籲監護人出席的結果。

悠馬笑著說，這是大人的爭吵必殺法其之四：「要和敵人設下同等的人數充場面，否則會有所不利」。看來這也是玄田的功勞。

本來最致力於打一場勝仗的玄田，卻龜縮在警備本部。似乎是因為如果他出現在眾人面前，會對客人造成不必要的壓迫感。

「所以啦，為什麼柴崎會出現在那裡呢？」

郁從工作崗位眺望台上，歪著頭感到懷疑。回答她這個問題的是隊伍中的小牧。

「她似乎被分派去當司儀主持研討會呢。她既有膽識，人又長得漂亮，所以很受重用。」

台上的柴崎隨著討論進行，一會兒發資料、一會兒換上給論述者的茶水，忙個不停。折口則偶爾在場內閃爍著鎂光燈。

會議前半在兩方陣營完全像平行線般沒有交集的情形下結束了。此時傳來會議進行的廣播聲：

『那麼接下來，市內的有志中學生將進行研究發表。』

觀眾席響起熱烈的掌聲，由悠馬帶頭的幾名學生從舞台旁邊登場。

不要緊吧？郁眺望著講台擔心煩惱。即使是從遠處望去，也看得出悠馬明顯表現出緊張兮兮的樣子。他以生硬的表情和聲音開口說話，往常幾乎過於饒舌的樣子完全沒了蹤影。

「我們站在中學生的立場，為了思考有關圖書館的自主管制，以武藏野市內的中學生為對象做了問卷調查。有效回答人數共三千兩百八十一人。請看各位手邊的統計結果。」

問卷的統計結果夾在資料裡，在大家入場時就已經發出去了。場內一時傳來翻開紙張的聲響。

1　關於圖書館的書針對未成年人另有管制，您覺得如何？

「贊成佔3%，反對佔82%，沒興趣佔15%。相信大家看到第四題就能知道，沒興趣者是對閱讀本身不感興趣。會去看書的中學生幾乎都反對圖書管制。另外，在不看書的學生之中，有多數表明『孩子讀書的權利被大人管制，大有問題』而反對。即使不看書，我認為作為孩子們自主的象徵，有許多人都很關心這個問題。」

2　在問題1中贊成管制的人，您為什麼贊成管制呢？（可複選）

「贊成管制者的意見是『像十八禁書籍就不應該借出，但是反對像「集思會」的管制基準』贊成

「集思會」的管制基準的人佔0%。」

3 在1中選擇反對的人，您為什麼反對管制呢？（可複選）

「所有的反對者都選擇了『會讀不到想看的書』、『為了尊重讀書的自由』的選項。『無法認同管制的理由』的意見是次多數人的選擇，關於這一項，有許多人在空白處寫下了補充意見。彙整醒目的意見，共有：『連媒體優質化委員會都不做檢閱的書籍，卻要加以管制，這點就有問題』、『我認為「集思會」的管制基準很主觀』、『對於「集思會」成員之外的監護人是否也支持這樣的基準，感到懷疑』等等。」

「另外，對於『好像受到束縛，會令人想反抗』的意見中，也有補充說明。內容為『過度保護』、『認為無法培育孩子的自主性』等等。」

「關於其他意見則有『集思會的干涉反而會破壞孩子和大人之間的信賴關係』等等。」

隨著發表進行，「集思會」的旁聽者開始嘈雜起來。比起在前半段，「集思會」始終具攻擊性地向圖書館要求強行加以管制。悠馬他們即使是因為緊張而失去抑揚頓挫，卻以問卷為基礎平靜地發表，顯得比「集思會」理性得多了。保持中立的旁聽者似乎也都專心傾聽。

「停下來！」

在講台上高聲呼喊的，正是悠馬和大河前去表示過歉意的那位「集思會」會長。在孩子們似乎因驚訝而靜默下來的空檔，她槓上圖書館館方的論述者不放。

「讓孩子參加研討會是為了批判『集思會』嗎！這樣唆使根本就不公正，我要求孩子們退場！」

「我們以孩子們獨立思考為條件，許可他們參加研討會。其中的確有因應孩子的希望而代為發言的職員，但事實上圖書館方面並未對於孩子們的想法本身加以誘導。」

稻嶺立即回答。他和發起人玄田，果然在意思的溝通上全無窒礙。

「我沒聽說要以這種方式參加研討會！」

「您這樣說會讓大家認為，只要是不站在『集思會』立場的人，就不承認他們參加研討會。這才是不公平吧。重要的應該是孩子們對於管制問題能夠自主學習才對。我認為，這麼做充分達到了目的——學習社會活動的意義和責任。」

稻嶺和會長之間意見不斷、爭執不下。此時從中立的旁聽者座位之中，有人舉手了。柴崎立刻從圖書館館方論者之一的手上借走了麥克風，說道：

「從一般旁聽的聽眾之中，似乎有人有意見，我們來聽聽他的意見吧。」

她強硬地中斷討論，走下講台，奔向舉手的旁聽聽眾。不愧是柴崎，腦筋轉得快。

接下麥克風的是位中年男性，似乎是家長會成員之一。

「作為一名監護人，我想聽完孩子們自主性的意見。在這之前，我對於圖書館的管制沒什麼興趣，但是既然孩子們做了這麼詳細的考量，作為監護人也需要仔細思考了。」

似乎是表明贊同的拍手聲此起彼落。

「我們『集思會』是受教育委員會的推薦，來對推動管制訴求。孩子們不成熟的判斷力所導出的意見，和教育委員會的方針根本就不該相提並論。你要批判教育委員會的方針嗎？」

會長反駁的聲音裡透著焦躁的語氣。發言的男性此時又回答說：

「但是，聽他們剛才所發表的問卷內容或彙整方式都很有條理，我不認為他們的意見是沒有判斷力、一下子就會被駁倒的幼稚發言。」

「這些孩子們的負責人是在前些日子裡我們集會的時候，偷放沖天炮惡作劇的孩子呀！你認為這樣的孩子值得信任嗎！」

「有異議！」

郁反射性地高喊，雖然是用她原來的嗓音，在會場上卻顯得異常大聲。觀眾席上的眾人一齊轉過頭來，她一瞬間為此感到畏怯。不過柴崎含笑指名郁回答，消除了她的緊張。

「這位女性圖書隊員，妳有什麼意見嗎？」

隔壁的小牧從背後輕輕將她往前推，郁向柴崎等候的方向邁出幾步。柴崎也從剛才那名男性手邊收回麥克風，向她走近。

「孩子們確實是做了惡作劇，但是他們已經去『集思會』賠罪過了！會長不也接受了孩子們的道歉嗎！」

郁對著柴崎遞給她的麥克風一口氣滔滔不絕地開講，台上的會長很顯然畏縮了起來。一般旁聽席中，懷疑不安的嘈雜聲四起。

「父母不都是教導孩子，如果好好道歉就能被原諒嗎？接受賠罪之後，卻這樣當作是攻擊孩子的題材，不就是讓他們覺得即使道歉也沒有意義嗎！」

一般旁聽席中傳來了掌聲，柴崎向剛才的男性遞回麥克風。他做了乘勢追擊：

「隱瞞孩子們道歉的事情不說，不是很不公平嗎？」

然後男性抬頭看著講台上的孩子們。

「繼續吧，我們會聽你們說完意見的。」

悠馬點了點頭，又面對麥克風說：

「關於問題4，剛才已經提過回答對管制不感興趣的人，所以省略。接下來……」

聽著悠馬的聲音，郁回到原位，只見小牧滿臉笑容地迎接她。

「幹得漂亮！」

小牧向她表示慰勞。然而說真的，她只是以條件反射高聲喊出那些話罷了。郁覺得很不好意思，害羞地笑了起來。

5 您認為讀書會助長犯罪事件嗎？

「回答會的人佔12％，不會的人佔63％，不知道的人佔25％。回答會的人之中，包含『也許會有人受到影響』的意見。」

6 您本身會因為讀書而受到不良影響嗎？

「回答會的人佔0％，不會的人佔92％，不知道的人佔8％。回答不會的人，補充意見為『為了想要獲得感動才看書，所以不認為會受到不良影響』，『會由描寫激烈的書中得到發洩，但不會想要在實際生活中模仿』，『能夠區別現實與虛構小說』等等。回答不知道的人則認為『至今不曾受到不良影響，所以不清楚』。」

7 以助長犯罪為理由，對讀書加以管制您認為如何？（可複選）

「依照選擇的次數多寡來排序，就是『希望更加信任孩子』，『對於不被信任感到喪氣』，『認為沒有意義』，『懷疑不信任孩子的大人』。幾乎所有的人都選擇這四個回答項目。」

「選擇『正確』的人之中，有少數意見認為管制那些在客觀上被認為不適合孩子閱讀的書籍，是正確的。但這並非肯定『集思會』管制基準。」

「沒有人選擇『應該更加嚴格管制』這樣的意見。」

8 如果您喜歡的書受到管制，您會閱讀各種推薦圖書嗎？

「回答會的人佔0%，不會的人佔42%，如果是自己有興趣的書就會閱讀的人佔58%。從這題的回答之中，我們可以理解喜歡看書的學生自己會選擇想要讀的書。我們不是為了對自己會有幫助才看書，而是為了想要享受自己有興趣的書才閱讀。我們認為讀書對自己有幫助，是在得到閱讀樂趣的同時受感動或得到知識。即使對孩子們想看的書加以管制，也不見得會去讀大人希望他們看的書，所以我們認為即使強制閱讀有用的書籍也沒有意義。」

9 請發表您對於讀書的管制以及「高中生連續殺人事件」的意見。

「我們得到許多意見，其中以『就算是喜歡過度激烈描寫的書籍以及電影的未成年人犯了罪，也希望大人不要認為所有的孩子們都會同樣犯罪』的意見壓倒性居多。另外，像是『希望能對孩子的判斷力以及良心更加信任』這樣的意見也很多。」

「我們學校的圖書館在此之前購入的書籍，都是以學生們的希望為優先考量而採購。我們因此得以從這些書籍當中獲得種種感動。然而由於『集思會』的管制，我們的感動被大幅度剝奪了。如果連圖書館的書都被加以管制，沒什麼錢買書的孩子會大幅失去讀書的樂趣。我們期待市立圖書館能夠守護讀書的自由。」

對於悠馬彙整的結論，從一般旁聽者之中響起了熱烈的掌聲。

在之後重開的研討會之中，「集思會」捲土重來、變本加厲以激烈的論調主張要求管制的正當性。然而稻嶺的發言最後讓他們閉上了嘴。

「圖書館並不是學校的延伸機構，也不是代替行使家庭教育的機構。當然，我們不否定圖書館能對教育有所幫助，但是我們認為提供孩子們能夠自由選讀書籍的環境，能幫助他們獨立自主。更重要的，孩子們要如何和娛樂作品保持適當的距離，應該由監護人來指導。要求學校或圖書館負這份責任，不就是代表著放棄身為監護人的責任嗎？」

光只是稻嶺在論述時始終保持平靜的聲音，便極具說服力。

「我希望『集思會』以及身為監護人的各位能排除一切，優先考慮完全盡到監護人的責任。如果因此而需要幫助，像是將圖書館豐富的資料提供出來，以及公開兒童閱覽室讀書指導的心得方法等等，圖書館絕不會吝嗇。」

在研討會結束、悠馬和大河前來打招呼的時候，郁他們正在警備本部準備撤收。

「謝謝你們在各方面的幫助。」

玄田面對低下頭的兩人，笑了開來。

「我們也算是利用了你們，彼此彼此。」

玄田過了頭的直接，讓堂上當場拉長了臉。對方是小孩子呢——雖然堂上這樣提醒，玄田卻絲毫不以為意。

「他們完美地做到成人的爭吵了，事到如今也不必把他們當小鬼看待。」

聽玄田這麼說，悠馬和大河一副自豪的模樣，彼此交換視線。然後兩人一齊向郁鞠了個躬。

「謝謝您援助我們，笠原小姐。我們很高興您替我們說話。」

郁心想，那只是因為我自己感到不爽，所以反射性地教訓他們一下啦！對郁來說，感覺實在好不到哪裡去。

兩人回去之後，郁被堂上的話命中要害。

「妳只是個人對『集思會』感到不爽吧？」

郁縮著肩膀向他道歉，堂上則以正經八百的表情說道：

「帶妳一起去賠罪是正確的選擇。」

堂上低語，如果是我在那樣的節骨眼上，實在無法做那樣的反應。聽起來彷彿是在自嘲一般。

＊

在研討會的最後，發給旁聽者的問卷上，對於管制持慎重論者佔了過半。武藏野第一圖書館將該問卷作為論據之一，拒絕「集思會」的管制要求。

武藏野市這裡的結果，感覺上也能成為東京都會區圖書館的後盾。

在研討會結束後的隔週，揭載有折口報導的《週刊新世相》上市了。該報導從孩子們參加研討會切入，批判被炒得過熱的圖書館管制風潮，被認為具有牽制教育委員會的效果。

《新世相》也是圖書館會定期購入的雜誌，雖然第一圖書館也在發行日進貨，不過折口的樣書，已經在前一天送到圖書特殊部隊了。

給我看給我看，原來是柴崎在業務餘暇特地趕來特殊部隊事務室。玄田愉快地將雜誌拿來，交給她們去讀。

「被妳們搶先看到這本雜誌啦，這報導相當不錯呢。」

兩人連忙把貼著便條紙的那一頁打開，看了起來。

「啊，柴崎的照片也被登出來了呢。」

在最開頭那一頁放著柴崎主持研討會的照片。光是這樣一張照片，就讓雜誌頁面增色不少。柴崎不知道是不是已經和雜誌社方面商量過了，並不顯得驚訝，但是稍稍流露出有所不滿的樣子。

「我說過，左半邊的臉照起來比較好看呀。」

雖然折口的報導保持公正的觀點，但結構巧妙，讓人在讀下去的同時自然與圖書館產生共鳴。

柴崎翻到報導的最後一頁，感到疑問歪了歪頭。

「這不是妳嗎？」

「什麼!?」

柴崎手指指出的照片是小小一幅，將郁的側臉龐從斜後方角度收進照片之中。

照片的說明寫著：『在責難圖書館的集會之中，進行警備的隊員。她的內心到底有何感想呢？』

雖然有柔焦效果，郁卻能夠很清楚分辨出那是自己的照片。

「雖然很小張，但是看起來威風凜凜的。很不錯喔。」

「不不，問題不是這樣啦！這真的不妙，如果我爸媽看到了這張照片，他們可能會認出來……」

郁不禁對玄田喊了聲「隊長」，口吻趨向責怪。玄田也靠過來瞄了雜誌，看到照片之後皺起眉頭，哼了聲：「折口這傢伙～」

「堂上會囉唆呀，責任都在我身上呢。」

「您擔心的是這種事嗎！不對吧？被害人很明顯地是我耶！」

「照片上臉部又沒有被照得很清楚，如果妳父母追究起來就裝傻吧。如果還是行不通，我會替妳說話。就說是寫報導的人弄錯了，因為塊頭大所以被誤認為是警備。」

「您說的什麼『塊頭大』，根本就是超級多管閒事的！」

玄田完全不理會郁的反駁。

「對了，小鬼們打電話來過。」

在這個時點被玄田轉移了話題，若要再追究下去請他反省已是徒勞。郁無力地垂下了肩膀。

「他們似乎決定展開以解除學校圖書館管制為目標的運動。」

郁和柴崎面面相覷。柴崎先笑道：「很行嘛。」郁也微笑起來。

「好，這樣妳們該感到高興了吧。我給妳們帶來了正面的新聞，所以之前的事就一筆勾消囉。」

「不不，話不能這麼說！」

就在郁吐槽的時候，堂上打開門走了進來。玄田明顯帶著一副吃驚的表情，與堂上擦身而過逃出了房間。

堂上詫異地目送玄田離去，柴崎趁這個機會給他看了雜誌。堂上一邊看著，表情變得嚴肅。

「隊長！這到底是怎麼回事！」

柴崎目送堂上追出室外，對郁以揶揄的口吻說道：

「那個人還是一樣，過度保護喲。」

「是他的責任感強過了頭啦。」

郁稍稍應對了一番，眼光再度回到雜誌上。

雖然因為報導文章寫得很好，照片的事就可以不去計較。但是因為玄田那句「塊頭大」實在是超級多餘的，郁於是認為自己沒有義務去打圓場。

……不過，這張照片實在很不賴。

照片中的她挺直了背脊佇立，雖然從自己口中說出來有些難為情，不過真是威風凜凜。郁一想到他人眼中的自己原來是如此模樣，感覺上還算不賴。

圖書館的自由被侵犯之時，
吾輩必團結力守自由

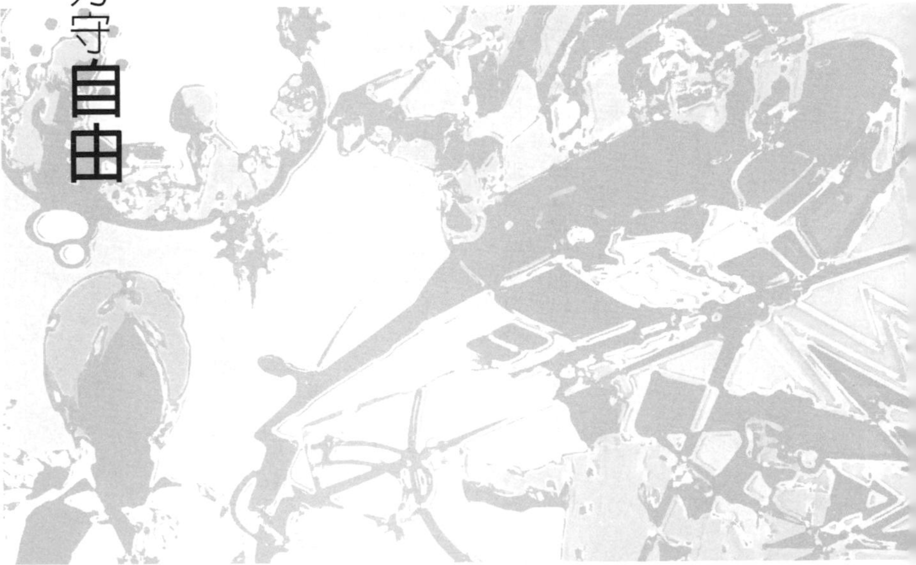

敵方的襲擊不但迅速而且具壓迫性。

前年因為規模擴大而轉移到新館，館員尚未熟悉館內格局構造也成了不幸的因子。由於敵方抓準剛閉館之後、還有圖書館員留在圖書館內的時機發動攻擊，避難和應戰的人員陷入了混亂。結果敵方襲擊後不到二十分鐘，日野圖書館的閱覽室便被佔領了，職員們被迫固守在地下室的書庫裡，陷入了必須抵禦敵人猛烈槍擊的窘境。

『我們對於將反社會圖書和優良圖書做同等處理，擾亂公共秩序與善良風俗的圖書館感到憂心，決定予以嚴厲制裁——！』

在如雨般漫不經心的槍聲中，敵人破鑼般的嘶喊透過擴音器在屋外迴響。雖然日野圖書館從數年前開始，就導入手槍作為警備人員的標準配備，但襲擊者卻裝配著衝鋒槍以及散彈槍，光是在火力上館方就無法與之對抗。而且現在館內還有大量屬於非戰鬥員的一般職員，更是雪上加霜。在這種狀況下，館方也只能一味地防禦。

稻嶺身為圖書館館長，在立場上應該負責指揮職員。然而處於固守地下室的狀況之下，他所能做的極為有限。眼前沒有出現傷重的職員以及死者，就該偷笑了。

「警察還沒來嗎！」

問話的人是在書庫外圍起路障應戰的警備員，語氣近乎悲鳴。圖書館方面在剛開始受到襲擊時，就已經報警了，然而負責鎮壓的鎮暴警察卻到現在都還沒抵達。

「我再試著報警看看！」

稻嶺制止了正在用書庫電話撥打外線的女性職員。雖然經過再三催促，然而警方就像外送蕎麥麵的店家，只會說現在送、現在送地敷衍著——總之警方就是不想介入。根據趕到現場的分館職員報告，巡警們已經抵達了現場並封鎖圖書館周圍，但是卻不見進一步處理。

「以後不要再使用圖書館的線路向警察報案了！用你們各自的行動電話報案。不要自稱是圖書館人員，假裝是圖書館附近居民向警察要求鎮壓抗爭活動！電話聽筒裡盡量不要讓對方聽出有槍聲！」

攜帶行動電話的職員們為了避開槍擊聲響，紛紛跑向書庫。在就近便能聽到槍聲的環境裡，就算警方不做反向追蹤，也會被認出是從圖書館報警的。

警察不協助圖書館，不是一次、兩次的事，但這次實在太差勁了。雖然警方不介入圖書館和優質化特務機關的抗爭已經成為慣例，但這次的襲擊很明顯地是毫無關係的團體所進行的。分館的職員們似乎也向抵達現場的巡邏警察申訴這件事，但警方卻推說確認受到拖延什麼的，顧左右而言他。

要說起來，警方為了封鎖現場而出動的這個舉動，就等於認定襲擊並非來自優質化特務機關。在圖書館抗爭之中，市民的損失必須由優質化特務機關負責。這是由於法律上明文規定，主動襲擊的一方要為間接傷害（註：因為軍事行動而造成的意外傷害或誤傷）負責；也因此優質化特務機關會自主性地封鎖襲擊的周邊地區以保障安全，同時也應該會通報警方。如果襲擊出自優質化特務機關之手，警方是不可能為了封鎖現場而出動的。

但是跟現場的巡警說這些道理，也是無濟於事。

「老公！」

叫住稻嶺的，是和他同樣身為圖書館員的妻子。因為她沒有自己的行動電話，稻嶺二話不說便把自己的行動電話遞了過去。而她在拿到行動電話之後，便一邊按下三位數的號碼，向裡頭走了進去。

「立川還沒準備好嗎！」

在日野市周邊的圖書館中，立川市立圖書館曾導入大口徑的槍砲，一般認為能夠對抗武裝來襲的入侵者。然而由於襲擊造成的混亂，要求支援費了好一番功夫，每一個圖書館都遲遲才開始行動。而日野市內的分館因為裝備貧乏，如果不跟從其他地區大規模圖書館派來的援軍會合，根本沒有能力衝入現場。

這個打著沒聽過名號的團體，完全沒有交戰協定之類的東西。如果是優質化特務機關，因為會做代執行的通知（註：宣告以優質化委員會小野寺滋委員長的代理身分，來執行檢閱）而讓圖書館方面有緩衝的時間，即使優質化特務機關出其不意地進行突擊通知，也會遵守規定不攻擊屬於非戰鬥員的一般職員。但是這些襲擊者，卻毫不客氣地狙擊正試圖從緊急出口逃出的一般職員。沒有人員死亡只能說是奇蹟。

「和立川支援部隊取得聯繫了，預測他們二十分鐘後抵達！」

「八王子（註：東京都內地名）那邊也是！」

應該能撐過去，雖然沒辦法防止閱覽室受到損害，但也無可奈何。

「繼續聯絡急救單位。說不定急救單位會向警察要求進行鎮壓。」

由於槍擊造成人員負傷，因此也通報了一一九。但是若不先鎮壓襲擊者，就無法讓傷患獲得妥善醫療。

這時，在裡頭進行通報的職員卻咳嗽著趕了回來。

「空調管道冒煙了……！」

正在撥打外線的職員立刻喊叫了起來：

「閱覽室好像遭到縱火！從遠處也可以看得到失火了！」

做報告的似乎是在外面等待支援的分館部隊。

「為什麼火災警報器不響呢！還有，滅火裝置也完全失靈！」

雖然有人抱怨喊叫，但是從管道煙霧的逆流判斷，應該是包含排煙裝置在內的安全設備全都失去了作用。這麼說來，應該是敵方佔據警備室之後，破壞了那些設備的控制系統，然後才縱火。

事情的嚴重性讓大家不禁啞口無言，稻嶺也不例外。

雖然他們已經做好了將會有大量藏書破損、甚至被奪走的心理準備，卻沒想到他們竟然會做出在破壞了安全設備之後，再放火焚燒圖書館的暴行。一想到對方一邊高喊正義一邊放火燒書這種顛倒錯亂的價值觀，不禁感到頭暈目眩。

腦裡反射性地浮現出一句老話：燒書者，必將焚人。

「……快指示分館通報消防隊，並支援我們撤離！本館職員從現在起立刻利用緊急出口撤離！」

在援軍尚未抵達的狀態之下，分館能提供多少支援雖然讓人極為不安，但是等援軍到達，這邊大概已經被濃煙包圍了。

「可是圖書……！」

部下求助似地吶喊著，然而稻嶺的心情也如出一轍。在新館擴充規模的同時，他們也如願增加了藏書。特別是書庫中保管了大量的貴重地方史料。

「放棄吧！」

對稻嶺來說也是沉痛至極。

他們從書庫逃出時，槍聲已經停了下來。或許是因為煙霧往上飄揚，所以還沒瀰漫到地下室。因為煙霧從管道逆流，所以書庫內反而比較讓人難以呼吸。

「只有那本書，無論如何也要救出來！」

稻嶺的妻子說著回到書庫。

「別去！」

在家裡，她也總是說著再等一下、再一會兒地，不聽稻嶺的話。然而在這樣的情況下，實在無法像平常一樣悠哉悠哉地等她。

「快點！」

稻嶺向書庫內吼道，妻子則一邊咳嗽抱出了一本書。持槍的警備人員站在前頭，全員蹲低了身體朝樓上前進。

爬到一樓的時候，煙霧的密度一下子增加了。

「別在位置比較高的地方呼吸！用膝蓋前進！」

稻嶺一邊下指示，同時用膝蓋著地移動。閱覽室似乎被潑灑了汽油，完全被烈火包圍，玄關那邊也是火勢強勁，讓人完全無法靠近。

烏雲一般的濃煙籠罩在地面上方一公尺左右之處，大概只要在當中呼吸片刻，便會當場昏倒吧。稻嶺從前年閃到腰之後，從此經常腰痛，要他低姿勢用膝蓋前進簡直是要他的命。

一行人被火勢逼迫，在無法站立跑步的狀況下，雖然想拔腿狂奔也只能在心裡乾著急。在熱風和烈火的烘烤之中，那個只要站起來用走的早就能抵達的緊急出口，是那麼令人絕望般地遙遠。

不知是電路被燒毀還是被煙霧遮蔽，現在已經完全沒有了照明。光源只來自於火勢的映照和腳邊的導引燈。在循著導引燈一步步前進中，陸續有職員吸進濃煙失去意識，只好由幾個人拖著一個人前行，但這樣一來，前進的腳步就更為遲緩了。

好不容易抵達緊急出口，走在前方的職員一打開門，濃煙便以驚人之勢向外流竄，職員們就如跌出去一般向外頭飛奔。

但那些奔跑的職員們卻一一跌在地上。

直到最後依舊留在裡面的稻嶺，一時之間不知道到底發生了什麼事。他茫然佇立在門前。沒有倒下的職員們，再度逃進曾經一度逃出的緊急出口。跌倒的職員有的已動彈不得，有的則努力地想要爬回來，被還能動的職員扛了進來。

「館長，快趴下來！」

稻嶺被年輕職員拉倒，這時才從混在烈火爆裂的低響聲中，辨認出如雨般激烈作響的槍聲。

竟然做出這種事！事到如今，稻嶺早已不能言語。

竟然狙擊被火勢逼著逃出來的人。

等稻嶺回過神來，他發現妻子不在室內。外面有一個人影，動也不動地抱著書倒在地上。

「館長！」

稻嶺不理會制止的聲音，並且甩開阻止他的手腕。他甚至沒有低下身子，就這樣直接走到外頭。

「立刻停止攻擊！」

稻嶺的怒吼，甚至壓過了火勢劈啪作響的聲音。

「你們這群人歌頌公共秩序與善良風俗，卻要殺人嗎！」

如果這就叫正義，那麼所謂的正義就是這世上最醜惡的觀念了。而根據如此醜惡的正義，所制訂出來的媒體優質化法到底又算什麼？

彷彿是稻嶺的氣勢讓子彈射不中他似的，他蹬蹬地走了十多步。但就在他抵達妻子身邊之前，卻感覺右腳像是突然消失一樣，讓他失去平衡跌倒在地。

當稻嶺倒在妻子身上時，他聽到下方傳出急促的淺短呼吸聲。彷彿就像是幾年前死去的愛貓，在生命末期所發出的呼吸聲。

抱歉，很重吧？我會馬上移開——他雖然想這麼說，但是血液卻代替聲音從嘴裡吐了出來。看來似乎除了自覺遭到槍擊的右腳，身體也中了彈。

稻嶺一邊想要呼喚癱倒在地的妻子，一邊吐著血，意識就此模糊遠去。

等到恢復意識，他發現自己的右腳從大腿一半以下都被切斷了。

由於大量失血以及胸部中彈導致肺部損傷，稻嶺很長一段時間徘徊在生死關頭。在這段期間，當他聽說舉辦了妻子的葬禮時，他還無法從枕頭上將頭抬起。因為他們沒有孩子，喪主就由妻子的父親權充代理。

不只是本館職員，連嘗試幫助職員逃脫的分館支援人員，受害情形也甚為嚴重，人員受害部分光是死者就高達十二名。

館藏書籍在經過火災和滅火行動的灑水後，全數損毀。倖免的只有稻嶺妻子攜出館外的一本書而已。這本書在事隔二十年後的今天，依然保存在稻嶺的手邊。由於書籍上頭沾染了血漬，無法借出給使用者，因此就轉讓給稻嶺當作是妻子的遺物。

稻嶺妻子所救出來的書，是一本關於地方史的書籍，原本收藏於市公所的資料室。該書在經過稻嶺長年交涉之後，由圖書館接收。

在被取名為「日野的惡夢」的那起事件背後，流傳著一則流言，其細節鮮明詳細，讓人無法一口駁斥為純屬謠言。

那就是警察之所以延遲介入，是由於媒體優質化委員會施加壓力的關係。

襲擊者全員均遭送檢，並且服了相當的刑期。然而對於具有支援襲擊者嫌疑的媒體優質化委員會，搜查在途中變得含糊不清而終止。

在那之後，稻嶺離開日野圖書館館長一職，將全副心血關注於建立現在的圖書隊制度上。

為了保護圖書，不惜以流血為前提的圖書隊制度受到強力的反彈。即使是現在，稻嶺也常常受到批判，被認為是使圖書館抗爭激烈化的中心人物。

但是，做批判的人們就會挺身守護被蹂躪的圖書嗎？會代替守護圖書的館員以寒酸的裝備浴血奮戰嗎？稻嶺不顧所有批判，堅持唯有強化武裝才能保護圖書與圖書館員。

歌頌公共秩序與善良風俗的同時，卻必須殺人嗎？彈劾日野襲擊者的話語，原封不動地彈劾著稻嶺——歌頌保護圖書的同時，卻必須殺人嗎？

是的——雖然稻嶺無法這樣乾脆地斷言，但是他拒絕放棄抵抗。

「圖書館得以反對所有不當的檢閱」——事實已經證明，圖書館的自由法中保障的這項權利，如果不做抵抗就無法得以維持。

而在最後，將圖書館的自由法以「圖書館的自由被侵犯之時，吾輩必團結力守自由」做結語。除了戰鬥，稻嶺不知道還有什麼方法可以守護被侵害的自由。

事實上，時時會有批判聲浪懷疑稻嶺只不過是將「日野的惡夢」事件公報私仇。再者，有時人們會告誡他，難道他死去的妻子會期望圖書館邁向武裝化嗎？

關於前者，稻嶺對事件當然抱持了私仇。但是武裝化的判斷卻是不得不作的選擇，跟私怨無關。

至於後者——說到死去的妻子感想，那可是連稻嶺都無從知道的，告誡者當然也不可能得知。對於像這樣在虛構前提下提出的問題，稻嶺並沒有答案。

還有——

「我們憂心圖書館與媒體優質化法相對立，圖書館同時還輕忽了公共秩序、善良風俗以及人權。我們以人質的生命為交換條件，要求『情報歷史資料館』銷毀資料！」

只要存在著如此之輩、以上述手段壓制圖書，圖書館方面就不可能放棄圖書隊這樣的防衛力量。

＊

三十年來風平浪靜的地帶──財團法人「情報歷史資料館」。

這間資料館的理事長，是居住於小田原的資產家野邊山宗八。「情報歷史資料館」主要收藏有野邊山個人私有的圖書以及影像記錄，資料館所在地也在小田原。

要參觀這裡不但需要經由熟人介紹，還必須事先預約。館藏有各種雜誌報紙、電視節目的錄影記錄等等。

說得具體一些，也就是收藏有「關於媒體優質化法所有的報導記錄」。這間圖書館收藏保管了從法案成立以前，有關媒體優質化法的所有報導記錄。圖書館界以及媒體界中，沒有人不知道它的存在。另外，這裡對於媒體優質化委員會的相關機構，乃至於法務省（註：相當法務部）來說，也是不可忽略的存在。

野邊山身為企業集團會長，擁有發行《新世相》的世相社系列企業。他是媒體優質化法案的反對派，在優質化法成立後，立刻以財團法人資格撐起「情報歷史資料館」。他預測到社會上批判優質化法的形勢將會漸趨困難，因此在事情變得困難之前，不以內容作區別，公平地收集了當時所有的優質化法案報導，之後也一貫堅持這樣的立場。

野邊山在收集所藏的時候，以不任意加入自己的意見為原則，目的就在留下不利媒體優質化法的報導記錄。特別是從法案成立前便開始有系統地保存了報導經過，就這點來說，館藏具有歷史性的資料價值。

如果這是公立圖書館，勢必率先成為優質化特務機關以及優質化支援團體的攻擊對象。然而「情報歷史資料館」卻是一個私立圖書館，也因此它的定位顯得微妙萬分。

將野邊山的個人收藏財團法人化的「情報歷史資料館」，在性質上和公立圖書館有很大的差異。優質化委員會如果對「情報歷史資料館」加以檢閱，就等於是在扣押財團的固有資產。同時，「情報歷史資料館」是一間私立圖書館，依照圖書館自由法擁有圖書防衛權，一般被認為依照事例得以對優質化委員會提出告訴。

附帶一提，由於一般認為公立圖書館的館藏是公共資產，優質化委員會的檢閱權及於公共物品，因此對於他們的檢閱，館方無法提出告訴。因此館方才只好將圖書防衛權替換為直接戰鬥權來行使，進行對抗。

除了提出告訴的可能性之外，由於該館的營運型態對一般公開設有限制，因此媒體優質化委員會對於「情報歷史資料館」的存在，幾乎故意加以忽略。

結果就是，雖然「情報歷史資料館」大量收藏了媒體優質化委員會警戒的資料，設立三十年以來卻一直呈現刻意的風平浪靜狀態。

而這樣的平衡，竟在十月下旬的某一天崩毀了。

『野邊山集團前會長　野邊山宗八逝世

野邊山宗八氏於十月二十二日清晨五點三十二分，在小田原市內的醫院逝世。宗八氏生前為野邊山集團的前會長以及最高顧問，該集團以多元化企業為中心進行多角化經營。享年八十四歲，神奈川縣出身。葬禮及告別式於二十六日午後零時，在東京都港區的野邊山葬祭麻布會館舉行。葬儀委員長為寺澤泰藏，乃野邊山集團的文宣理事。

喪主為其長男，野邊山集團現任會長野邊山正富。

野邊山宗八在離開會長一職之後，在小田原市專注於私立圖書館的營運。在野邊山宗八逝世後，圖書館決定關閉。』

各家報紙登載的小塊訃文記事，讓圖書館界、報導界、優質化委員會陣營都予以注目關心。

「這次隨著『情報歷史資料館』的閉館，關東圖書隊將接收該館館藏所有的資料。」

在圖書特殊部隊的全體會議中，玄田的發言引起會議室一片譁然。

對於不明瞭這件事，而獨自一人完全跟不上狀況的郁，坐在後頭的堂上沒好氣地對她做了說明：

「那是小田原的私立圖書館，收藏了有關媒體優質化委員會歷史性的報導資料。」

在絕妙的時機做補充說明，顯示出堂上完全掌握了郁的知識水準。

「妳不會不知道這間圖書館吧!?」

手塚一臉愕然地問她。

「咦，我才不知道民間的私立圖書館呢，因為我很少去小田原啊。」

「我話說在前頭，身為圖書隊員不知道『情報歷史資料館』，就像身為圖書隊員不知道日野圖書館一樣少見啊！真不敢相信妳連這個都不知道！」

「可是圖書館員講習也沒教這種事呀！」

手塚無視於郁的反駁，轉頭面對堂上和小牧。

「我要求加薪，我不能接受和這種傢伙同階同酬！」

「好了好了，你就當作是隊內有一般認知程度的樣本如何？」

小牧在一旁幫腔，最後附加一句要命的話：「無知也有無知的價值喲。」他說這句話毫無惡意，然而這點更令人感到他的殘酷。

但是在說過這句話之後，小牧也回報以詳細的說明：

「由於館藏網羅了有關媒體優質化法的報導資料，所以對贊成以及反對兩派來說，這個圖書館具有重大的意義。尤其是對反對派而言，能在該館閱覽到難得一見的優質化法批判資料，是重要的設施機構。」

「既然那麼重要，為什麼要關閉呢？」

「該館本來由野邊山集團系列的財團法人負責營運，但是在理事長野邊山宗八逝世後，野邊山集團好像沒有意思要繼續維持『情報歷史資料館』的經營。現任會長對媒體優質化法問題似乎不怎麼關心。雖然當時有許多希望繼續經營下去的意見，而且陳情者也不少。」

野邊山似乎也預測到自己死後會有如此情況，據說他留下了以關閉「情報歷史資料館」為前提的遺囑。內容提到以適當的管理及繼續搜集資料為條件，館藏和財團的所有資產將一併寄贈給關東圖書隊。加上野邊山個人資產的其中一部分將以捐贈形式交託給圖書隊，在資金方面也算得到相當龐大的支援。

「接收的資料決定由圖書基地保管。由於資料的接收上，預測會遭到優質化特務機關及其他支持團體的妨礙，因此圖書部隊將盡全力處理。『情報歷史資料館』的閉館日在告別式當天，資料的收受也將在同一天舉行。」

圖書隊的立場上來說，希望隱瞞收受的時間日期。然而野邊山集團為了因應對於關閉營運的洽詢，打算儘早發表預定時日。

「廢話就不多說了，直接切入正題。在『情報歷史資料館』周邊，已由神奈川管轄內派遣防衛員並安排好了警備體制，我們也將合併進去。另外，關於資料的運送將使用UH60JA，分為兩次往返運送。」

郁聽著玄田說明，同時瞠目結舌。自從她入隊以來，UH60JA是第一次被運用在特殊部隊的訓練以外。

郁不禁低語：哇，真的認真起來了！「當然要認真！」堂上用斥責的語氣說。

「咦，可是分兩次往返就能搬運完畢嗎？就算量少，但是我絕不認為圖書館的藏書量，用泛用直昇機往返兩次就能完成搬運。」

「UH60JA的機外吊繩力量超過三千五百公斤。而且『情報歷史資料館』的資料有一半以上壓縮在微縮膠片裡，這部分能用檔案的方式傳送。共計七噸的搭載量，要運送剩下的非壓縮資料是相當足夠了。」

如果採陸路運送，因為能夠安排眾多的運送車輛，所以往返一次便能完成運送。但若使用空運，因為不能讓它在住宅區墜落，所以只要直昇機離開了陸地，對方就不能妨礙搬運。比起陸路往返一次雖然要大費周章得多，但是就警備上而言，空運比較安全。

在基地收受方面的警備，也將從鄰近的縣防衛部派出支援，大幅增加人手。

玄田發表了警備計畫的編制。這份編制將整個圖書隊分為「立刻和現場警備會合」，以及「當天運送時再做會合」兩個隊伍。

堂上班被編制到立刻進行會合的隊上。玄田又補充道：

「另外，笠原負責擔任警衛，護衛當天要參加告別式的稻嶺司令！」

玄田的補充讓郁目瞪口呆。會議就此結束，郁失去了詢問玄田的機會。

「到底是什麼意思！」

郁以責怪的口吻問從座位站起來的堂上。

「為什麼只有我被排除在外？」

一定是堂上，才會做如此的調度。在玄田發表圖書特殊部隊將傾全力處理的作戰計畫裡，郁一個人被排除在收受資料的陣線外。這種感覺就像是被逼著從最前線退出來。

「這是考慮到適性的調度結果。」

堂上回答的聲音如同料想中的冷淡粗暴。

「我不能認同這樣的安排！為什麼只有我一個人從圖書特殊部隊調度出去，這意義在哪裡！防衛部的人員應該很充足才對呀！」

「護衛重要人物原本就是圖書特殊部隊的任務。這次因為碰上『情報歷史資料館』的作戰計畫，所以才決定要委任防衛部。但是我們也不能不派人過去！」

「但是，為什麼只有我一個人被調出去!?」

其實從追問中，看得出這項方針的內情。委任防衛部進行司令的護衛職務，代表他們判斷收受資料的職務，其重要性和危險性都比較高。如果考慮到部署間的平衡問題，而需要由圖書部隊調派人員，理論上分出去的戰力當然是希望越少越好。

而且，現實中這樣的狀況是能夠如願的。

「司令必須在告別式中祝悼詞，因為他和逝世的野邊山宗八交情很好。接受這類要出現在人前的外部行事，看護職務找女性看上去比較好看。而且有什麼萬一，笠原小姐的能力足夠擔負起護衛的職務，這點真的很重要。妳能不能接受呢？」

雖然明白小牧的話是在幫腔，但郁的自卑心反而被煽動了起來。因為畫面看起來好看、給人家的印象會比較好——我的價值就只有這樣嗎？郁心想。

「沒有護衛過重要人物的人，面對突發情況，我不認為能夠做適當的處置。這樣的調度根本就不可行。要提升護衛可靠性，不是應該派資深人員嗎？」

要追究自己的不適任，隨隨便便都能找到一堆理由。和護衛的可靠性比較起來，如果不是看上去畫面好看，郁是沒有理由受到拔擢的。要說起來，參加野邊山集團的告別式，到底有多大的危險性？即使聲稱是護衛重要人士，很顯然的只是形式上做做樣子罷了。

要不然，調派一名派不上用場的新人過去也於事無補。

派不上用場──郁被自己腦中浮現的這句話所傷。

「就是因為沒經驗，所以希望妳這次去學個經驗。缺了一條腿的司令，會參加公開外部行事的機會並不多喲。」

「那麼，為什麼手塚不一起調派過去？手塚也沒有護衛重要人物的經驗！手塚就不需要累積護衛重要人物的經驗嗎？」

突然被郁的話扯了進來，手塚顯得很彆扭，別過了頭。

「請老實回答我！」

小牧被郁逼問，一副感到困擾的樣子笑了。此時堂上以他低沉的聲音介入兩人間的對話。

「夠了！」

聽到他恐怖而令人毛骨悚然的聲音，郁一瞬間感到膽怯，卻被他往上瞪了一眼。堂上的眼神帶給郁的壓力，讓她差點倒退了幾步。

「妳要聽實話，那我就明說。事情正如妳所想的！」

光是聽他說的前言，郁就明白了他要說什麼。

「和手塚比起來，妳根本就不成戰力，所以調走妳。妳有什麼不滿嗎!?」

如果是我派不上用場，你照實說就好了呀──郁雖然自卑了起來，糾纏著追問堂上。但實際上被堂上宣告這樣的答覆後，才發現自己並不是想聽他說這些。

才不是這樣——郁需要駁回堂上的理由。她需要一個說服自己的理由——並不是因為她的能力不足才被調走。郁面對小牧的幫腔，任性耍賴、認為她要的答案不是這樣。結果卻是從最不想聽到他說的人嘴裡，聽到最傷人的一番話。

「堂上教官，你根本就不信任我。」

郁明明知道堂上會怎麼回答，卻繼續追問。她自己也無法理解為什麼自己會這樣，故意往刀口上鋌而走險。

就算我耍賴，這個人也絕對不會回答我想聽的話啊。我又何必特地自討苦吃？郁心想。

「妳讓我見識過能夠信賴妳的事蹟嗎？」堂上說道。

果然又是這樣的一句話。郁雖然早就知道會如此，內心還是免不了一陣痛。

「妳到告別式之前的排班，已經讓防衛部編進他們的警備輪班了。接下來的指令，妳就向防衛部長請示吧。」

堂上最後留下指示，口吻就如同例行公事一般，然後走出了會議室。手塚遲疑了一會也跟上堂上。最後留下來的小牧開口：

「也許笠原小姐會覺得我只是在幫腔，但是我真的期待妳能在重要人物的護衛工作上有所成長喲。能不能把這次任務當作是一個經驗呢？參加大企業告別式這種特殊行事的機會真的很少，我覺得對妳來說，這會是一個很寶貴的經驗。」

小牧等待郁的回應，郁卻完全不說話。他略帶苦笑地說：

「妳有什麼話要我轉告嗎？」

被小牧這麼一說，郁才好不容易抬起了臉。

「……您說笠原不成戰力，是真心這麼想嗎？」

一邊在走廊上前進，手塚一邊問堂上。他顯得客套拘謹。堂上抬頭瞄了手塚一眼，卻又將目光移回前方。

手塚遲疑了一下，又開始陳述他的意見：

「她確實是又笨又無知，但是我不認為她派不上用場。像是瞬間爆發力和反射神經，我就常常比不上她。而且我認為，您說她和我相比不成戰力的說法，並不妥當。如果笠原不成戰力，同期的我在水準上應該也差不了多少。雖然她是女生，在基礎體力上有所不及之處，但是總結的訓練結果，她具有充分的競爭力……」

「真不敢相信，這是一個以前總是在挑笠原毛病的人會說的話。」

堂上說的話很明顯地不妥當，他也自覺到這一點，因此表情顯得極為不快。手塚聽到這番話後心情似乎也受影響，臉色變得很糟。

「堂上二正，是您自己說的，笠原有笠原被選拔出來的理由。」

手塚責備堂上，聲音明顯透著怒氣。堂上感到愧疚，並且因手塚的理直氣壯而退縮，卻一時說不出道歉的話。對說不出話來的堂上，手塚毫不留情地追問：

「您身為長官，卻有雙重標準嗎？」

手塚所持的正確言論強烈地刺痛了堂上。說得也是啊——堂上的低語緩和了手塚的態度。手塚很有大人風範地承認：「我剛才也太傲慢了。」

這時傳來奔跑的腳步聲，小牧加入他們之中。

「笠原要對你說：『你等著瞧，矮子！我討厭你！』」

哇！手塚完全愣住了。

「真是沒個分寸……那傢伙！」

「她真是初生之犢不畏虎啊。」

小牧的聲音聽起來，完全是在拿這件事尋開心。堂上悶悶地低語：

「她從以前講話就沒分寸。」

手塚顯得不知所措，堂上說這句話的聲音相當僵硬。手塚不知道該怎麼回答堂上，一番苦思後閉上了嘴。小牧則笑著插嘴道：

「一入隊，她就口無遮攔地說矮子啦、個性差的豬頭教官……什麼的呀。」

小牧又毫不造作地繼續說：

「但是，這回被她這樣說也是無可奈何的事。」

小牧以無意的口吻諷刺道，不仔細聽還真聽不出來。反而是手塚顯得不自在了起來。手塚似乎覺得自己離開這兩人的對話比較好，說道：「我去做出差的準備。」留下兩人，加快腳步離去。他精確地掌握了現場氣氛。

眼看手塚的背影逐漸遠去，小牧少見地用稍微帶著責備意味的語氣開口：

「你不要丟了話就跑，好嗎!?」

講道理高手的言詞果然尖銳。

「將她排除在外，明明是因為堂上你自己的關係吧，不要把責任推到笠原小姐身上。也不應該讓我來替你擦屁股吧。」

即使對方已經因為找不到話可以反駁而沉默下來，小牧仍然不留情地直指對方心中的內疚之處。就像他自己常說的——講道理的人不溫柔，小牧在這種時候不會配合對方放水。他對自己和對別人都是一樣嚴格。

「笠原的事本來就應該讓笠原自己去處理，畢竟她已經是大人了。沒有你插手的道理。」

如果不能冷靜地任用她，就放手吧？其他班長大概能人盡其才地派遣她喔。

小牧的譴責並不是譏諷，卻句句都讓堂上感到激烈痛楚。

「哇，妳現在這個樣子，好像連我都能夠闖過去！」

柴崎對郁這樣說的時候，郁正站在正面玄關進行警備。

因為兩人約好互相配合休息時間一起吃午飯，柴崎似乎是來迎接郁的。由於警備方面無法隨意變更排班，因此是柴崎配合郁的時間。

被纖瘦的柴崎說能夠闖過自己，關係到特殊防衛隊員的面子。郁憤然說道：

「別小看我！只要有可疑人士，任誰都別想通過我的面前！」

「咦，可是妳看起來無精打采的樣子耶～」

「對不對，野村？」柴崎對著和郁一組的防衛員問道。因為是同期隊員，柴崎的口吻顯得隨隨便便，但是被柴崎叫住的野村卻因為緊張和興奮，尖起聲音說道：

「哦，嗯，我也像您一樣，覺得她好像不太有精神的樣子。」

為什麼明明是同期的隊員，對柴崎卻使用敬語呀！郁雖然心裡這麼想，卻不去追究。雖然柴崎白璧微瑕般地語鋒毒辣，但因為她是個美女，因此在男性隊員中很受歡迎。野村大概也是其中的一名愛慕者吧。

等接班人員到來，接下警備職務之後，兩位女性結伴步出館外。因為正值發薪日之前，今天兩人要去的是免費的隊員餐廳。

「野村本來想邀妳吃午飯吧？」

野村在等接班人員的時候顯得心神不定，應該是在等待適當時機，想邀柴崎一起吃午餐吧。結果話還沒出口，兩人就離開了，他似乎顯得很沮喪。

「不行不行，我對毛頭小子沒興趣。」

「毛頭小子？不是同年嗎？」

「不不，至少要大我五歲，我才能把對方當作是男人看。我比較喜歡成熟的大叔啦。」

「要是那個人聽到妳的話，心境應該會滿複雜的。」

雖然提到這樣的話題，卻微妙地逃避不把堂上的名字說出口，就證明了郁果然如同柴崎所說的，還在沮喪。

「對了，堂上班已經進入小田原啦？」

被這麼一問，雖然身屬堂上班卻獨自留守，自己被拋下的感受再度襲來。郁「嗯」了一聲算是肯定地回答柴崎，但那聲音沮喪到連自己聽了都會覺得厭煩。

妳這樣簡直就像是被丟棄的狗吶——柴崎吃著套餐，評論一針見血、毫不客氣。

「飼主是那個人的話，我才不接受！」

郁生氣地說。卻被柴崎回了一句話：「妳有自覺飼主就是那個人嘛！」郁不禁無話可答。

「……有什麼辦法，他是長官呀！就像狗不能自己選擇主人，人也不能選擇長官的呀！」

好吧——對於郁加強語氣強調著說了一串話，柴崎卻很乾脆地聽了進去。讓郁覺得認真起來的自己，簡直就像是一個傻子。

「小田原那邊好像緊張得很呢，說是進入嚴密戒備狀態喔。」

柴崎的消息依舊又快又靈通。明明在公事上沒有關係，到底在哪裡撒了怎樣的天羅地網，才能收到這些消息呢？對於這些郁卻是毫無頭緒。自從郁的編制被調出去之後，現場的情勢早就不在她的掌握之內。

「上層部門都在警戒著，說什麼說不定會發生繼『日野的惡夢』以來的嚴重事件呢。」

「……什麼？」

郁不禁停下了筷子。

對於二十年前的日野圖書館襲擊事件，連郁也去查了資料。就悲慘性來說，圖書館史中的這起事件堪稱第一。甚至可以說因為不希望重蹈這樣的覆轍，圖書隊制度才得以成立。

「有那麼糟嗎？」

妳還真鈍耶！柴崎顯得驚訝萬分。

「『情報歷史資料館』是優質化法成立以來，不可觸碰的禁忌呀。對優質化委員會來說，那是他們想要暗中抹消的資料寶庫呢。如果這是公立圖書館，大概在老早以前，它的存在就會被從歷史上抹殺掉了吧。就算是私立圖書館，如果普遍對外開放，也很可能早就被毀了。要不是有野邊山集團這種靠山，雖然並非完全不可能，但實在難以對抗外在壓力。圖書館可以說是因為有野邊山前會長的政治力量，才能夠延續維持經營。而這位野邊山前會長一過逝，妳想想，當然是——」

柴崎說到此停頓了下來，露出了危險的眼神。

「視作是大好機會而攻過來囉。」

柴崎已經連進行檢閱都跳過去不說，而直接地說「會攻過來」。簡直就像在敘述戰爭的話題。

「……會發展成有人死亡的事件嗎？」

郁也覺得自己問的問題很傻。

「就是為了防止發生這樣的事件，才進入嚴密警戒狀態嘛！聽說防衛員的裝備也升級到衝鋒槍（SMG）了。說起來，至今為止我從沒聽過整個圖書特殊部隊全體參加這麼極端的舉動呢。」

這次的全體參加中並不包括笠原，她被排除在外。

為什麼我現在不在那裡和他們在一起？為了這場行動計畫，準備了等同於有十二人傷亡事件的警戒。這場行動計畫，說不定會有人無法平安歸來，我為什麼沒有在他們的行列中？

我本來想與他們並肩作戰。為了保護圖書，和想要保護圖書的人一起行動。

「喂，妳別這樣嘛，別擺出那副表情呀。」

那副表情到底是怎麼樣的表情？郁雖然不明白，不過大概是相當悲慘的表情吧。

「妳放心好了，和二十年前的狀況是不一樣的！」

柴崎似乎覺得她把郁嚇壞了，而做了補充說明：

「現在裝備充足、訓練也夠喲。甚至有人說我們一般隊員在習於實戰這點上，勝過警察和自衛隊呢。絕不會像日野圖書館那次一樣，因為貧乏的裝備而一面倒地被敵人蹂躪啦。」

「是嗎？」

詢問的聲音透著驚人的不安。

「不知道大家能不能平安無事地歸來啊。像玄田隊長啦、小牧教官啦、手塚啦……還有堂上教官啦，每一個人。」

「別說些不吉利的話！」

柴崎似乎真的生氣了，訓斥了郁一頓。

「他們既然排除了妳這種沒自覺的傻瓜，當然是做了真心要打贏的安排！」

柴崎說這句話時，聲音是少見地帶刺。過了一會兒，她氣嘟嘟地低語道：

「對不起，我說話太過分了。」

然而柴崎的話是正確的。沒有自覺的傻瓜——郁完全就如她所說。以手塚為例，不需要說明，他就應該已經知道要收受「情報歷史資料館」的資料是怎麼一回事了吧。當然，他工作意識之高，父親是日本圖書館協會長的家境應該也是助力，然而這並不能當作是郁缺乏自覺的辯解理由。

和需要加以說明才能了解到重要性的傢伙比起來，一經提起便有反應的傢伙當然比較值得信賴。

「……我本來不想跟妳提到這些啦。」

柴崎百般無趣的表情，開口說道：

「玄田隊長其實有把妳算在戰力裡，而且原本也預定帶妳一起過去的。妳雖然笨，但是這和戰鬥力本來就是兩碼子事。老實說，當兵的只要具備能夠理解指揮官命令的智能，就算是個大傻瓜都不成問題的。」

柴崎口口聲聲笨蛋、傻瓜的，毫無遮攔地連呼好幾次。但是她所說的就算是笨蛋也不成問題，也算是對郁的一種幫腔吧。

「把妳從編制中調走，只不過是堂上教官的一意孤行喲。他對妳的嚴厲，是因為自己感到心虛內疚。他自己應該也有十二萬分的自覺，知道自己並不公正。」

郁一副想要搞清楚到底是怎麼回事的樣子，皺起了眉頭。柴崎以半帶驚訝的表情回答她。看來這副表情不是擺給郁看的。

「笨女兒沒有對父母報告分派到戰鬥職種，就算她身負重傷或因公殉職都只是笨女兒的不孝。為什麼那個人要對笨女兒的藉口、以致於她父母的痛心這種事都必須擔心呢？」

「……什麼跟什麼呀，這根本就是多此一舉！」

「所以我就說這是堂上教官的一意孤行呀。純粹是偏袒關照，一點也不冷靜。」

「我才不要這種偏袒關照呢！」

被你調派出去，你以為我的內心受到多大的傷害!?郁對不在場的堂上所湧起的憤慨，幾乎要沸騰起來。

然而，說起來還是我不對。郁心想。

「……因為是我沒能把自己的事情妥善處理好。」

因為自己沒能處理好事情還讓對方看了出來，對於這一點，郁沒有理由抱怨。即使堂上的多管閒事並不妥當，但是對於讓他認為這件事需要由他介入，郁沒什麼好辯解的。

「妳還有點自知之明嘛。」

柴崎一副了不起的樣子說著，同時笑了。郁也跟著笑了起來，然後鬆了一口氣。

「不過，真是太好了。」

郁面對歪著頭的柴崎，有些不好意思地回答：

「原來不是因為我派不上用場才被調開，雖然我說這句話可能太天真了。」

「……我真是敗給妳了。」

柴崎縮著肩膀，扔過一句話來補充說：「敗給妳說出『可能太天真』這句話上！」

「我會努力做好我的工作。」

彷彿是向柴崎宣言一般，郁低語道。糾纏著人家撒嬌說那份工作比這份工作好做，那才是小孩子的任性耍賴。自己的工作都無法完成的傢伙，沒有向他人要求相信自己的權利。

要叫堂上別多管閒事，必須在自己能夠消化自己的工作之後。

＊

「笠原小姐沒來嗎？」

折口聲稱著要採訪，在封閉圖書館的前一天混進「情報歷史資料館」內，將館內狀況環視了一圈之後，如此詢問道。警備本部設在館內的大廳。

「那傢伙必須隨侍在參加告別式的司令身旁，是直屬長官的要求喔。」

玄田開玩笑的口吻讓堂上苦了一張臉。哦——折口則一臉意外的樣子。

「出乎意料地寵部下嘛，外表是看不出來……哦、不，也不會喔。」

在後半句，折口顛覆了感想，她笑了。「對不起對不起，是十分地寵部下啊。而且是看門犬呀。」

她是在說上次採訪時，堂上抗議將郁的照片刊上雜誌的事情吧。

「這是考慮到適性所做的調度，我們沒有義務接受非相關人士的批判。」

「討厭，我沒在批判喲。」

折口不快地嘟起嘴，向玄田抱怨：「幫我想想辦法吧，這個人好死板。」

「折口，別開他玩笑。這傢伙一不高興，頑固起來就很難軟化。」

這種幫腔不說也罷，堂上更加板著一張臉。折口一來，彷彿就變成有兩個玄田，總覺得很辛苦。主要是因為他們兩人說起話來毫不客氣，神經也很大條這幾個理由。

「說起來，女性特殊防衛隊員目前全國僅此一名，就像寶貝一樣。能不能成長茁壯的確令人擔心，若是在她經驗尚淺的時候就讓她投入苛酷的狀況中，害得她離隊也是問題一樁。」

總算有了比較完整的補充說明。一開始就明說這些話不就行了？這就是玄田惹人厭的地方。

「但是笠原小姐一定生氣了吧？」

折口指責的對象明顯針對堂上，讓他無所遁形。而且漂亮地命中要害。

「她向我嗆聲說：等著瞧，矮子！」

折口和玄田同時忍俊不住，噴笑出來。折口說著：「堂上先生確實有點矮～」她這種說法實在很不禮貌，粗枝大葉。

「可是你必須諒解她喔。我想她當時如果不對你發洩出這些話，她一定會哭出來的。」

堂上被折口毫不客氣地提出自己故意忽視的事實，讓他內心感到退縮。郁的個性激烈卻淚腺發達，說哭就哭的、相當脆弱，堂上至今已領教過幾次。雖然已經差不多習慣了，但是每次碰上，心裡就會很不好過。加上這次是自己理虧，更是雪上加霜。

「對你說『等著瞧』耶，我想她是真的想要追在你後頭，以你為目標喔。」

「不是這樣的。」

堂上立刻否定折口的話。

「那傢伙想要追趕的目標另有其人，不是我。」

認真回答的話也只不過是抱怨。玄田想插嘴，卻又想起什麼似地以苦笑做收。

＊

告別式當天——也就是「情報歷史資料館」封館當天。

當日秋高氣爽、晴空萬里，郁在宿舍的早餐吃掉了三碗飯。

「哇，光看妳吃就覺得要消化不良了。」

柴崎說著皺起一張臉，她因為低血壓的緣故，早餐都吃得很少。

「也就是說妳吃得太少了。啊，妳不吃炒蛋，那就給我吧。」

「唉，全部給妳啦。看妳的吃相，我都失去食慾了。」

柴崎將炒蛋的盤子一推，滑向郁的方向。「妳啊，今天至少吃了平常的兩倍份量喔。」

「今天可要吃飽一點才行呀。不是有句話說：不吃飽，上不了戰場嗎？」

「妳要上戰場去啦？」

「我是以這樣的精神自許啦！」

特殊部隊今天要進行「情報歷史資料館」的攻防戰。雖然郁被留了下來，但是她至少也希望能以同樣的心態，來執行自己被賦予的任務。

他們希望經驗不足的郁所負責的並非護衛任務，而是看護的工作。這麼說來，不讓稻嶺在行動上感到不自由，便是自己的使命了。

「嗯，妳真是滿努力的喔。」

柴崎難得以一般的態度褒獎了郁。郁對突然而來的褒獎，表情顯得複雜——她覺得很難為情。

雖然離告別式沒多少時間了，郁仍然努力向曾經在公共場合看護稻嶺的防衛員學習。昨天晚上更是借來稻嶺的備用輪椅，請柴崎陪同做看護的練習。

「謝謝妳陪伴我做這個、做那個的。」

「是啊~我都陪妳做練習了，妳如果還出差錯，我可不原諒妳！」

雖然柴崎口氣很大，但這是她一貫用來掩飾害羞的說法。郁順從地點點頭，表示她知道了。

向告別式出發的時間，依照預定是上午十點。

公務車抵達司令部機關大樓，迎接稻嶺。這時只見稻嶺在上車前向全員低頭敬禮。由於他是以坐姿向站著的人低頭，因此隊員們都必須俯視稻嶺低下的頭部。

「在我回來之前，就一切拜託了。」

接下來要讓稻嶺坐進車子裡。由具備腕力的男性隊員負責幫他坐入車子的座位中，郁則快手快腳地疊起了（特別訓練的成果啊）輪椅，放入車後的行李箱。

郁坐進稻嶺旁邊的位子，稻嶺此時對她微微一笑。

「今天要麻煩妳了。」

他溫和的笑容讓郁一瞬間看得入迷。郁慌忙深深點頭，回答道：「是！」

啊，原來我是在這樣的長官之下工作啊——郁再度體認到這一點，感覺非常自豪。車子小心翼翼有如滑出般行駛，郁坐在其中，往心目中小田原的方向望去。

攻防戰應該已經開始了，郁在心中默默祈禱著同伴們武運恆昌。

＊

「情報歷史資料館」在上午九點被優質化特務機關部隊包圍。此時是該館平時開館的時間，也是野邊山集團將資料移轉給關東圖書隊的時限。這個時間會成為開戰時刻這一點，早已由優質化特務機關事前向周邊地區分派出的交通管制措施中被預測出來。

另一方面，圖書隊的UH60JA在十點飛離圖書基地，十點三十分預定到達「情報歷史資料館」的事情，由於圖書隊事前向航空交通管制局提出飛行計畫，應該也在優質化特務機關的掌握之中。

首先，等待運送第一班的抵達便是攻防的重點。

『從現在起，遵行向關東圖書基地方面做的優質化第7726號書面通告，以優質化委員會・小野寺滋委員長的代理身分，執行優質化法第三條所規定的檢閱行為！在此勸告關東圖書隊儘速解除武裝，向我們投降！』

優質化機關方面的部隊長以擴音器嚷嚷著代執行宣言。檢閱的現場明明是「情報歷史資料館」，卻把通告公文送交到圖書基地。想盡辦法要攻其不備的手段一如往常。在正面玄關等候的玄田毫不顯畏懼，拿起廣播器材中的麥克風。

『關東圖書隊基於圖書館法第四章・圖書館的自由第三十四條，在此發動圖書防衛權！要進行檢閱的話，就放馬過來！』

他那帶著過多挑釁意味的答覆，為「情報歷史資料館」的攻防戰揭開序幕。

……已故野邊山宗八氏（野邊山集團前會長）的告別式當天晴空萬里，野邊山宗八盡其半生所營運的「情報歷史資料館」也迎接結束的日子。但這一天發生了一些喧嚣吵人的騷動。

那就是優質化特務機關對於野邊山宗八捐贈關東圖書隊的資料，強行進行檢閱。檢閱的代執行宣言，則在通告公文未送達「情報歷史資料館」現場的情況之下進行。

無視於擔任警備職務的圖書隊強硬作風，正是優質化特務機關的拿手絕招。如此忽略故人的遺志，到底是為了誰而做如此強硬的檢閱？

（by Maki-Orikuchi）

「對方也還真聚集了不少人員呢。」

手塚將身體趴在屋頂上低矮柵欄的內側，低聲感嘆著。

由於規定不可將交戰範圍擴大至受檢建築以外，因此圖書隊總能自動確保住最高位置——也就是受檢建築的屋頂。

俯視地面，只見優質化特務機關的部隊展開來，將資料館毫無縫隙地包圍住。至於投入的人員，包括在周邊地區從事交通規則處理的後勤人員，應該有兩百名以上。這樣的動員規模相當於將優質化特務機關的一個支部全體投入。也許因為如此，對方在圖書基地那邊完全沒有動作。看來，他們是決定將所有戰力投入在比較容易攻略的地方。

關東圖書隊曾經迎擊過的檢閱中，雙方最大規模也不過五、六十名。像這次大規模的檢閱，對於隊上來說是第一次。目光所及的車輛也不是一般檢閱常用的小貨車，而是類似野戰用卡車，攜入的裝備不管在質與量上都非常充實。

圖書館方面也當然同樣慎重其事。考慮到資料館建築用地的廣大，這將是一場都會區最大規模的激戰。

「人員上來說是勢均力敵。」

回答手塚的是別班的進藤，他和手塚同樣被分派到狙擊手的任務，是圖書特殊部隊第一把交椅的狙擊名手。他是從圖書特殊部隊創設時開始，便一直待在隊裡的老手。

「盡量不要殺人，鬧出人命的話戰鬥會變得更劇烈。」

「對方會考慮到這些嗎？」

「大概不會，但是雙方姑且都規定使用減裝藥彈。可以不用考慮對方的應戰方式。如果我們利用所在高度的優勢讓他們死了人、惹火了敵方，接受對方怒火的會是在下面應戰的我方同伴。我們必須記住這一點。」

要不是長年任職狙擊手，是不會注意到的這一點的。

「讓對方自己考慮到惹火我們的後果就行了。到時候，我們也只能全力利用我們的優勢應戰。」

只要知道這一點，對方也不會亂來的——進藤說。

在檢閱抗爭之中，狙擊手的存在毋寧說是抑制戰況的力量。而這股抑制的力量便是配置在屋頂上的這五名人員。基本上，他們順從配置在地面上各班的要求，徹底執行援護射擊。老手有時會靠自己的判斷射擊。而像手塚這種程度的新手，遵照指揮官的判斷行動便已經很吃力了。

「我不要求你射擊的精準度，你甚至可以朝無人處發射。從高處射擊本來就會有壓力。」

「遵命！」

手塚被判斷擁有狙擊手的適性，定期接受來福槍射擊的訓練。但是手塚自己也不認為入隊才第一年的新人，在精準度上能夠媲美已有十年資歷的老手。

耳機中傳來狙擊班頻率的通訊。

『正門呼叫狙擊班，要求支援護衛！』

「我和手塚過去，再來一個人！剩下的兩人在後門做戒備！」

為了避免讓下面的敵方人員掌握上面人數，進藤保持著低姿勢移動到正門能夠狙擊的位置，手塚也有樣學樣。正門那邊的人員利用設置的路障和戰壕，已經展開了激烈的槍戰。

能夠控制高度這一點，對圖書隊方面較為有利。但是就可以輕而易舉地射擊這方面，優質化部隊方面要有利得多。如果射擊破壞了檢閱對象設施以外的公共物品，以及個人資產時，補償多半都會成為必然「由內向外」射擊的圖書隊負擔。實際上，補償會以特殊損害保險來處理，但是損害的事實將會直接關連到保險費提高。這幾年，保險費一漲再漲，圖書隊預算受到相當程度的壓迫。

相對於「由內向外」射擊的圖書隊，「由外向內」射擊的優質化部隊就不必擔心損失擴大。再加上它隸屬於國家行政組織，確定能分配到圖書館難以比擬的預算，因此在射擊上根本就不需要躊躇再三。優質化部隊不必擔心荷包這一點，實在讓圖書隊羨慕不已。

在觀察風向以及風力，調整過瞄準鏡之後，手塚瞄準了優質化部隊。同時，為了讓敵方知道他們被自己從高處瞄準，手塚將門柱上的青銅像裝飾品當作射擊目標。

手塚屏氣凝神扣下扳機，分毫不差地將青銅像擊碎。之後進藤他們往敵方部署的空隙不斷地發動威嚇射擊，優質化部隊彷彿被追擊似地轉而撤退。優質化部隊就算瞄準屋頂，開槍的彈道也遠在狙擊手上方。

雖然最後部隊可能會被迫退回建築中，發展成館內和館外的攻防戰。但是至少必須撐到第一班直昇機到來，否則要等待到第二班抵達，更是不可能的任務。

「情報歷史資料館」遭受槍林彈雨。由此絲毫看不到他們對該館三十年的歷史與已故理事長精神的敬意——他們彷彿要將該館的歷史以及精神打碎一般，肆意撒著鉛彈。

相對的，圖書隊予以反擊。他們的攻擊總是反擊，是防衛。他們心甘情願接受交戰之初的第一炮。雖然他們知悉先發制人帶來的優勢，卻放棄了優勢。

不論對手是誰，都不可以把圖書防衛當作先發制人的理由。這是一手建立起圖書隊制度的稻嶺和市（現為關東圖書基地司令）所提倡的理念。他們明知不利，卻仍貫徹著防衛理念。

（by Maki-Orikuchi）

十三名——這是在直昇機預定抵達時刻十五分鐘之前的累計負傷者人數。

「我們有幾名重傷的傷患!?」

玄田怒吼道。此時正在蒐集整理情報的副隊長緒形回答：

「總共十三名。靠醫務班的急救處置便能得到救治的人，一開始就沒有算在裡面！」

「說得有理。」

玄田表示理解，並下達指令：

「讓傷勢嚴重者優先在屋頂上等候，我們用直昇機空下的客艙運送。」

調整的結果，回報說可以先運送十名。

「留下的人員就由第二班運送，如果支持不住，就向中部圖書隊要求直昇機支援！」

「我們提供直昇機給你們吧。」

此時開口的，是至今都專注於採訪、從不開口作多餘干涉的折口。

「我來安排採訪用的直昇機。比起你們待機的位置，從都內派出直昇機到得比較快吧？」

「好，拜託妳了。」

玄田立即下了判斷，接受她的建議。折口以行動電話向本社取得聯繫，而玄田在這之間，持續向隊上下達指令，速度快得讓人目不暇給。戰況瞬息萬變，能夠把握所有情報的，只有本部而已。

玄田對著切斷通話的折口一拜，說了聲：「不好意思。」

「別放在心上。報導你們的戰鬥情形，就是我們的奮戰了。為了能讓你們全力投入戰鬥，我們是不會吝於支援你們的！」

折口說著，不合時宜地嫣然笑著。

由於世相社是野邊山集團系內雜誌社，和前會長野邊山宗八所創辦的「情報歷史資料館」關係匪淺。對「情報歷史資料館」抱持深刻情感的媒體相關人士相當多，其中世相社也許全社都對該館有深刻感情。

你走你該走的路吧。我會追隨走在那條道路上的你——玄田忽然想起以前她曾說過，而今彼此已經羞於說出或聽聞的話。

圖書隊的負傷人員除了從空中運送之外，沒有其他的辦法可行。「情報歷史資料館」完全遭到包圍，優質化特務機關甚至不允許圖書隊運送傷患。即使圖書隊叫來了救護車，都被優質化特務機關的交通管制阻擋在外。

在檢閱抗爭之中，兩方陣營即使出現死者也不至於被定罪。就像在戰場即使殺死敵兵，也不會被定罪一樣。但是，優質化特務機關站在從外部進攻的立場，就算有人負傷，也能夠自由脫離戰線。

抗爭的結構完全對優質化特務機關有利。

（by Maki-Orikuchi）

上午十點二十五分。

UH60JA比預定時間快了五分鐘，抵達「情報歷史資料館」。

「射擊！全力射擊！」

進藤以少見的激昂態度指示狙擊班。地面上也下令進行激烈的射擊，也只有在這個時候，圖書隊以不顧設施外器物損毀的氣勢，猛烈射擊優質化部隊。

「可惡！」

手塚瞄準優質化部隊所佔據的戰壕其間隆起的土堆，扣下扳機。在直昇機的下降氣旋中，再怎麼瞄準，子彈都無法保證能夠正確地射擊。除了瞄準無機物之外，別無他法。

拜託，不要鑽出來——手塚一方面祈禱著進行「全力射擊」。在這樣的威嚇射擊之下，如果被擊中，那是中彈者的責任——如果因此中彈身亡我才不管呢，手塚心想。

要運送的貨櫃，從前一天起便在屋頂上準備好兩班次的份量。只剩下必須將吊起的金屬零件安裝上去。加上將負傷人員收容到客艙裡，UH60JA的螺旋槳不停止地離開了地面。

在直昇機尚未離開地面之間，由於進行激烈的威嚇射擊，優質化部隊幾乎不曾對UH60JA進行狙擊。但是在這之後的反擊，彷彿是在對允許直昇機離開地面一事出氣發洩一般，更形激烈。

第一班直昇機終於抵達了現場。圖書隊這時才開始展開強烈的攻勢。他們猛烈射擊，讓敵方簡直無法從路障露臉，就連優質化特務機關都束手無策。

關東圖書隊寶貴的泛用直昇機在客艙中收容了負傷人員，並且吊起超過三噸的貨櫃，離開了地面。貨櫃內滿載著超過三十年份、有關優質化法報導的所有資料。圖書隊守護了傳播界不可抹滅的歷史。

另外，雖然因為有圖書隊的支援保護，而無不幸發生。在此僅記錄對於之後抵達的敝社所調派搬運負傷人員的直昇機，優質化特務機關予以槍擊之事。

（by Maki-Orikuchi）

「全員疏散到館內！」

第一班直昇機起飛後過了三十分鐘，終於顯得支撐不住了。

被分派在後門的堂上和小牧，遵從現場指揮官的指示，支援被分派在外的隊員後撤。基本上以少人數班制編成的特殊部隊，在全體作戰時考慮到資歷和指揮能力，從班長級的人員中指定各管轄區域的指揮官，其他班班長也納入指揮官的指揮之下。堂上今年才剛開始有了部下，在此理所當然是被指揮的份。就像分派去狙擊班做支援的手塚一樣，即使在同一班，也會依照適性偶爾會被分開調派。

圖書隊的人員運用上，說好聽是有彈性；說難聽一點，特色就是馬馬虎虎。

即使在撤退時，優質化部隊依舊毫不留情地攻擊過來。他們藉由增加中彈者，確實地削減圖書隊方面的戰力。相對之下，貫徹專守防衛要旨的圖書隊，以不妨害敵方進行撤退為原則。然而從戰鬥現場屢屢有人員不滿上報，說實戰時這樣的限制並不合理。

不得將圖書防衛權作為擴大戰鬥的手段——堂上雖然能理解稻嶺平日的訓誡，但在這種時刻，如此的限制不免令他怨恨不已。

當有一名防衛員從路障飛奔而出時，他不禁心想，太慢了。就在對方閃過腦海裡時，說「果然如他所料」是殘酷了些，但該名防衛員在抵達本館之前被敵人的槍彈襲擊。

跌倒的一瞬間，雖然不清楚中彈位置，但是從之後無法直立的情況看來，似乎是腿部中彈。雖然優質化部隊不會再對中彈者繼續進行射擊，然而在跌倒的隊員頭上，槍彈仍是毫不留情地來來往往。

「小牧，拜託了！」

堂上放下本來在使用的步槍，重新戴好鋼盔。這時小牧簡短地問他：「要去嗎？」

「比較起來，矮子的中彈面積是比較小。」

小牧微微一笑，似乎也想起了最早說出這個詞的人。然後他對無線對講機喊著：

「堂上二正將出動救回人員！援護射擊準備！」

小牧以射擊代替了號令。接下來，圖書隊方面的槍聲密度一口氣升高，堂上彷彿被這樣的聲響推著背部一般，飛奔向出入口。

擦過耳際的槍聲是攻擊還是護援？不管是哪一種，如果因畏怯放慢腳步，便會被擊中。

堂上幾乎如滑壘一般到達隊員身邊。這名隊員保持著倒下時的姿勢，動也不動地趴著。堂上並未對該名隊員狀況做多餘詢問，將自己的手伸進隊員身體下方，把對方抬起來、一口氣扛上肩膀。

腳步果然因隊員的體重而遲鈍了起來。堂上只能相信同伴的援護，儘可能保持低姿勢。但是在肩膀上扛著一個大男人的狀態之下，保持蹲低的姿態讓堂上腿部差點要被壓斷。原本被槍擊中的隊員體格就比堂上要來得高壯。

扛到最後，堂上的膝蓋還是稍微抬高了一些，他從出入口跌了進來。由於沒有餘力放下扛著的隊員，只好將對方拋出去，隨後自己也倒下喘氣。

「堂上！」

要不是這種時候，實在難得聽到小牧的怒吼聲。堂上單手向他揮了揮表示沒事，他連聲音也發不出來。

「……員，他，怎麼樣了？」

堂上好不容易直起了身體，對堂上腦中一片空白而不成語句的問話，小牧回答道：

「隊員平安無事，也沒有再中彈。」

好，盡到義務了——堂上再度崩倒下去。

如果是笠原就不需要這麼辛苦費力吧？明明就是自己把她調走了，堂上卻擅自在心中做了比較。

圖書隊終於被逼入建築物用地之內。優質化部隊毫不留情地對撤退至館內的圖書隊，加以追擊。相對之下，圖書隊並未對優質化部隊的撤退加以妨礙。

「我們的任務是保護圖書，並不是傷害優質化特務機關。」這是當天圖書隊總指揮官所說的話。

究竟優質化特務機關的任務是檢閱，還是「攻擊圖書隊」？不加選擇地採取各式手段，讓人懷疑檢閱本身的正當性。

（by Maki-Orikuchi）

警備本部移到了四層樓建築的「情報歷史資料館」最上層。被逼至館內也只是時間上的問題，之後就是一層層撤退以換取時間。這樣一來，屋頂上的狙擊班威力也只能減半。

在棄守一樓時，第二班直昇機抵達現場。和第一班一樣，載走了負傷者和貨櫃。

優質化特務機關的猛攻實在驚人，在直到第二班直昇機再度飛離的僅僅二十分鐘之間，圖書隊更是被迫放棄二樓。

「好，時候差不多了」

接收了直昇機的起飛報告之後，玄田向本部內吼道：

「任務達成！從現在起開始收拾善後！」

第二班直昇機飛離，但是館內的資料並未全部載走。圖書隊已經讓優質化部隊侵入館內，更有甚的，整棟樓層之中，到二樓都已經棄守。

要等待第三班的話還需要一個小時的時間。圖書隊終於做出令人苦惱的決斷。

(by Maki-Orikuchi)

「關東圖書隊敬告優質化特務機關！關東圖書隊於十二點四十分，放棄對於留在本館所有資料的權限！再重複一次！關東圖書隊於十二點四十分，放棄對於留在本館所有資料的權限！答覆請使用內線〇三號！」

隨著玄田使用館內廣播做出宣言，原本充斥館內的槍擊聲緩緩停歇下來。

不久，本部會議室裡的電話響了，間斷的鈴聲屬於內線電話。玄田以免持聽筒的方式接聽來電。

『優質化特務機關敬告關東圖書隊。我們將給予三十分鐘緩衝期，限你們在十三點十分之前從本館撤退。撤退後我們將不允許你們再度入館。另外，所有貨櫃、袋子之類，在攜出之際由本隊檢查其中內容。完畢。』

特務機關單方面的予以通知之後，掛斷了電話。玄田命令副隊長將該通知用館內廣播指示隊上。

折口顯出一副驚訝的樣子詢問：

「裡頭還剩下會被放棄的資料嗎？」

「剩下放棄用的資料啊。」

玄田說著，自己也加入整理裝備的行列。

「在提出了三班的飛行計畫之後，屋頂上也準備了三箱貨櫃。第三箱是圖書隊的藏書中，已有充分副本的過期雜誌和書籍。對方都如此誇張地出動了，也不能讓他們空手而歸啊。我們準備了東西讓他們帶走。」

折口低語道：真叫人驚訝啊。

「就不能從一開始，以放棄一部分達成妥協嗎？」

「敵方的目的就是想要全部扣押，妳說的協議怎麼有可能成立。就因為我們是在做了如此的抵抗之後才放棄，特務機關方面才能當作成果，有接受的餘地。而且不管是怎樣的表面原則，我們不能留下前例，說圖書隊在未做抵抗前就和檢閱方面做了妥協。」

玄田再三要折口別報導這件事，折口則縮起肩膀歪了歪頭。這是她從學生時代慣有的動作，表示她明白了。報導中大概就寫成：可惜未能守護資料，一部分遭到沒收。

「正義的化身有好多表面原則，真累人呀。」

對折口開的玩笑，玄田笑答：「是呀，體諒一下吧！」又不是堂上，彼此能夠意會的輕鬆對話中，沒必要特地做正經八百的否定答覆。

玄田就當作是在整理，將手邊的無線電等物品扔入箱子裡。其中有一名部下瞪大了眼睛，遠離整理中的玄田。

圖書特殊部隊從「情報歷史資料館」撤退，解散神奈川組成的聯合部隊，回到圖書基地時已經過了三點。

基地早已開始整理收受的資料。圖書特殊部隊解下裝備，回到事務室。

「等笠原歸隊，就是全體人員都回來了啊。」

玄田說著抬頭望了一下時鐘，告別式這時候應該已經結束了。

正當玄田心想，也差不多該接到稻嶺回來的報告時，電話內線響了。

玄田接起電話，一邊和對方對話，臉色變得凝重起來。室內瞬間四處飄盪著緊張的氣氛。在場所有人員都感受到空氣中瀰漫的危機感。

如果一定要說誰對這樣的氣氛感覺遲鈍的話——

玄田掛上電話，轉頭面向全體人員說道：

「在告別式會場，稻嶺司令遭到形跡可疑人士的綁架——笠原也是。」

現場響起刺耳的聲音，眾人一齊向聲音來源望去。不久之後，堂上才發現那是自己踢倒了椅子所發出來的聲響。

「……啊。」

堂上開口想說些話，結果卻什麼都沒說便閉上了嘴。因為什麼都沒說，他也不知道自己到底本來想說什麼。

小牧從旁站了起來，扶起倒下的椅子，壓住堂上的肩膀。在彷彿要將膝蓋折斷般的壓力下，堂上在扶起的椅子上坐下。

——冷靜下來。

「抱歉，請繼續。」

堂上直視著玄田道歉，玄田則以眼神示意表示理解，開始說明狀況。

＊

對郁來說，這些傢伙到底隸屬於什麼組織，其實都無關緊要。

該團體自稱為政治團體，團體名稱據說是麥秋會。反正一定是每發生什麼事情，就解散並且換個名稱，裝成其他團體的暫時通用團體名義吧。實際上是不是登記為一個團體，也令人懷疑。

稻嶺的護衛人員連郁在內共有四名，相較之下，對方有六名。似乎從稻嶺開始發表悼詞起就盯上了他們，尾隨他們來到葬儀會館的停車場。然而，在淨是名流雲集參加的會場之中，從他們身上散發出的暴戾之氣，讓他們格外顯眼。幾乎要讓人可以注意到，而先做警戒的地步。

老實說，誰也沒有想到這邊竟然會出事。不過，齊聚了資深老手的防衛員們，對應得精彩萬分。

郁受到指示，要她帶著坐在輪椅上的稻嶺躲到車子後面。雖然是特殊防衛員，但是她的資歷最淺，理所當然該如此分派。

郁抵達公務車旁時，敵方現出大概是用老套不法行為而取得的槍枝，向他們威脅。迎擊的防衛員因為沒有取得圖書設施外攜帶槍枝的許可，僅能使用折疊式警棍。

但是這樣的裝備其實就很充分了。

對方約有兩人掏出槍枝，但是他們像外行人似的，動作拖泥帶水。連使用槍枝的機會都沒有，就被防衛員們從手中敲落。身心障礙者專用停車場的使用者稀少，一切解決得很快，連通過遠處的第三者都不曾察覺發生了什麼事。

郁也利用空檔讓稻嶺到公務車旁避難。這樣一來，自己的打鬥就毫無束縛了。

就在她想要一氣呵成加入打鬥的那一剎那，看似領導者的男人喊叫道：

「再抵抗的話，我們就炸毀會場！」

有同夥在監視，如果不服從，就要引爆設置在會場內好幾處的炸彈。聽到他們滔滔不絕說出的內容，防衛員們的動作完全停止了。參加者要從巨大的告別式會場走出來，需要花相當長的時間。會場內目前還是很混雜。

現在沒有證據能夠判斷他們只是在信口開河。

「我們的目的是稻嶺和市本人。」

那就應你們的要求吧——稻嶺立刻做了回答。當時的狀況除了稻嶺以外，任誰都無法回答他們。靠向輪椅的郁也只能在一旁聽稻嶺的回覆。

不具一一分辨價值的男人們走近稻嶺和郁的身旁。粗野的手朝自動式輪椅的把手搭了上來，郁不禁拂去那隻手。

「妳這個女人！」郁無視於怒氣沖沖的男人，向身為領導者的男人說道：

「我也和司令一起過去。」

對方顯出驚訝的表情，郁又說道：

「我是一般隊員，是稻嶺司令的看護。行動不方便的稻嶺司令需要我。我不認為你們能適當地照顧稻嶺司令。」

郁自己其實也懷疑自己所說的，但仍然拚命滔滔不絕說著。

「妳讓我見識過能夠信賴妳的事蹟嗎？」堂上扔過來的話語又在腦海裡浮現。這句話原本就算是為了要將郁從編制排除所做的辯解，而會被這句話所傷，是因為本來就很有被刺傷的空間。

郁從來沒有讓堂上看過能夠使他信賴自己的事情。沒有讓他見識過什麼事蹟的郁，不可能在這樣的情況下毫無意見地任稻嶺隨他們而去。同樣是沒有主意，還不如跟著他前往。

「你們也必須好好對待人質才行吧。」

除了拿他來當跟圖書隊談判的籌碼之外，反圖書隊團體沒有綁架稻嶺的理由。領導者露出了考慮的樣子。

郁並沒有參加戰鬥，而且他們在稻嶺發表悼詞時，看過郁在協助他行動的樣子。對於郁是稻嶺的看護一事，他們應該不會感到懷疑。在這種場合之下，她身為女性也在他們的計算之中吧。

「好吧，妳也一起過來！」

郁在男人們的包圍之下推動了輪椅。平常頂多在行進時需要導引路線的輪椅，現在卻不去推便動彈不得。稻嶺似乎關閉了自行移動的功能。這也許是他無言的回答，表示不否定郁的隨行。郁必須多表現出幫忙的樣子，否則看護的名義便無法成立了。

受到信任的感覺讓她滿腔熱血沸騰起來。

「如果有人追上來，我們會炸毀會場，也不保證這兩人的性命！知道了吧！」

領導者一邊撤退，一邊威脅防衛員們。即使他們想要尾隨，這邊的車子從車種到顏色、車號都被摸得一清二楚。因為不可能，所以這指示是多餘的。防衛部並沒有接受搜查行動的訓練。

「一士！」

只稱呼階級，郁明白這是因為指揮官有所顧慮。

「司令就拜託妳了。」

指揮官的聲音充滿苦澀，郁輕輕點了點頭。

麥秋會在一般停車場所準備好的車子，是一部骯髒的客貨兩用車。車門被打開來，郁不禁皺了皺眉頭。座席是空的，但是車廂被擺入的工具和雜七雜八的破爛佔滿，雜亂的程度讓郁對於輪椅到底要放在哪裡，感到憤慨。

這時一名男人進入車廂，將貨物隨便踢走，總算才挪出空間。另外兩人試著從左右抱起輪椅，郁對他們吼道：

「不要讓輪椅往前傾！」

稻嶺的輪椅後側被抬起，他緊抓住扶手撐住。郁從前方彷彿接住他一般支撐住。一瞬間，稻嶺完全倚靠在郁的身上，他的身體出乎意料之外地輕，而且重量左右並非均等。這副軀體失去了一條腿。

「先放下來！側面貼緊車廂，向後傾斜抬起來！好好從兩側喊出聲音，配合好抬起來的時機呀！」

要求真多——其中一名男子恨恨地丟出這麼一句話。必要的顧慮卻用這麼一句話應付過去，讓她更覺得恐怖。輪椅向前傾就會讓坐在上頭的人跌落下來——他們連這一點都不知道？到底要多麼缺乏想像力，才會做出這樣的事？

好不容易將輪椅收進車廂裡，但是地板上連一條毯子也沒鋪。車子的震動立刻就會傳到輪椅上。如果是稻嶺平常慣用、特別訂製的輪椅，就有避震器和襯墊，但是今天使用外出用的小型製品，因此對衝擊的吸收力很弱。郁在破爛裡翻了又翻，尋找可以替代坐墊的東西，然而——

「不要隨便亂動！」

坐進後方座位的男人用槍指著她，郁只好心不甘情不願地住手。

「沒有坐墊之類的東西嗎!?」

郁雖然生氣，卻被稻嶺勸住要她忍耐，郁不禁湧起近乎殺意的情緒。對這些男人來說，稻嶺只是圖書基地司令這樣一個象徵而已，完全不去替他的殘障做考慮。

「司令抱歉，我們不知道要坐在車內多久。」

郁將腿彎曲斜向坐在稻嶺之前，用雙手壓住輪椅的車輪。雖然拉住煞車，但因為是在散亂的車廂裡硬是放入輪椅，因此行走之中不知會如何彈跳。而且她實在無法樂觀期待男人們會為司令著想而小心駕駛。

「謝謝妳，真不好意思。」

「哪裡的話。回去之後，請司令向堂上證明，笠原有好好執行任務喲。」

她說著笑了起來，稻嶺也笑了，點頭說道：「一定。」

車子從出發就開得顛顛簸簸，郁只得將突然跳躍起來的輪椅用力壓住。

稻嶺此時小聲嘀咕道：「就算會有點辛苦，也應該坐平常那把輪椅來的。」

車子開了大約一個小時，抵達的地方是一棟五層樓建築。雖然漂亮乾淨卻好像沒有在使用，周圍都是區劃造成的人工空地。這似乎是出售前的住宅區或什麼的，看來像是蓋好要出售的住宅以及公寓零星矗立著，但是幾乎沒有人在走動。

雖然從經過路口的路標知道是進入了立川市內，但正確的地址就實在不得而知了。

郁再度囉囉嗦嗦地指示著讓稻嶺的輪椅降落地面，她在對方持槍威脅之下推著輪椅進入大廈。雖然她也想過趁其不備奪下敵人的槍，但是一比六的人數，奪下槍之後必然無法繼續下去。持槍的人超過一個，更何況這邊還有個稻嶺。

反正他們會對圖書隊提出某些交涉，交涉開始後，圖書隊也必然會想辦法。在此之前，不讓狀況惡化並陪在稻嶺身旁，便是郁的職責所在。

*

當圖書隊接到綁架稻嶺的麥秋會打來的電話時，已經是下午五點多了。

圖書隊此時已經報警，將代表號的電話線路轉接到大講堂，連裝設反向追蹤裝置等準備也都做好了。除了警察人員之外，從特殊部隊有玄田以下，包含班長與班長補佐共十多名，從防衛部則有防衛部長和包含目擊者在內的數名防衛員到場會同。

身為警備總負責人，玄田接起了電話。

『我們是麥秋會，稻嶺司令現在在我們手上。』

「我是關東圖書基地警備總負責人，玄田龍助三監。我們想確認稻嶺司令和照顧她的女性隊員安全。能不能讓兩人和我們通話？」

『稻嶺不行，女的可以。』

對方立即回答，他們大概是從一開始就決定好讓步的底線了吧。堂上一副無法按耐住性子的模樣，將身體微微傾向電話的方向。堂上班因為郁被捲入，因此全員都被允許在場參與。

『喂喂。』

聲音聽起來不像精疲力竭的樣子，堂上鬆了一口氣。玄田問道：

「還好吧？」

『是的，沒事。啊，幫我傳話給柴崎，說要取消「特藍薩爾」的預約，本來今晚約好要去那裡喝一杯的……什麼嘛，傳個話會怎樣嗎!?那間店很貴，如果不取消預約就虧大了，你要幫我們付取消預約金嗎!?』

這節骨眼上出現如此滑稽的對話，警察方面人員不禁苦笑了起來，而特殊部隊人員卻是一臉嚴肅。接下來只聽見郁「啊」的一聲，電話就被掛斷了。敵方沒有提出要求，大概是在防範反向追蹤，因此暫時掛上電話。

過了一會兒，電話鈴聲又再度響了起來。玄田接起電話，還是同樣的犯人出面。

『我們憂心圖書館與媒體優質化法相對立，圖書館同時還輕忽了公共秩序、善良風俗以及人權；我們以人質的生命為交換條件，要求圖書館放棄「情報歷史資料館」的資料！』

對方連讓玄田報上姓名的機會都不給，單方面滔滔不絕地說著。簡直就像是因為郁的通話內容完全破壞了氣氛，而遷怒發洩似的。

然後對方提出了交易條件：

一、本日由「情報歷史資料館」收受的所有資料必須向麥秋會公開。

二、在麥秋會會同之下，將野邊山集團前些日子公布的捐贈目錄，和媒體優質化委員會所發表的本日扣押書單和資料彼此核對之後，將所有資料燒毀。

他們給圖書隊兩個小時的時間，讓圖書館方面為資料公開作準備。表示會在兩小時後再度聯絡，就掛斷了電話。

小牧低聲說道：「似乎很有精神嘛。」堂上應聲點頭不發一語。「那傢伙的膽子到底是長什麼樣子呀！」手塚一臉驚訝地低語著。與其說他被嚇呆了，毋寧說是訝異地說不出話來。

反向追蹤的結果立刻就出來了。第一次來電和第二次來電，都來自不同的號碼，但兩者都是行動電話。兩次通話似乎都在追查到發信方的基地台之前，就被切斷了。

「看來是轉接了好幾次以攪亂追蹤，行動電話大概是用偷來的或是預付卡吧……」

自稱平賀的警視廳刑警面帶難色地做了報告。他在之前高中生連續砍殺路人事件發生時，曾經向稻嶺要求會面過。想到之後在圖書館遇到的窘境，雖然不免對稻嶺產生難以言喻的埋怨情緒，但是平賀很快就追查出沒有麥秋會這樣的政治團體正式存在。似乎並沒有因為圖書隊的事件，而在搜查上敷衍了事。

麥秋會綁架稻嶺時，雖然宣稱告別式會場有炸彈，但事後查明出那是捏造出來的。犯人們的罪嫌變成了以綁架為主。

「接下來也拜託你了。」玄田向他敬禮，然後面向堂上他們說道：「喂，去叫柴崎過來！」

手塚應聲快步走出房間。

「玄田。」

折口此時走近玄田，並叫住了他。她在解散過之後又被叫了回來。

「我會報導出來喲。叫我過來，是要我寫出來吧？」

「妳自己做判斷。但是請妳隱瞞笠原的身分，只說是一名隊員。至於司令那邊就沒有關係。」

玄田說著，表情險峻了起來。

「對於事件的情報公開，我會用我的權限全面性地許可。妳要做報導的話，就徹底窮追猛打吧。好好報導出被作為暴行藉口的優質化法醜惡的面貌！」

在讓稻嶺陷入危機那一刻起，優質化法便觸犯了圖書隊的逆鱗。稻嶺是二十年前「日野的惡夢」中的生還者，是這個悲劇的象徵。這些和優質化法串通的宵小之輩，觸及稻嶺就等於是觸及圖書隊的惡夢。圖書隊絕不容許那樣的惡夢再度發生。

「也該是擴大發表禁止發行販賣的騷動了，這關係到週刊雜誌界的面子呢。我會和其他雜誌聯合起來，盡量炒出新聞。」

和勁爆的發言完全相反，折口臉上浮現出淑女般的微笑。

柴崎在聽到了郁留下的傳話之後，得意地一笑。

「難得那個單細胞生物動了腦筋呀！」

「妳聽得出來嗎？」

堂上緊追不捨地詢問柴崎，她點了點頭。

「我和笠原去過幾次。那是一間立川的平價餐廳啦，那間餐廳不是什麼需要預約的高級餐廳，我們今天也沒約好要去那裡。」

「好，警察先生，在立川！稻嶺司令現在在立川市內！」

警察人員聽到玄田的大聲嚷嚷，突然像是被灌注了活力般開始行動。雖然知道在立川市內，然而這樣的範圍實在是廣大無邊。首先，要在犯人所說的兩個小時內找出所在地，根本就是不可能的任務。下一通電話到底能拖延多少時間呢？後勤部門的人員開始複製微縮膠片，但是應該趕不上在交易之前完成。

堂上察覺有人突然觸摸他的眉頭，嚇了一跳躲開。觸摸他的是柴崎。

「好深的皺紋啊。就算笠原回來了，痕跡大概也無法消失呢。」

因為無從回答起，堂上沉下了臉默不作聲。柴崎更得寸進尺說出讓他完全無法回答的話來：

「後悔嗎？」

柴崎直指堂上的痛處——如果早知道事情會這樣，那麼……

堂上避免去想這些。這樣的調度是自己偏袒和堅持的結果。遭到報應也沒有資格退縮。

「就算後悔也沒有辦法重新來過吧。」

聽到堂上粗暴地回答，柴崎笑了出來。「我就是喜歡您的這一點喲。」柴崎的口吻一如往常，讓人分辨不出到底是在開玩笑還是在說真心話。

＊

原本郁計畫拖延得更久，然而因為電話聽筒被奪走而不了了之。不過留下了傳話，讓她稍稍感到輕鬆了些。玄田一定會叫柴崎出來問話，而柴崎絕對會發覺她的用意。

不過話說回來，只留下人在立川這樣的線索，之後該怎麼辦呢？郁也想不出個所以然來。

稻嶺突然在輪椅上往腳跟彎下身子，將手擺在褲管下緣。

怎麼了——就在郁要問他之前，其中一名犯人吼出威脅的話：

「你在做什麼！」

男人用手槍握把手敲了彎下腰的稻嶺後腦杓。郁差點就要失去自制、猛撲上去。

但是稻嶺的表情絲毫不見興奮或恐懼之色，保持彎腰姿勢往上看著男人。

「我想卸下義肢。因為車子的震動，連接起來的部分好像錯開來了，很痛。」

男人咋了一聲，向郁抬了抬下顎。

「讓這個女的幫你。」

「可不可以請妳幫一下忙呢?」

稻嶺問郁,郁點了點頭。她在名義上,原本就是為了幫助稻嶺進行這些事才跟過來的。

「我沒有卸過義肢,請指示我該怎麼做。」

說著,郁幫稻嶺脫下右腳的鞋子。膚色樹脂製成的腳暴露了出來,看守他們的男人「嗯~」地發出聲音。來不及自制,郁的臉頰痙攣起來。

——可惡,真想宰了這個男人!

她一邊折起稻嶺的褲管往上捲,只見碳纖維(Carbon fiber)製成的支柱和膝關節暴露出來。捲至接合處的大腿,不知道是否因為他的腿本來就纖細的關係,布料並未被鉤住。

她將褲管捲起至大腿根部,好不容易整副義肢才暴露出來。她第一次看到稻嶺的腿。從膝蓋稍微上方切除的腿,切斷面整個是圓的。要直視該有的東西欠缺的樣子,還是會在本能上有所畏怯。然而,聽到稻嶺一副道歉的口吻說:

「抱歉,讓妳看到這副樣子。連我的親人,我也不會輕易讓他們看到的。」

她彷彿被打了一個耳光,回過神來。

這就是二十年前在「日野的惡夢」奮戰的腿啊。而且,是比一般人辛苦走動的腿。

郁保持跪姿抬起臉,看著稻嶺笑了。

「請給我指示。」

稻嶺慢慢地一一指示她順序,郁依照指示將義肢卸了下來。

郁保管了卸下的義肢，把捲起的褲管又放了下來。從切斷部位以下的褲管扁扁的，失去該有的厚度。看著從膝蓋垂下的褲管，犯人們顯得不太自在。他們似乎終於了解到稻嶺失去了一條腿。

「不要緊嗎？要不要我幫您按摩一下？」

郁顧慮到既然稻嶺說很痛，那一定是相當疼痛。稻嶺則笑著頷首。

「已經把義肢卸下來，沒事了。」

＊

「稻嶺司令的『腿卸下來』了！」

班長監視著搬進來的終端機，這時發出幾近歡喜的高呼聲。

「什麼！」

玄田以下的全體隊員都緊張了起來。

柴崎對因為跟不上狀況，而顯得不知所措的刑警們做了說明：

「司令的義肢如果按照某種順序卸下來，就會啟動發信機。」

刑警們目瞪口呆的當下，圖書隊方面漸漸掌握了整個狀況。

「座標出來了！在立川市郊外！」

「對照最新的住宅情報地圖看看！」

「出來了，是分開出售前的新市鎮！座標地點落在集合住宅大樓的建設預定地！」

「這是半年前的地圖，現在已經完工了吧。好！從立川市的防衛部出動哨兵偵察敵情。圖書特殊部隊準備出動！要在下次對方聯絡我們之前加以壓制！」

在整個目瞪口呆的警察陣線中，平賀好不容易回過神來。他跑向下達出動準備命令的玄田說道：

「等等！既然知道在哪裡，那就由警察出動！」

「接下來的一切就用我們的方法來處置吧。」

玄田用毫無交涉餘地的口吻做了宣言。但是平賀卻無順從之意，據理力爭：

「搜查中沒辦法讓你們擅自行動！」

「你們可以繼續做搜查，我們只要救出司令就行了。」

「要救出司令的話，我們也有六機（註：警視廳第六機動隊，其內設有反恐特殊部隊）！交給我們警察吧！」

「抱歉。」

玄田聲音溫和，只是簡明地陳述了事實。

「要相信你們不會做牆頭草？我們之間的過去，應該沒有那麼美滿吧？不是嗎？」

平賀顯出一副被摑了巴掌似的表情，然後表情轉而為痛苦，垂下雙眼。「我們的信用難道還無法恢復嗎？」他似乎不在意玄田聽不聽得到，低聲說道。平賀似乎有他想要全力以赴的理由。至於是什麼樣的理由，那就不是玄田所能了解的了。

「圖書隊會記得你們這次的盡力幫忙，能不能就先這樣？」

平賀不做回答，彷彿自嘲般露出扭曲的笑容。接著，他換上了一張公事公辦的臉孔說道：

「但是，圖書隊的發砲權如果不遵照手續，就只能限定在圖書館設施之內進行。我們在司法上無法睜一隻眼閉一隻眼。」

要申請發砲權在設施外使用的手續很複雜，事前就必須做準備。

玄田目中無人地笑了——我就說過接下來的一切，就用我們的方法來處置啊。然後，他以連珠砲似地下達指令：

「去接洽那棟集合大樓的管理公司！我要它成為圖書隊設施預定物件！就算是把關東地區的準備預算全部用盡也無妨，想辦法堵住副司令以下的行政派和會計監察的嘴！」

聽到他無理的指令，平賀目瞪口呆。但是圖書隊員們卻毫不遲疑，一聲令下後，全員一起開始行動安排。

「價格隨對方開，但是契約書要他們在三十分鐘內準備好！」

將該大樓以圖書隊的名義佔有，就能在那裡使用武器。但是蠻幹硬幹也要有個限度。

「根本就是亂來！」

平賀忍不住叫了起來，玄田則以嚴厲的表情笑開了嘴。

「『無法無天』就要用『無理亂來』迎擊，這就是圖書隊的做法。」

「但是，只為了一次的救出作戰，到底打算用掉多少億預算!?」

「這個新市鎮具備了相當的規模，將來可以考慮建設為分館或兒童館。為這個理由，就先想成是確保住該物件，那麼就並非過度的無理取鬧了。也能把它當作是不使用資產轉售，或是讓後勤部門委託企業，當作是租賃物件經營。如果將收入移轉到圖書隊的營運費用，這個名目就是合法的。最糟的情況是，如果預算審議不通過，奉上解約金就沒事了。」

當然，這是因為圖書隊是這樣一個特殊的組織，才能如此操作——玄田做了結論。平賀對他所說的，似乎已經沒有反駁的餘力。

「堂上！」

玄田呼叫堂上，堂上立正伸直了身體。

「救出作戰的指揮就全權交給你了。照你的意思編制人員裝備，進入準備出動狀態。」

堂上向玄田敬禮，隨後轉過身來面對特殊防衛員們。

「有空閒的人就回到特殊部隊事務室，我馬上會發表編制。」

堂上說著，自己先走出大講堂。

*

放手！要不然妳想被當作是扒竊的現行犯，跑一趟警察局嗎!?

對於一個想要從優質化特務機關檢閱中保護一本書的少女來說，這句話實在是卑劣的羞辱。

少女的畏縮，光是從她的背脊就能看出來。她的肩膀一抖，瑟縮了起來。她環視四周的側臉，快要哭出來似地不知所措，可以深刻了解到她正在否認對方的話，申訴她的無辜。

沒有任何人認為，少女是為了這樣的理由而藏起書本。雖然如此，對正處於青春期、感受性強烈的女孩而言，在公眾面前受到誣陷，應該是無可忍受的屈辱。

但是，當少女的臉龐和站在附近看似店長的男人面對面的一瞬間，少女背影中的畏縮不見了——店長向少女輕輕地搖了搖頭，要她不要反抗。

「好啊，去就去，有什麼好怕的！店長，請你找警察來，因為我扒了一本書！我會和遭竊的書一起去警察局的！」

他被凜然的聲音打動，這是多麼高潔而拚命的宣言啊。這個少女還只是高中生，不具備任何力量，然而她卻挺身想要保護將要被沒收的書籍。

這個少女所擁有的只是一份微小的勇氣啊。

反觀自己，到底在做什麼呢？在這種場合，只有自己持有能夠對抗檢閱的權限，卻只是冷眼旁觀，不去挺身而出——

這時不知道是不是起了爭執，優質化隊員向少女怒吼，並且撞開了她——他實在無法坐視不管。

小書店是非武裝緩衝地帶，書籍的受保護權限不是只憑一名隊員就能夠獨斷執行的。但是誰還要理那種規定！

在少女倒下之前，他即時撐住了她。少女彷彿受到驚嚇，回頭望去。她的臉龐透露著好強，但是又帶著少女的天真稚氣。臉上完全失去了血色，看得出來少女剛才是多麼地害怕。

事到如今怎能退縮！他從上衣掏出了圖書隊手冊揭示給他們看，說道：

「我是關東圖書隊隊員！根據圖書館法第三十條的資料蒐集權，以我三等圖書正的執行權限，遵照圖書館法施行令所規定，在此宣告這些書籍為受保護圖書！」

店長誇張地謝謝他，讓他覺得非常尷尬。他一開始本想視而不見，不加以理會，因此實在沒有被他們感謝的理由。而且，他的本意也不是想去拯救那間書店——

他把特務機關沒收的書還給了因為腳受傷而正在休息的少女。雖然少女躊躇了一番，但是他強硬地將書塞給了她。

「冒著被當成扒手的污名，守護這本書的人是妳啊。」

他之所以採取行動的理由，只不過是想要把書還給這名少女罷了。

少女哭了出來，他輕輕地摸了摸她的頭，彷彿要安慰少女一般。雖然少女堅強地面對了優質化隊員，但是低頭哭泣的身影看起來卻驚人地軟弱。她真的只是一個普通的女孩子罷了。

她的柔弱，更突顯出她面對檢閱的驚人勇氣。

從那起事發生後，已經過了五年。

堂上一眼就認出了她。

「我是一百五十三號，笠原郁。」

高個子女生報出了應試號碼和名字。她雖然身為女孩子，卻是以防衛部為第一志願的怪人。

她正是五年前，堂上從檢閱中救出來的少女。

堂上身為面試人員坐在後座，內心忐忑不安。但即使目光相交，郁的表情卻毫無變化，似乎不記得堂上。

堂上因此而鬆了一口氣，但那也只是一瞬間的事。郁在被問及以防衛部為第一志願的動機時，在面試人員面前——包含玄田和小牧在內，在一排知道當時事情的隊員們面前——以無比的熱情，開始述說五年前遇到「命中註定的圖書隊員」的事。

而且，她的腦海裡強烈美化了當時的回憶。連當事者堂上聽了，都不禁想要懷疑這麼完美的超人到底是誰？在她的記憶中，「他」品性高尚、人格清高、充滿勇氣。她口中所敘述的他，簡直就是圖書隊員的模範。堂上聽到一半，幾乎無法抬起頭來。

不管是誰都好，如果能讓我逃離這樣的處境，我願意付一百萬！堂上心想。

聽著郁的敘述，最先忍俊不住的是愛笑的小牧。然而，一個人決堤，接下來便是連鎖反應，全員都咯咯地憋住了笑意。

郁則是搞不清狀況，楞在那裡。她是如此慷慨激昂地述說著，面對當事人堂上卻毫無印象。這樣的情形顯然刺激了其它面試人員的笑穴。

面試結束後，玄田說道：「不讓她合格不行啊。」很明顯地，他全然是抱著看好戲的心態。

之後，郁偏偏被安排編進堂上監督的訓練隊伍，這也是玄田的陰謀。

郁當然不知道，五年前堂上救助了郁的事情還有後續故事。

在進修的圖書館裡，擅自以前所未有的形式，行使保護權限的事情造成了大問題。堂上不但寫了數十張的檢討書，還被審查會傳喚了好幾次。

雖然這些都在他的預料之內，但那仍是一段沉重的日子，而且問題拖延了有半年之久。這件事讓他深刻體會到不守規則的嚴重後果。

在當時的關東圖書隊，行政派和原則派之間的摩擦相當激烈。很不幸地，堂上所引起的問題成了行政派絕佳的攻擊藉口，讓堂上看盡了隊上的黑暗面。

他並不後悔，但絕不會再度重蹈覆轍。在尷尬時期，因為任憑自己意氣用事，而導致原則派全體立場陷入危機——堂上至今都還不能原諒當時的自己。不思考事情先後的輕率，以及流於感情用事的脆弱，這是當時堂上最為忌諱的自己的缺點。

在他以為自己克服了缺點時，郁出現在他面前。老實說，他受到很大的打擊。事到如今為什麼妳會出現，而且——

郁是這麼寶貴地捧著所有堂上視為缺點而割捨下的東西。

好不容易忍痛割捨下缺點，正覺得自己稍微有用得多了。而今出現在他眼前的郁，卻盛讚割捨缺點前的自己。

妳在說的是我認為不對而割捨下的自己，別又撿回來。我對現在的自己感到滿意，妳別擅自肯定那時不成器的我。

——不要在我面前立志成為第二個窩囊廢的我，堂上心想。

而且，郁是不顧父母反對進入圖書隊，選擇了危險的戰鬥職種。她是追隨昔日的堂上身影，才做了這樣的選擇。

這樣的情形更讓堂上對過去的自己感到懷疑。

是你表現出輕率和錯誤百出的背影，她才追著你來到這裡。如果不是你讓她看到這樣的背影，她也不會特意選擇這種危險的職業，對圖書隊懷抱著莫名其妙的幻想——

圖書隊根本就不是她夢想中的完美組織，和她想成為的正義化身差了十萬八千里啊。

『你說這種話，聽起來簡直就是想要排斥她成為防衛員喲。』

喜歡講道理友人的話，讓堂上改變了心態。

沒錯，自己對她的態度就各方面來說都不是公平的，根本就不可能公平。

如果可能，他幾乎希望她能離開圖書隊。在她知道圖書隊的現實，在她知道不能成為正義的化身，在她於堂上面前受到傷害之前……

並且，在還沒有發生難以挽回的事情之前。

郁完全完全沒察覺堂上的想法，毫不害羞地戀慕著五年前的堂上，並且讓現在的堂上思考混亂。

對於郁擅自判斷提出的保護權限，堂上應該取消的。

他應該將郁帶回基地，並對於妨害檢閱，向優質化特務機關提出道歉。堂上的義務應該是在那裡承擔恥辱。

而他也是做了這樣的打算而追上去的。

在郁被優質化隊員撞開的那一瞬間，他掙開了束縛。

和五年前是同樣的光景。想要保護書本而抗爭的郁，以及——

「彷彿就像是回到以前呢，堂上。」小牧以懷念的口吻說道。他的話只成為堂上自責的因素，刺痛著堂上。這次之所以沒有發展成嚴重的問題，是因為已經有過前例，僅只如此。

——然而。

郁追隨著堂上過去錯誤百出的背影而跟上來，現在的堂上要排斥她，又是一個錯誤。五年前，堂上並沒有命令郁跟上來。想要追隨在堂上之後是郁的自由，是郁個人的希望。那是郁出於自己的自由和責任所做出的選擇。

那麼，因此而受到傷害或崩潰，都是郁個人的事情。這就不是堂上必須負責任的，要挺身而出扛這個責任，就是逾越了本分。

如果因為怕會讓現在的自己混亂，故敬而遠之，也是一種逃避。因此受到動搖，是堂上個人的問題，歸咎於郁是錯誤的。

他確實充分地明白了、理解了，所以——

行行好吧，一定要平安無事啊。

堂上為錯誤百出且輕率的部下誠心祈禱。

＊

犯人集團為了避免搬動輪椅的麻煩，躲藏在一樓。結果上來說，郁和稻嶺因此得救了。

由於郁堅信必定會有救兵到來而耐心等候，因此很快便注意到形勢。

果然，從犯人容易忽略的死角——窗框一隅，有一隻手在瞬間掠過。

對於自己光憑這樣就分辨出救援的到來，她也感到意外。距離雖然沒有近到光憑手就可以認出來，她卻察覺出那必定不是玄田、也不是小牧，而是堂上。

因為，那可恨的豬頭壞心眼教官必定會在我陷入危機時出現。他明明那樣貶損否定我的王子、我心目中正義的化身，自己卻彷彿像是正義的化身一般，總是適時出現。郁心想。

為了表示自己已經察覺到他的到來，郁若無其事低下頭，點了點頭。堂上那邊應該可以看到郁的動作才對。

他的手再度揮過窗外，大拇指向下示意，拳頭連揮了兩次。接下來，他又豎起三根指頭，之後他的手又消失於窗外。

知道了──我想，應該是理解了。

「司令，請原諒我的粗暴。」

為了避免犯人察覺出來，郁的目光並未直視稻嶺低語道。稻嶺則輕輕觸摸了郁的肩膀。郁得到他的理解，再度低頭點了點頭。

窗外，堂上豎起食指微微揮手。

一，二，三！

郁一口氣把稻嶺從輪椅拉起，抱住了他俯臥在地面上。她的臉部用力地擦撞在地板上，磨破了額頭。當她感到疼痛時，伙伴早已衝了進來。

如果不是要脅說要炸毀會場，光憑手持警棍的防衛員就能收拾這些外行人了。犯人的反應遠不及圖書隊在訓練上假設的反應速度。

犯人沒做什麼反擊，圖書特殊部隊便得以拘禁所有的犯人。

圖書特殊部隊將犯人交給了同行的警方調查員。

稻嶺雖然沒有受傷，但是因為顧慮到他年事已高，以及他遭到犯人拘禁期間所受到的壓力，還是準備了救護車。為了以防萬一而安排他入院檢查。

「還真是大費周章呀。」稻嶺苦笑著坐進救護車裡。至於郁，當然就沒有這個必要。比起日常的嚴格訓練，才幾個小時的拘禁不至於讓她筋疲力竭。訓練期間的操練還比較累人呢。

小牧以他一貫的口吻慰勞郁。郁顯得一副滿不在乎的樣子，讓手塚驚訝地低語：「妳的神經還真大條！」也不知是不是在誇讚她。

至於堂上——

在整個狀況安定下來之前，他看都不看郁一眼。然而在穩定下來之後，這才問她：「沒事吧？」

「呃，還可以。」郁也以自然的態度回答堂上。

堂上則突如其然地說道：

「幹得好，我收回那句說妳不成戰力的話。」

哇——真不甘心。郁不知道該以怎樣的表情面對他，低下了頭。

她不甘心自己對於堂上予以肯定，感到這麼高興。想到自己是這麼渴望這個人的肯定，就感到不甘心。

「……謝謝您了。」

她沒好氣地低語道。堂上也一臉不愉快地別開了視線。

「我承認我的調度並不公正，原諒我吧。」

「這不是我原不原諒的問題，堂上教官當時必定有您自己的判斷吧。」

「我在道歉，妳別鬧彆扭！」

「您才是呢，就不能察覺出我在做讓步嗎？」

小牧從旁調停道：「好了，別鬥嘴了。」

「你們兩個在倔強或不夠坦率上，真的很像。」

「我現在也才稍微明白了一點。」

手塚點了點頭說道：「同樣是殺熊的人，彼此間就是有共通之處啊。」忘在一邊的糗事又被他再度提起，郁和堂上的表情同時顯得痛恨不已。

「回去吧？」小牧說著步向車子，手塚跟在後頭。

「──妳的臉傷得很嚴重。」堂上邊走邊對郁冷淡地說道。

經他這麼一提醒，郁才想起額頭上的擦傷正隱隱作痛。雖然她還沒去照鏡子，但是傷口似乎相當醒目。

暫時就以瀏海蓋住傷口吧？就在郁如此考慮時，堂上說道：

「妳父母就快要來訪了吧？身上有太多傷的話，妳就任於戰鬥職種的事情會瞞不住他們的。」

他似乎還為了她將這件事掛在心上。

「……如果。」

——如果我辭職了，您會感到困擾嗎？她對自己想要問堂上這種問題，感到焦慮不已。為什麼我偏偏會撒嬌似地期待這個人給予肯定的答覆呢？郁心想。

而堂上的個性就是這麼差勁，他就是能夠嗅出郁不希望他察覺出來的事。

「就算妳辭職了，也不會造成隊上的困擾，其他任何人都一樣。妳也許以為妳的職位是無可取代的，但其實只要一有空缺，立刻便會有人補上。」

堂上毫不客氣地說道。不久，他又補充了一句：「不過，也許會感到可惜就是了。」

渾帳，聽他這麼說還是感到高興。

「我不會辭職的。就算是瞞不住我的父母，和他們大鬧起來，也絕對不會辭職。再者，我喜歡這份工作。」

郁對著比自己肩膀矮小，然而卻又巨大的背部宣告：

「我要超越你，所以我絕對不會辭職的！」

「妳就算是到了退休年齡，也不打算辭掉嗎？」堂上不回頭，對郁發出了究極的挑釁。

＊

麥秋會的犯罪行為，完全配合了「情報歷史資料館」進行攻防戰的時機。這實在只能設想為他們是靠媒體優質化委員會提供情報，接受委員會的唆使。然而，優質化委員回答表示，關於「情報歷史資料館」的檢閱預定，是只要有支持團體諮詢，都會給予同樣的回答，進一步否定了和該會有特別的關連性。

「其實未必需要先套好招數，支持團體也會自動配合委員會的說法呀。」

柴崎的評論——無限接近灰色的黑，大概不會錯。和優質化委員會相關的疑惑，三十年來就一直是那種色彩。

「好啦，總之昨天辛苦妳了。」

郁回來的時候，柴崎只令人洩氣地簡短說了句「妳回來啦」。今天則在結束工作後帶了蛋糕回來，似乎還算得上是慰勞她的心意。

「好啦，妳從剛才到底在唉個什麼勁兒呀？」

柴崎一邊泡著即溶咖啡，一邊窺探郁手邊的明信片說道。

「嗯，我是打算寄明信片回家啦……」

前幾天家裡來了明信片，郁卻一直沒有回信。就這樣，離父母要來東京的日子只剩不到一個月了。她百般苦惱不知道該怎麼回覆，一直拖延回覆。但是在他們到來之前不做點反應，就會惹上許多麻煩。

父母也並非因為她不善應付、或親子間彼此感到彆扭，就能躲避一輩子的對象。郁雖然在心裡想道：「那就挺身面對吧。」實際上卻面臨苦思要寫些什麼內容寄回去，而遲遲無法下筆的狀況。郁的筆一直停在結束的一行。

「喂，咖啡泡好啦。歇一會兒吧，會冷掉喔。」

說著，柴崎從盒子裡端出了蛋糕。因為顧慮到洗盤子麻煩，蛋糕就這樣直接端在面紙上。

「店裡的當季特選甜點，推出南瓜蒙布朗和巨峰葡萄起士蛋糕，所以我就買回來試看看。妳要哪一塊？」

「嗯，妳等我一下，我馬上就寫完了。」

「妳不快點決定，我要先選囉。」

在柴崎的催促之下，郁奮力完成了寫給父母的明信片。她寫下最後的結尾之後，草草收拾了明信片和筆。

「哇，總覺得最後好像是硬擠出來的哦。等一下再慢慢寫不就行了？」

「可是不先寫完，懸在心上就沒辦法好好品嚐蛋糕了。」

「妳丟開了父母，選擇蛋糕呀。」柴崎以開玩笑的口吻說道，又接著笑說：「反正是秋天，眼前的食物比較重要啊。」

「就是這麼回事。哇，兩種看起來都超好吃的樣子。不知道該選哪一個呀～」

「交換一口吃吃看就好啦。」

郁想了好一會兒，選擇了南瓜蒙布朗。

＊

前略

父親大人，母親大人膝下：

我過得很好。

每天的工作都很忙碌，但是感覺上好像已經習慣了。

和同寢室的朋友很合得來。同事之間雖然還不到朋友的程度，也都算是不錯的人。

上司也是，有豪爽的、有溫和的，各式各樣的人都有，很有趣。

我的直屬上司是個嚴格而可怕的人，個性上也有點差勁，但仍舊有一些地方值得尊敬。雖然他這個人很彆扭，但偶爾還滿溫柔的。我覺得他可以再率直、溫柔一些。

圖書館的工作很有成就感。我打算不管發生什麼事，都絕不放棄地努力下去。

再過幾天，你們就要因法事而來東京了。請代我向叔叔們問好。

我也很期待兩位順路拜訪我們圖書館。

謹此

fin.

参考文獻

《図書館の近代―私論・図書館はこうして大きくなった》
（東條文規　1999年　ポット出版）
《図書館をつくる。》
（岩田雅洋　2000年　株式会社アルメディア）
《国立国會図書館のしごと―集める・のこす・創り出す》
（国立国会図書館編　1997年　日外アソシエーツ株式会社）
《司書・司書教諭になるには》
（森智彦　2002年　ぺりかん社）
《図書館の自由とは何か》
（川崎良孝　1996年　株式会社教育史料出版会）
《図書館とメディアの本　ず・ぼん9》
（2004年　ポット出版）
《図書館とメディアの本　ず・ぼん10》
（2004年　ポット出版）
《図書館と自由　第16集　表現の自由と「図書館の自由」》
（2000年　社団法人　日本図書館協会）
《図書館読本　別冊本の雑誌13》
（2000年　本の雑誌社）
《税金を使う図書館から税金を作る図書館へ》
（松本功　2002年　ひつじ書房）
《書店風雲録》
（田口久美子　2003年　本の雑誌社）
《報道の自由が危ない―衰退するジャーナリズム―》
（飯室勝彥　2004年　花伝社）
《包囲されたメディア―表現・報道の自由と規制三法―》
（飯室勝彥　赤尾光史　2002年　現代書館）
《「言論の自由」vs.「●●●」》
（立花隆　2004年　文藝春秋）
《よくわかる出版流通のしくみ'05～'06年版》
（2005年　メディア・パル）

關於圖書隊

■關於圖書隊的職種

職 種	圖書館員	防衛員	後勤人員
部 署	圖書館業務部	防衛部	後勤支援部
主 要 業 務	·一般圖書館業務	·圖書館防衛業務	·藏書的配置 ·戰鬥配備的籌措整備 ·一般物流

※圖書隊總務部除了從圖書館員和防衛員當中起用之外，從行政方面也會派遣人員。
※只有圖書基地設置有總務部人事課，總括管區内的所有人事相關業務。
※因為後勤支援是外包給一般企業，因此正式隊員僅分配至管理職務。

■關於圖書隊員的階級

特等圖書監	一等圖書監	二等圖書監	三等圖書監

	一等圖書正	二等圖書正	三等圖書正

圖書士長	一等圖書士	二等圖書士	三等圖書士

※另外，有臨時圖書士、臨時圖書正、臨時圖書監的階級，這些是對應於後勤支援部的外包人員所有的。臨時隊員的權限限定在後勤支援部裡。

後記

這次的構思概念是——

・用月9連續劇（註：日文的「月曜日」即為星期一，每週一晚上九點播出的連續劇在日本極受歡迎。舉凡「HERO」、「長假」、「一〇一次求婚」等都於此一時段播放）風格，來拚一次GO！

根據提交給編輯的劇情大綱。既然是連續劇，當然是戀愛故事。不過話說回來，有川啊，在妳心目中一齣月9連續劇是這樣的嗎？呃～那麼「行政戰隊圖書超人」的故事情節如何？構思好像在中途就漸漸變得分崩離析了啊。好吧，那就繼續分崩離析下去吧！

然後再加上「真不希望這社會變成這個樣子啊～」之類的，真的不希望它發生。

會想到這個故事的契機，是來自附近圖書館揭示的牌子，上頭寫著「關於圖書館自由的宣言」。在察覺到這樣的宣言後，心裡想的是：「這樣的宣言很酷啊。」在調查各種資料的過程中，也就構思出這樣的情節設定。這真的要謝謝我老公告訴我有這樣的一塊牌子。

如果讀者讀了這本書之後，對圖書館事務產生興趣，敬請自行查證。因為是這樣的故事，所以和現實中的圖書館事務有相當大的差異。

就新寫成的小說來說，這是我寫出的第一本普通故事。不會有鹽啦、橢圓啦、螯蝦啦……出現在故事裡，是個很普通的故事。基礎固若磐石，有什麼問題儘管放馬過來！騙人的啦，請不要找我的麻煩，對不起！

如果讀者能笑著說：「這什麼呀！」那對我來說就是意外的幸運。如果能得到各位的喜愛，我希望這齣連續劇能夠繼續下去，所以就請多多指教啦。

這次，我依舊在很多人的幫助之下完成這本書。

首先要感謝編輯德田小姐，還有在整本書出版過程中幫助我的各位，謹此致上我的謝意。特別是德田小姐，在精神層面對我鼓勵再三、照顧膽小的我，真是感激不盡……

還有鼓勵我的諸位同行伙伴。每當靈感用盡時，真不知道被他們救過幾次。這次，也承蒙他們在我狀況不妙時，於各方面伸出援手。謝謝你們。

允許我在文中對《奇諾の旅》致敬的時雨沢惠一老師，和提供宣傳文案點子的川上稔老師，真是非常感謝。

還有，負責插畫&軍徽設計、跟我同期的徒花スクモ老師。從剛出道時就說要合作，這次終於第一次得以實現。謝謝您接下插畫的工作。如果出了續集，還要再次拜託了。

總是支持我的朋友以及老公，真的謝謝你們。有你們在，帶給我很大力量。

在最後，衷心對現在手持本書的您致以謝意。

有川 浩

國家圖書館出版品預行編目資料

圖書館戰爭 / 有川浩作 ; 黃真芳譯. -- 初版. --
臺北市 : 臺灣國際角川, 2008.08
面； 公分. -- (文學放映所 ; 49)
譯自 : 圖書館戰爭
ISBN 978-986-174-796-5(平裝)

861.57 97013299

文學放映所049

圖書館戰爭

原書名＊図書館戦争

作　　者＊有川 浩
插　　畫＊徒花スクモ
日版設計＊鎌部善彥
譯　　者＊黃真芳

2008年8月13日　初版第1刷發行
2017年1月6日　初版第9刷發行

發 行 人＊成田聖
總 編 輯＊呂慧君
主　　編＊李維莉
文字編輯＊溫佩蓉
資深設計指導＊黃珮君
美術設計＊宋芳茹
印　　務＊李明修（主任）、張加恩、黎宇凡、潘尚琪

發 行 所＊台灣角川股份有限公司
地　　址＊105 台北市光復北路11巷44號5樓
電　　話＊(02)2747-2433
傳　　真＊(02)2747-2558
網　　址＊http://www.kadokawa.com.tw
劃撥帳戶＊台灣角川股份有限公司
劃撥帳號＊19487412
製　　版＊尚騰印刷事業有限公司
I S B N ＊978-986-174-796-5

香港代理
香港角川有限公司
地　　址＊香港新界葵涌興芳路223號新都會廣場第2座17樓1701-02A室
電　　話＊（852）3653-2888

法律顧問＊寰瀛法律事務所

作者簡介

有川 浩

生長於日本高知縣，求學時期前往關西地區。現已在關西定居十餘年，是個有點（其實是相當）怠惰的家庭主婦。一口仍帶有故鄉口音的「偽關西腔」，講起故鄉的事就會有點興奮，算是輕微的國家主義者（縣粹主義者）。出道作品為拿下第10屆電擊小說大賞〈大賞〉的《鹽之街》，代表作品有《空之中》、《海之底》。現不定期有新作刊載於日本小說雜誌《野性時代》。

插畫家簡介

徒花スクモ

曾獲第10屆電擊遊戲插畫大賞〈金賞〉，藉著這次畫小說插畫的機會將筆名「シイナスクモ」改為「徒花スクモ」。興趣是逛水族館和偶爾看看書，是有川浩作品的忠實書迷。

譯者簡介

黃真芳

在日本出生，幼稚園以及小學一年級在日本就讀，和日語結下不解之緣。國立政治大學畢業後，曾任職於台大城鄉所以及日商公司。翻譯過漫畫、佛教相關書籍、詩集，以及食譜、編織等實用類書集，在台灣角川的譯作有《角鴞與夜之王》一書。現為自由譯者。